都市傳說

A大「都市傳說社」，創社者為夏玄允與郭岳洋，初期元老主要成員有毛穎德與女子格鬥選手馮千靜，社團因經歷許多都市傳說而聞名；爾後夏玄允離奇失蹤，其餘學生畢業，「都市傳說社」逐年由盛轉衰，直到現在因預言過人面魚事件而備受尊崇；由康晉翊與簡子芸兩位領導，社員分別有聽得見與看得見都市傳說的童胤恒及汪聿芃，還有理智派的蔡志友及行動派的小蛙，一起在接連不斷的都市傳說中前進，直到最後一刻。

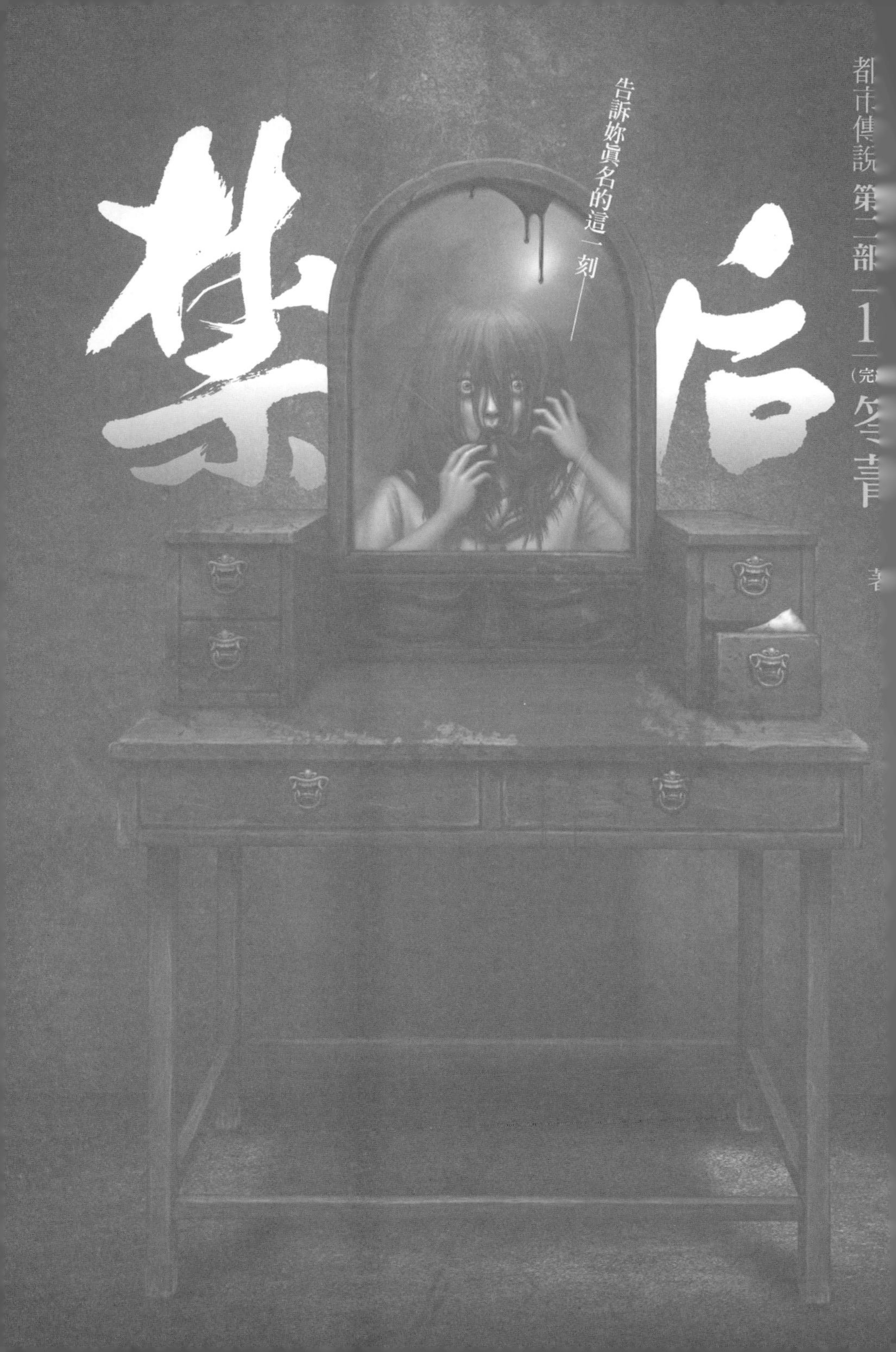
禁后
告訴妳眞名的這一刻——
都市傳說 第二部 1 (完)
笭菁 著

都市傳說 第二部12（完結篇）：禁后

（※本故事內容純屬虛構，如有雷同，純屬巧合。）

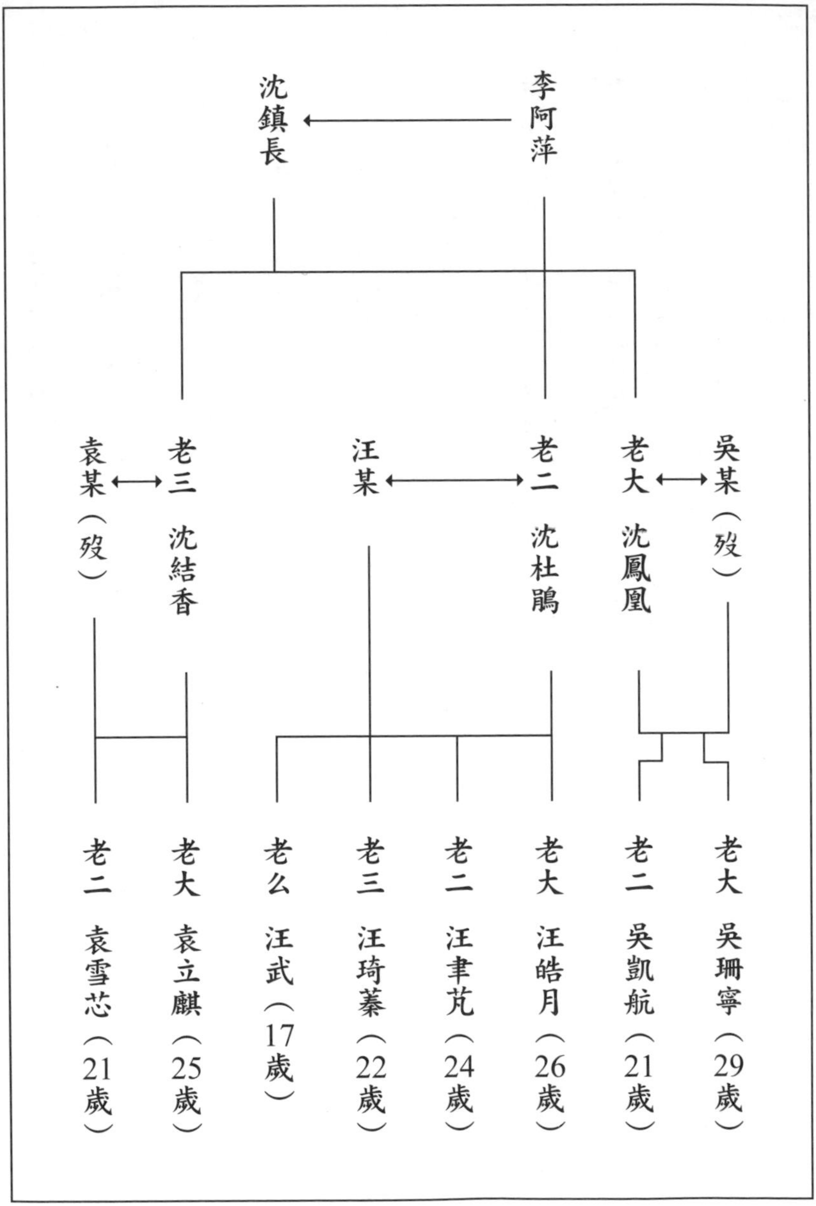
李阿萍
沈鎮長
老大 沈鳳凰
吳某（歿）
老二 沈杜鵑
汪某
老三 沈結香
袁某（歿）
老大 吳珊寧（29歲）
老二 吳凱航（21歲）
老大 汪皓月（26歲）
老二 汪聿芃（24歲）
老三 汪琦蓁（22歲）
老么 汪武（17歲）
老大 袁立麒（25歲）
老二 袁雪芯（21歲）

楔子

女孩跟著踏上二樓時，地板發出的嘎吱聲讓她不由得輕哂，跟著多踏了兩下。

前頭的母親轉過身，帶著不耐煩的看了她一眼，「別鬧，過來。」

「爲什麼又來這裡？」少女有些無奈，「又不住這兒。」

母親意味深長的一笑，「這也是我們的家啊！」

「咦？」少女睜圓雙眼，更加詫異，「可是……一直都沒有傢俱啊！」

「這其實是媽媽娘家的，應該說是阿嬤的吧！」走上二樓，看過去只有兩間房間，母親朝右邊那間走去。

「所以以後我們要搬來這裡嗎？」

母親推開那間房門，淡淡的應了聲，「沒有。」

少女歪了頭，那她們又來這裡做什麼？

「又」，因爲之前她曾來過兩次，這間屋子她六年前與三年前都來過，很奇怪的屋子，沒有大門、在大草原上又有點架高，每次都要從窗戶爬進來。

問媽媽爲什麼這間屋子沒有門，媽媽卻說不需要。

空氣裡有股潮濕的氣味，三年前的地板還沒嘎吱聲呢，這些年雨水太多，濕氣太重了嗎？

「噢。」一進房間，少女覺得有點不舒服，「媽，我不想割自己了」之前來都是帶著傷出去，她不想再經歷一輪了。

房內依然是那張梳妝台，古樸質感，一面圓鏡兩旁各有兩個小匣子，桌上一如既往的什麼都沒有，而且這間房除了梳妝台外，也眞的就是空屋。

「割自己？」母親慈藹的笑著，「別怕，今天誰都不會受傷的！」

「噢！那就好！」少女開心的走到母親身邊，看著梳妝台時，下意識的會摸著自己的左手小姆指。

十歲那年，她拔下自己的小指指甲，血還濺了一整桌呢。

「沒錯，今天滿十六的妳，該向妳正式介紹這間屋子了。」母親優雅的坐下來，動手拉開左邊上方抽屜，「記得嗎？」

少女瞥了眼，那是她十歲那年拔下來的、血液已乾涸的指甲，她怎麼會忘？是，她蹙起眉，指甲下頭怎麼多了一張紙。

伸手才想拿，母親啪的把抽屜關了上，啪。

「那裡頭有張紙。」

的。

「妳還不能看。」母親說著，拉開第二個抽屜，「這裡面……是妳的牙。」

三年前她親手用鉗子拔下一顆牙齒，後來還因發炎燒了幾天，代價還挺大

牙齒下面，又多一張紙。

「那是什麼？」她又伸手想拿。

「還不是時候。」母親又關上第二個抽屜，站了起身，「來，坐下。」

少女皺起眉，目光盯著抽屜，到底什麼事情那麼神祕。

才在想著，母親突然拿出剪刀跟推剪，直接抓過了少女的頭髮，

「呀！媽媽，妳幹嘛？」她嚇了一跳，轉身就要掙扎。

頭髮從母親掌心裡滑開，她吃驚的望向女兒。

「妳在做什麼？我有叫妳動嗎？」

少女站了起來，望著母親手裡的剪刀，下意識護住自己的長髮，「爲什麼要剪我頭髮？」

「坐下！」母親突然用命令的口吻說著，「我的命令妳敢不聽？」

其實她隱約覺得選錯了。

雖然當年是抽籤，但是籤是半故意指向這個孩子的，她多放了好幾張同名字的籤，就希望她能被抽中。

最後是抽中了沒錯，但即使這個孩子完全按照她的「教育」成長，但總是有那麼一丁點不同，她的聽話源自不在乎許多事，並不是眞的變成是那個經過洗腦、唯母親是從的女兒。

一旦遇上她在乎的，她就不是母親的所有物了！

「爲什麼要剪我頭髮？」少女果然開始抗拒，「我留好久耶！」

「坐下！」母親再度用命令的口吻，「媽媽的話是什麼？」

少女凝視著母親，並不想聽話，「我不要剪頭髮！」

母親忍無可忍，上前拽過了少女，壓著她坐下，「我叫妳坐就坐！這是重要的儀式！」

嗯？少女望著鏡子裡的自己，一臉困惑，「什麼儀式？」

「閉嘴！」母親再下令，扯過她一綹頭髮，一刀就剪掉她留了幾年的長髮，接著再拿起推剪。

少女明顯還是抗拒，但沒有再像剛剛一樣推開母親，卻是緊繃著身子，任母親輕易把她理成一個大光頭。

少女委屈的看著鏡子裡光頭的自己，緊咬著唇，再看母親把她的長髮放上桌面。

「抽屜裡是什麼？」她不爽的問。

「妳的名字。」母親整理著她剪下的長髮，幽幽的說。

「什麼？」少女抬起頭看著母親，「爲什麼？因爲放的是我的指甲與我的牙嗎？」

母親望著她，搖了搖頭，「我說的，是妳眞正的名字。」

少女懵了，她不懂母親在說什麼？

「這是在幹嘛呢？聽不懂啊！」她站了起身，「什麼儀式，我的眞名又是什麼意思？」

「妳一出生，就有個只有媽媽才知道的眞名，這個名字不會有第二個人知道，只有我。」母親突然珍惜般撫著少女的臉，手裡抓起她剛剪下的長髮，「而這個眞名，必須在妳十六歲時告訴妳，然後……」

「然後？」少女喉頭緊窒，她眞的覺得有什麼事……不對勁？

「然後儀式就會完成，這個鎭，所有的人，都能得到平安的生活。」母親一字一字的說，「一切關鍵就在告訴妳眞名的這一刻。」

「那，我的眞名是什麼？」

第一章 撲上的長髮

「穿格子衣的女生，妳的一百二喔！」老闆算著籃子裡的滷味說道，接著熟練的開始切菜。

「好！」汪琦蓁回應著，一邊準備好錢，等等拿滷味時再付就好。

她退到一邊，這間滷味攤生意非常好，大家都是先挑滷味、知道價格後再默默等待，生意好時等上半個小時都是司空見慣。

「怎麼樣？有最新消息嗎？」身邊的學生們吱吱喳喳。

「都市傳說社還沒發文，但有新聞出來了！」學生們語調高昂，「說出現了幾十年前失蹤的孩子屍體耶！」

「眞的假的……都幾十年了！從哪裡冒出來的!?」

「這個……是說……突然出現在河床，而且死亡很久了！」女孩們面面相覷，「河床？」

「有住在那邊的人發文，說那根本是從天上掉下來的，有人聽見砰的聲音，還不只一具！」另一個人說得神祕兮兮，「論壇都有！」

「從天而降啊……」幾個學生有點難以想像那種場面，「所以屍體原本在天上嗎？」

呃……一票學生們也回答不出來，只能互相乾笑。

站在旁邊的汪琦蓁略微緊張的瞄向興致勃勃的學生們，發現不只是他們，身邊所有的人都在看著手機裡的新聞，或是滑著A大「都市傳說社團」的臉書。

「已經兩天沒發文了，感覺好怪！」

「我學姐確定那些人都不在學校，說社長都帶著其他人去幫忙了！」學生們不停的重整，「畢竟那個地方都有學生親自來拜託了！」

「瘦長人啊……好詭異喔！」學生們忍不住皺眉，「你們有沒有覺得奇怪，都市傳說社好像受詛咒一樣，他們會一直遇到耶！」

「拜託，那不是詛咒吧，我聽說些事本來就存在，只是在有沒有發現而已……而且人面魚的事是全國都遇到好嗎！」另一個男生不以為然，「鐵粉如我，當時我可是很乖的聽話，沒去買那些會說話的人面魚，所以我全家都好好的！」

「好啦好啦！」同學們搖了搖頭，這話題幾百次了！

之前市面上出現了色彩繽紛、魚身上擁有人臉的人面魚，那張臉還會與購買者逝去的親人擁有一樣的臉龐，導致許多人爭相購買，總覺得那像是親人靈魂附體或轉世，再不信也捨不得由他人買走；誰知道後來那些人面魚竟催眠多數人在颱風天淨灘或淨海，最終導致全國人口死亡半數，各地海灘屍橫遍野。

而A大「都市傳說社」的忠實粉絲們，紛紛遵循一開始社團就發出的警告訊息，警告大家不要去購買那些來路不明的人面魚，因為極有可能陷入都市傳說中；事實證明專家說的話還是有可信度，至少相信的人就免此浩劫。

也因此人面魚事件後，A大「都市傳說社」成爲全國最知名學生社團，但凡有疑似都市傳說的事件發生時，連警察都會去詢問他們的看法，深怕又是一樁詭異的都市傳說事件，又會因無知或輕率造成重大傷亡。

當然，人人觀點不同，只是當初罵「都市傳說社」怪力亂神的人也不敢再多話，最多就是嘲諷不過巧合之類，但實際上他們已經成爲許多人追捧的偶像。

她沒有。

汪琦蓁厭惡的瞥了眼其他學生們的手機，只要聽見「都市傳說社」這幾個字，她就沒來由的煩躁。

終於等到自己的滷味，她簡直是迫不及待的離開攤位前，前不久有K鎮的國中生跑去「都市傳說社」求救，她認爲自己家鄉正受到瘦長人的侵擾，還在媒體前跪下，一下子又把那個社團推到風口浪尖上。

當時在宿舍看著電視畫面，她心浮氣躁的立即轉台。

徒步走回五分鐘外的校外租屋處，汪琦蓁租的是很便宜划算的地方，頂樓加蓋，每天要爬樓梯當作運動，但頂樓加蓋空間很大，甚至還有小庭院，那是房東先生自己的菜園，一個個保麗龍箱裡種植各種青菜，她住到這裡後才發現別看箱子小，種出的菜一家三口也很夠吃，房東偶爾隨便分一株給她也能吃上兩餐。

爬著五樓上頂樓，她還沒回來前，頂樓總是漆黑一片，若外頭有燈亮起，就是房東上來摘過菜或澆水。

「回來啦！」經過四樓時，木門未關的鐵門裡是房東太太。

「嗯。」她點點頭。

「我們今天不會上去了，妳可以鎖門沒關係！」房東太太溫柔的交代著，四樓前往五樓的樓梯間，他們加裝了一道鐵門，白天爲了房東出入方便，是不上鎖的。

但畢竟頂樓租給了別人，因此汪琦蓁偶爾也會介意安全問題，一般除非特例，否則房東們不太會在她在家時上頂樓去。

「好的，晚安。」她隨口應著，跟著把鐵門給鎖上。

這當然是違建，但是哪兒沒有違建？反正這種小事政府根本管不到，再者只要有關係，什麼事都沒關係了，舊公寓頂樓的違建多到不可勝數，但也從未有人介入過。

鎖上有歷史的藍色鐵門，汪琦蓁朝頂樓去，她不是不熱情，而是近期「都市傳說社」的新聞搞得她心煩意亂的，連好好聊天都懶。

走上樓，昏暗的頂樓照明來自隔壁人家的光線，她動手打開燈，隱約中覺得有什麼東西從角落的盆栽後掠過。

蹦！汪琦蓁朝地上蹬了一腳，只能猜是有貓跑上來，反正也不是第一次了！拿出鑰匙準備打開家門時，手機剛好響起，現在會打電話的真的不多，拿出來一瞧，果然是表姐。

「喂。」汪琦蓁懶洋洋的應著，她打開了玻璃門，「我知道，我看到了，新聞這麼大，想不看到都很難。」

『所以她是回你訊息了沒？』電話那頭的女人口吻不太高興。

「回什麼啊！上次拿到的電話早就空號了，她都用預付卡。」推開木門踏進家裡，她習慣睡前才把木門關上，反正頂樓只有她一戶。

在小玄關換了鞋子，啪的按開燈！

她的小窩約四坪大小，進門就能把所有一切盡收眼底，衣櫃書桌床，沙發圍起來的地板就算客廳了吧！廁所旁有個小小的角落，房東設了迷你的廚房，有水槽也有一個單爐的瓦斯爐，相當方便。

『阿嬷說最近不太安寧，要我們小心一點……』表姐口吻相當不耐，『都是那個傢伙沒盡好自己的本分，才會害得我們膽戰心驚！』

汪琦蓁深吸一口氣，這就是她最近心浮氣躁的原因，「到底我們會怎麼樣？爸只說要隨時做好回家的打算，但要我們回去做什麼？那明明不是我們該做的事啊！」

『我媽也是這樣說，只是交代一旦要我們回去，就必須立刻回家，工作課業全部都得放下！』表姐聲線出現緊繃，『我其實很怕……我們誰都不是地溝鼠，不需要負責對吧？』

地溝鼠，是她們家裡對「那個人」的稱呼，從有意識開始，所有親戚都說要這樣稱呼她，因爲她是見得不光的存在。

「姐……地溝鼠要負責什麼，妳眞的知道嗎？」汪琦蓁默默的到廚房邊拿餐具時，幽幽問了這麼一句。

知道嗎？電話那頭的表姐，大她七歲，已經是個社會人士，有固定且即將論及婚嫁的男友，事實上年底便要結婚，大家的生活都是非常平靜和諧的，但隱藏在心底的疑問卻未曾消失過。

他們的家族……或者是外婆的族系，一直有個祕密。

多年的傳統與儀式，是她們家族女生必須擔負的責任，但每一代很早就會選出一個扛責任的人，或者說是祭品之類的吧，大家都讓被選中者成爲地溝鼠；地溝鼠在某方面而言是最重要的人，但卻又養育成一個變態……至少與地溝鼠生活在同個屋簷下的汪琦蓁是這麼認爲。

地溝鼠會被特別養育，明明是她的二姐，但在地溝鼠十三歲前她不曾、也不能叫她一聲姐姐……一直到十三歲後，媽媽才正式對她與弟弟介紹了這位「二姐」；大家都知道二姐未來是要承擔大任之人，但「儀式」是什麼，家族裡沒人知道。

只要誰問了，就會遭到毒打或是家規處置……是啊，感覺很可笑吧？都什麼年代了還有家族啦、家規家法這種東西，但是很遺憾，沒看過不代表不存在，他們就是在這種家庭裡長大。

平常不一定見面，但是逢年過節時一定相聚，規矩甚多，而且……她們也隱約知道，阿嬤跟阿姨們與一般人不太一樣。

『我只知道類似獻祭之類的東西吧。』表姐的聲音悶悶的，『媽媽她們好像……會什麼。』

「噓……」汪琦蓁緊張的低聲說著，「這種事不能提吧？」

『這是社群電話，不會被監聽吧？』表姐說這話時有點自嘲，但說完卻跟著發寒，『我們……我們約個時間吧？把雪芯也叫上？』

「好！」汪琦蓁倒是不假思索，因爲她們都能感受到家族的氣氛不對了，「再約。」

表姐那頭掛上電話，汪琦蓁帶著餐具回到客廳的小茶几前，大家會害怕是有原因的，因爲多年前那場儀式……失敗了。

具體發生什麼事沒人知道，因爲那天起，她的媽媽與二姐就此消失，一直到兩年前，是弟弟意外在網路上發現了二姐的照片，她不但過得很正常、上了大學，還加入什麼「都市傳說社」！

輾轉透過那個社團聯繫，二姐都不曾理會他們，直到有一天突然殺回家，在未亮燈的昏暗客廳裡等他們，讓剛回家的他們嚇得魂飛魄散！

她什麼都沒交代，只說了與這個家再無瓜葛，無論爸爸怎麼好說歹說，姐姐永遠都是面無表情，也不交代當年發生了什麼事？媽媽去了哪裡？就這樣走了。

她還記得趕來的阿嬤氣急敗壞，跟爸爸在小房間裡談得很激烈，還責怪爸爸沒不擇手段留下二姐，她甚至……聽見了爸爸被打的聲音。

隔天開始爸爸上吐下瀉整整一個月，她跟弟弟嚇壞了想帶爸爸去看醫生，爸爸卻只是神智不清的喃喃自語：「沒關係，這是我應得的……」

回想家裡的事，汪琦蓁不自覺打了個寒顫，這一切都是因爲二姐現身後發生的事，她跟弟弟也隱約察覺到爸爸的生病是阿嬤的「懲罰」；阿嬤在家族地位最高，不管是誰都會敬畏三分……而現在家族裡的風聲鶴唳，不禁讓她們擔心受怕。

大家都知道，一定跟失敗的儀式有關係！

汪琦蓁食之無味的把滷味吃完，就算看ＹＴ的愉快影片也開心不起來，而且不知道是不是她最近查太多關於「都市傳說社」的資訊，演算法推薦給她的都是一些恐怖片……詛咒、咒殺、都市傳說……

夠了！汪琦蓁關掉手機，拿著碗筷去沖洗，洗澡前再抽空問了一下還待在老家、高中的弟弟，家裡有沒有異狀，弟弟只是很興奮的跟他提起隔壁鎮的瘦長人事件，但最後卻又提到了大姨最近很常打電話給爸爸的事。

放下電話的汪琦蓁心知肚明，現在不過就是暴風雨前的寧靜，有什麼事正要發生。

「這一切都是二姐的錯！」她難掩心中氣忿，從桌上的掛勾取下髮束，準備洗澡。

只是小小髮束拿下來，才準備順手纏上頭髮時，卻發現指節上有著不同平常的毛毛感……狐疑的把撐開的髮束湊近眼，赫然發現髮束上面竟滿了頭髮！

「咦？」她吃驚的看著淺黃色的髮束，現在都被頭髮纏得變成黑色的了！本來髮束上都會纏著頭髮是正常的，但是……

汪琦蓁小心翼翼的把髮束拎高了瞧，這頭髮……也太長了吧!?她的頭髮才過肩，但是現在纏在她髮束上的長髮至少及腰，更別說她才染了綠色的頭髮，這上頭是黑色的！

而且，早上她拔下時，還看得見淡黃色啊！

下意識把髮束掛回梳妝台上的小勾，她沒來由的覺得心底發毛，彷彿那上頭……纏著不屬於她的頭髮。

「想太多想太多……」她喃喃的說服自己，髮束纏頭髮是自然的，可能只是她沒發現而已。

但是她找不出任何理由，解釋髮束上多出來的頭髮。

抓過鯊魚夾順手夾好頭髮就跑進浴室裡洗澡，身在這個家族裡，她不會不信那些東西，但是她剛突然想到……房東太太的一頭烏黑長髮。

該死！伸手抹去臉上水珠的汪琦蓁一怔，如果是房東他們趁她不在時進她屋子，這好像比撞鬼更可怕吧！

她在這裡住三年了，從來沒遇過什麼詭異的事，阿嬤跟阿姨們都有教她擺放風水物品，保證邪不侵體，不管什麼阿飄靈體都不可能進來……那不是只剩人了嗎？

腦海裡又浮出社會新聞，獨居女子被怎樣怎樣，還有房東在單身女子住的房間裝針孔攝影機……媽呀！汪琦蓁全身都起雞皮疙瘩了，這眞的比房間裡有鬼更令人害怕啊！

該死！她火速換好衣服就衝出浴室，剛剛那種疑神疑鬼的心理全然消失，她第一件事把房間的燈全部打開，然後開始找尋可能被安裝隱藏針孔攝影機的地方！

這種事最討厭的是又不能直問，沒有證據誰都可以否認，弄不好最後她還變壞人咧！

女孩緊張的四處搜尋，她檢查了每個可能的角落，天花板或是所有能被安裝的地方，都沒有找到疑似的蹤跡，也到玄關處回想自己剛進門的模樣，回想究竟有沒有人進來過……嘖！她剛剛進來時在跟表姐說話，根本沒有留意。

再走回梳妝台邊，抓起那個纏滿長髮的髮束察看，深思兩秒後，她決定打開抽屜，把所有髮飾或梳子都拿起來瞧！如果房東太太會連這麼樸素的髮束都要拿，那她的其他更漂亮的東西不是不會放過了？

「跟人家共用東西很噁耶！」她一邊低吼，一邊把所有梳子都抓出來。

但是很遺憾的，除了那個她常用的髮束外，其他不管什麼髮飾或是任何一把梳子上，都只有她帶著綠色的頭髮。

「莫名其妙啊……」汪琦蓁拿著起那纏著不尋常長度的鵝黃色髮束，她既找不到隱藏式攝影機，又只有這個髮束上有長髮……

她不由得回過身，看向小客廳，看著玻璃窗外，眼裡彷彿出現了猜測的幻象，房東太太進入她的屋內隨處走動，翻看著她所有的東西，又隨手拿了這個髮束紮髮？

房東太太進她的房間做什麼？汪琦蓁有點崩潰，在她找不到隱藏攝影機的前提下，他們擅入她房間是為了什麼？

低頻音突然從天花板傳來，汪琦蓁下意識的抬頭看向日光燈，燈光開始出現閃爍，光線漸暗，她還來不及反應，燈光直接暗去、再吃力的亮起、再暗去，像極了瀕死前的掙扎。

幾秒後，她的日光燈死了，屋內陷入徹頭徹尾的黑暗，只剩下外頭庭院的微弱燈光。

汪琦蓁下意識捏著髮束微顫，她完全可以理解燈會壞掉，但是——她剛剛是把屋子裡的燈全部打開的，為什麼其他燈也跟著滅了!?

刹——屋外驀地閃現一個長髮女人，直接朝她的玻璃門撲上！

「哇呀——」汪琦蓁嚇得失聲尖叫，她屋內木門未關，玻璃門外的女人，看上去扭曲的臉正貼在玻璃上看向她！

她剛剛進來沒有鎖門！她連木門都沒有關上……不對啊！這女人是怎麼上來的？她不是已經把樓梯間的鐵門鎖上了嗎！除了房東外，不可能別人擁有鑰匙！

「走開！滾！」她尖叫著，慌亂的反手向後抓，她的手機剛剛擱在梳妝台上，「我報警喔！」

面對趴在玻璃門上不動的女人她反而更驚慌，回身抓過手機時，卻在黑暗中看見了梳妝台鏡子裡，出現一個長髮覆面的女人！

外頭的光再微弱，她也知道鏡子裡倒映的不是她！因爲她現在站著，而鏡子裡那顆全被長髮覆蓋的頭顱明顯低矮許多！

腦袋一片空白，她連尖叫都來不及，只看見鏡子裡那顆頭突然就往鏡子這兒撞了上來——磅！

「哇啊！哇——」這下連手機都來不及拿了，汪琦蓁嚇得踉蹌向後，直接往地上摔去！

磅、磅、磅，鏡子裡那顆頭還在撞，被黑髮蓋滿的頭讓汪琦蓁完全無法分辨正面背面，只知道對方拼了命的撞著鏡子，撞得整張梳妝台都在震動，然後女人驟停，昂起頭用力的做了一個深深深呼吸！

唰——倒抽一口氣的聲響如此明顯，頭顱的下方出現一個凹洞，把所有的頭髮都往那凹洞裡吸入了！

「啊啊——我不認識妳！」汪琦蓁尖吼起來，「妳找錯人了！妳一定找錯人了！」

倒抽氣的聲音近到彷彿在她耳邊，她爬不動也逃不了，雙手掩耳的開始把自己埋進雙膝間，背著從小到大媽媽教她的兒歌：「我的指甲不要了、牙齒也不要了，我們是最乖的寶貝女兒，把頭髮剪下來送給媽媽，因爲我們是最乖的孩子，我們什麼都不要，我們是媽媽的乖女兒！」

她嚇到語焉不詳，還是拼命的唱著這首歌，甚至不知道什麼時候開始，那倒抽氣的聲音已經消失了。

再度睜眼時，看見的是自己的雙腳，還有早已亮著的地板，顯示室內的燈光恢復……汪琦蓁戰戰兢兢的抬起頭，人是種奇怪的生物，明明怕得要死，但第一時間卻依然看向那面鏡子。

坐在地上的她看上去，鏡子裡映照的是她的客廳天花板，沒有什麼滿是頭髮的女人頭顱。

手依舊不敢放下，汪琦蓁全身發寒顫抖著環顧四周，她房內所有燈全都亮著，一如剛剛她在尋找針孔攝影機時的狀況，書桌、床頭燈、浴室，無一處不通亮，然後……

她吞了好幾次口水，才有勇氣回過頭……看向那沒上鎖的玻璃門。

撐著地板努力起身，腳有些發軟，戒慎恐懼的看著平靜的梳妝台，先一步拿回上頭的手機，然後站在原地做足心理建設，才緩緩往門邊移動。

她終究必須得出門，不可能一輩子躲在屋子裡，而且……她也要去把門鎖上對吧！

「……指甲不要了、牙齒也不要了，」嘴裡不停唱著兒歌，呼吸急促的往門邊走去，左顧右盼還不忘先抓過角落的掃把當武器。

現下屋裡的燈比外頭亮，她便看不見外頭情況，她的門是往外開的，她現在只要用力一擊，把門推出去——汪琦蓁的手重新抓握掃把，她緊張到都流手汗了！

去！她用力的頂開了玻璃門！

喀嗟，明顯的聲響來自於門的後方，汪琦蓁一頂開就嚇得後退，直到意識到那個聲音有一點熟悉？

再度戰戰兢兢的頂開門縫約三十度，外推的門即刻被地板上的桿子卡住，汪琦蓁小心的趨前再靠近些，這才重重鬆一口氣……

「搞什麼啊？」汪琦蓁使勁再把門往外推開些，橫柄跟著被往後拖。

撲在她玻璃門上的不是什麼女人，而是一柄拖把。

一把老舊拖把，現在正頹然無力的卡在門軸處，汪琦蓁將其立穩，才發現這柄拖把居然跟她差不多高，不，比她還高了點。

她蹙眉看了看手裡的握柄，才發現這哪是什麼拖把，而是伸縮桿，所以？汪琦蓁一把抓了抓灰色的拖把頭，果然立刻摘了下，這並不是一體的。

換言之，有人把舊式的拖把頭安在了比人高的伸縮桿上，這根本不能拖地吧！那放在這裡做什麼？就是這模樣，讓她覺得像有個女人在門外撲上她的門似的……她不記得頂樓有這東西啊，是房東他們拿上來的嗎？擱在哪？爲什麼會倒上她的門？

她進門前根本沒見到這柄東西啊！

唉，汪琦蓁氣惱的把拖把頭朝花圃間的地板扔去，再把伸縮桿子給壓回原本長度，扔到遠離她門前的地方去；急匆匆回到屋子裡，不僅鎖好玻璃門，連木門也關上鎖妥，最後將窗簾拉密。

倒下的拖把很嚇人沒有錯，但她沒有忘記剛剛在鏡子裡出現的黑髮女人。

還有……她抖著手退離了窗邊。

剛剛「拖把」撲上她的門上時，她真的看見那上頭有一張臉，猙獰扭曲的瞪著她。

第二章 隨處的異象

女人坐在池邊吃著午餐，一雙眼看似放空，事實上正目不轉睛的盯著池邊的石頭看，張口咬下飯糰時，嚼了幾下，眼神悄悄的朝左右張望。

很好，都沒有人。

她不動聲色的把膝上的午餐擱到一旁，冷靜的拿起左手邊的網子，接著以迅雷不及掩耳的速度前——啪！

驚恐的青蛙嚇得想要躍離，但再怎麼跳，都被困在從天而降的網子裡了。

「乖，乖……」女人滿意的收網，接著再把青蛙移轉到隨身攜帶的罐子裡，「我會讓你發揮最大用處的，你放心。」

青蛙無助的嘓了一聲，還是只能被鎖進罐子裡。

女人把罐子放入包包後，收拾東西準備離開，手裡抓著的飯糰狼吞虎嚥幾口就吞掉，這才準備去吃中餐，飯糰只是點心跟掩人耳目的工具而已。

滿意的走進自助餐店，俐落的夾了幾道菜，盛好湯，找個熟悉的位子就坐了下來，現在人們坐下第一件事便是架好手機，滑開——

「姐！」左邊闖進一道人影，「妳怎麼才來？」

學生模樣的男生沒好氣的挪到她前面坐下，手裡拿著飲料，看時間恐怕是吃飽了。

「我去補貨。」她大口扒著飯，「吃飽了？」

「嗯啊，都幾點了！妳自己說午餐這裡見的。」男孩咬著吸管，「琦蓁姐會來嗎？」

「太遠了，約假日。」吳珊寧朝旁望去，「雪芯呢？」

「先回去了，她有課啊，等不了妳。」吳凱航悄悄湊前，「昨天二姨丈有找我。」

吳珊寧聞言挑眉，冷冷一笑，「找你？他有什麼用？」

「多少有啦！好像琦蓁姐不想理他才找我！他說鎮上東邊的溼地最近淹水不退，都變小湖了，鎮上有人直接殺去他們家裡找碴了！媽最近也很頻繁的在跟小姨聯絡。」弟弟吳凱航歪了嘴，「真慶幸我們搬離了鎮上。」

「不必高興太早，別忘了二姨丈他們之前也是住在外面，最後還不是被叫回去！」吳珊寧雙眸深沉，「尤其那件事之後。」

那件事，吳凱航緊張的嚥了口口水，家族裡禁提的事情，二姨失蹤的那天之後，很多事都變了，他們卻什麼都不許問。

「對了，爸還說阿嬤已經住在他們家了。」吳凱航提起阿嬤就有點戒慎恐懼，「然後交代所有人不許出國。」

吳珊寧臉色不變，她早知道狀況不對，但是……不許出國這件事倒給了她一個想法，這或許是一個可以逃避的法子啊！

不必管其他人，她自己就到國外久居一個月，等待事情落幕……所以出國的時間，必須要算準。

「你們男生最好了，都不必擔心受怕。」吳珊寧瞪了弟弟一眼，「悠哉悠哉！」

「喂喂！也沒多好吧，我們在家地位這麼低！」吳凱航咕噥著，「而且媽一天到晚催我結婚，拜託，我才大二是結什麼屁婚！」

「哼，因爲她們急著想抱孫子吧……不。」吳珊寧眼神一沉，「是急著要有下一代地溝鼠。」

吳凱航只是略微蹙眉，他對地溝鼠的事並不甚瞭解。

其實是男人在這個家族地位低，再來是上一代地溝鼠與他差很多歲，沒有直接接觸，眞的很不熟。

吳凱航喝著飲料，默然的盯著姐姐看，生在詭異的重女輕男家庭裡，他只慶幸至少沒遭受過什麼虐待，但是他們家男性就是沒有說話權，不能做決定外，還得做牛做馬……不知道爸爸走得早是幸還是不幸？總之幸好其他倒是跟一般人沒什麼兩樣。

而且家事也都是姐姐在做，所以這是種很弔詭的重女輕男。

「姐，妳有想過我們家是什麼嗎？」吳凱航突然悶悶的開口問了。

「噓！」吳珊寧嚴厲的要他噤聲，「我們不許討論這個話題。」閃爍的眼神朝兩旁轉著，就怕有隱藏的人在監視他們……或者說，監視姐姐比較對吧。

吳凱航懂事的點點頭，以前的人就算了，現在資訊發達，他們又不是傻子，能避開家人監視的通訊軟體多得很，他們也會想去查查自己家族到底在搞什麼莫名其妙的儀式。

不說，只是怕被懲處而已，每次小舅舅推著輪椅進來時，都是在告誡所有人：觸犯家規的下場。

就像姐姐也曾話中有話，父親的早逝似乎也不單純。

吳珊寧吞下肉，拉過前方的碗喝湯，自助餐亙古不變的紫菜蛋花湯，她已經很會舀湯，可以舀上一朵的蛋花跟滿滿的紫菜，就碗便喝了一大口，耳邊隨著的是弟弟吸飲料的聲音，嘶嚕……

「咳！」吳珊寧突然嗆到，猛然咳了起來，「咳！咳咳咳！」

「姐……」吳凱航立即起身，越過桌子輕拍女人的背，「嗆到了嗎？那個……喝我飲料！」

「咳咳咳——」她咳得很激烈，像是要把內臟都咳出來似的，附近的人帶著不適的瞅著她，弟弟忙抽過衛生紙給姐姐，誰讓她哭得口水淚水都湧出來了！

「水、水！」老闆熱心的倒了杯開水過來，「慢慢吃，先喝點溫水好一點！」

「謝謝喔！」吳凱航接過水，再三道謝，想把水遞給姐姐。

但吳珊寧完全無法接手，只見她拿起衛生紙掩住嘴，試圖清喉嚨的咳著，連續的咳嗽總算是緩了許多……整個人都要趴上桌了，終於才緩緩抬起頭，淚水盈眶的她先看了弟弟一眼，那瞬間，吳凱航就知道姐姐有狀況。

吳珊寧掩嘴的手略握了緊，掌心裡是衛生紙，只見她緩緩將拳頭遠離自己的嘴邊，那動作看起來卻像是在拉動著什麼……一把頭髮從她嘴裡被拉出，又長又黑，吳珊寧乾嘔了聲，總算把最後一絲頭髮拉離了自己的喉嚨。

「嘔……」喉頭的反應讓她又乾嘔了幾聲，但很迅速的將包著頭髮的衛生紙往桌下藏，並未引起騷動。

弟弟也明白姐姐，趕緊把溫開水再度遞上前，這一次姐姐終於喝了。

「謝謝……」吳珊寧啞著聲，她朝向老闆道謝，咳到臉都漲紅了。

「沒事沒事！吃慢點！」老闆說著，還有一絲擔憂。

吳凱航擔憂的看著桌上的那碗湯，動手想要撈起察看，卻被吳珊寧一把攔下，現在不是時候，四周都這麼多人啊！

弟弟不動聲色的點頭，姐弟倆跟沒事的人一樣，他陪著姐姐把剩下的飯菜吃完，然後拿塑膠袋將桌上那碗湯打包好，並在桌上偷遞另一個小袋子給姐姐，讓她把衛生紙丟進去。

離咖店裡時，吳珊寧的手還不停地壓著喉頭，剛剛那被噎到的窒息感仍舊留在體內、留在喉頭上，讓她想到就渾身打顫的冒汗。

「姐！飲料！」吳凱航趕緊手裡的飲料遞給她，姐姐喝了一大口，這才鬆口氣。

「好噁！」她壓著喉頭，又嘔了聲，吐出長長的舌頭，多怕還有一根頭髮還殘留在裡面。

「爲什麼不跟老闆說，這太誇張了！」吳凱航發難，「我只瞥一眼，我看見是一堆頭髮耶！」

「說什麼？滿屋子的客人，就只有我吃到頭髮？還一整把？」吳珊寧拿出塑膠袋，找個角落姐弟倆一站，便拿出了衛生紙裡的東西。

她剛剛那一大口湯裡，有著至少幾十根長達三十公分以上的黑髮，就被她這麼窸哩嗦嚕的嚥下去，然後這些長髮就塞滿她的食道。

拉出來的噁心感餘悸猶存，弟弟見狀，連忙查看打包的那小碗湯……急切的直接用手去撈，什麼紫菜蛋花，今天可是貨眞價實的「髮菜蛋花湯」，黑色的長髮掛在吳凱航的指頭上，他呆愣的看著頭髮，再看向姐姐。

這不正常，喝到幾根頭髮或許會有，但這是一整把……不，一整碗都是啊！

吳凱航打了個寒顫，他嚇得甩手，把頭髮丟回湯裡，但是沾湯的頭髮變得黏膩，讓他怎樣都甩不乾淨！

「好噁！噁心！」他低吼著，開始有點歇斯底里。

「別動！慌什麼！」吳珊寧大喝一聲，握住了他的右手。

她慢條斯理的動手一根根把頭髮剝掉，再拿張紙讓他擦手，逕自把袋口重新封好，裝進了提袋裡。

至此，她才深呼吸，緊擰著眉心。

「姐！這是怎麼回事？」吳凱航冒著雞皮疙瘩。

「今天的事不要跟媽說，絕對不行……你都不要跟任何人說好了，我來聯絡。」吳珊寧始終難安，她應該要立刻買機票飛出國才對。

「老家出事了對吧？」吳凱航才不笨，他驀地張開掌心迎向了姐姐。

剛剛在自助餐店，姐不讓他說是怕隔牆有耳，但這裡雖是大街上，他把字寫在手掌上總行了吧！

吳珊寧瞬間倒抽一口氣，瞪圓雙眼望著他。

「我不能確定。」

「妳都差點被頭髮噎死了！」吳凱航拿出手機，「我們應該快點跟表妹還有表姐們聯繫！」

「我叫你等等……你不要提，我來說！」吳珊寧雙手握住弟弟的上臂，「我知道你擔心我們，但你不要捲入太深……別忘了，你是男人。」

吳凱航喉頭緊窒，你是男人，意思就是你沒有地位，但也沒有作用，相對安全。

「需要我幫忙的話，儘管開口。」吳凱航反握住姐姐的手，「我們是親人！」

嗯……吳珊寧閉上眼點點頭，突然抓起了弟弟的左手腕，嚴厲的看著他，「回去立刻洗掉。」

圈在手腕上的力道相當大，吳凱航完全明白姐姐的擔憂。

「我知道。」他連忙點頭，立即開始搓掌心。

吳珊寧勉強放心的轉身，她得回去上班了，與弟弟朝反方向而去，手裡握得手機死緊，她得警告姐妹們，發生異狀的絕對不只是她。

這個家族的女性……不，是她們這一輩，說不定都已經遇到詭異的狀況了！

回首看著弟弟的背影，他正努力搓著掌心上的字樣：

禁后。

寬敞的八坪套房，大眼女孩正擦著濕髮，一邊拿屋裡的保養品隨便抹著，床邊小桌上的手機開著視訊，分割畫面顯示著這是群組視訊，裡面的兩個女生不耐煩的托著腮。

『妳是好了沒？』汪琦蓁忍不住抱怨著。

「講啊，我聽得見！」袁雪芯嚷嚷著，才八坪是怎樣會聽不到啦！

扯了嘴角，她們之間最小的表妹總是這樣大喇喇的，『所以妳那邊什麼事都沒有嗎？』

「呸，會有什麼事？」袁雪芯不爽的把蓋子旋上，「妳們不要講那些嚇我！」

『誰要嚇妳？我才希望不要被嚇咧。』汪琦蓁邊說，一邊往左邊望去，『我昨天眞的被嚇得不輕。』

『在看什麼？』吳珊寧自然發現她的分神。

『啊……對不起，我就很難放心，一直在看門口。』汪琦蓁說著，其實她已經回到家，門窗緊閉，木門也鎖上了，『我昨天一直以爲是有人闖入，眞的嚇壞了，然後……今天表姐打給我，我就發現可能不是這麼回事了。』

袁雪芯拎著吹風機走到單人小沙發上，螢幕裡終於出現了她的臉，「有人闖入妳家嗎？別嚇我喔！我也一個人住耶！」

她不安的左顧右盼，不過她不是住在頂樓加蓋，是某層樓裡，應該沒那麼多漏洞吧？

『我昨天發現我常用的髮束上纏上了長髮，我才剛過肩，那個長髮……差不多妳那麼長。』汪琦蓁指向袁雪芯，她撩起濕髮皺眉。

「我可沒去妳那邊。」袁雪芯還有心情打趣。

『我家莫名其妙停電，我在梳妝台的鏡子裡看到……奇怪的東西，還有屋外有個長髮女人貼著玻璃門瞪我……』汪琦蓁趕緊接口，『但是我後來出去看，是一個伸縮桿上套了個拖把頭。』

吳珊寧皺起眉心，越聽真是越不對勁。

「伸縮桿上放拖把頭？這是什麼操作？」袁雪芯抓過耳機，「妳房東用那個嚇人嗎？」

『我今天問了，他們根本沒看過那個東西……我越問越害怕！』汪琦蓁低著頭，像是把玩著什麼，『然後我昨晚特意把髮束上的頭髮清空，結果我剛回來……』

只見螢幕裡的汪琦蓁舉起她昨夜清好的鵝黃色髮束，現在卻是滿滿的一片黑，上頭再度纏滿了長髮。

吳珊寧雞皮疙瘩竄遍全身，沒來由的發冷，倒是袁雪芯湊近歪了頭，「這妳頭髮喔？」

『妳瞎喔？』汪琦蓁再度舉高髮束，可以看見頭髮的長度，絕對不是她的頭髮長度，顏色也不對啊！

袁雪芯終於感受到一絲事態不對，抿了抿唇，「所以是什麼意思？」

『我今天中午吃自助餐喝紫菜湯，一口下去是一堆長髮，直接梗住我食道，差點沒噎死我。』吳珊寧接著說了，『我彷彿是從胃裡把那些長髮拉出來的，又是頭髮。』

汪琦蓁倒抽一口氣，臉色慘白，『昨晚我從鏡子裡看見的果然不是錯覺，我鏡子裡有滿頭披滿長髮的女人……會不會是我媽？』

所有人都陷入沉默，汪琦蓁失蹤的母親……一直是家族裡的謎。

「我先戴耳機喔！」袁雪芯戴把乾髮巾朝旁一扔，將耳機戴上，免得等等吹頭就聽不見說話聲了。

『我媽昨天已經傳訊來，說要有隨時回去的準備了。』吳珊寧嚴肅的說，『這兩天的事情就已經預告事情不對勁了……』

『要找我們的用意是什麼？』汪琦蓁開始因緊張而哽咽，『我昨天看見鏡子裡那個女人時，嚇得趕緊唱兒歌，才勉強……好像是這樣才趕走那東西的！否則我們屋子裡都有防備，不是說鬼進不來嗎？』

袁雪芯打開吹風機，聽著不由得的張望左右，她的宿舍當然也放滿了所謂的「防護」，這是祖傳的方式，可擋魍魎鬼魅。

『我今天去抓了隻青蛙，打算加強大門守護。』吳珊寧拿起桌上的罐子，裡面是奄奄一息的青蛙，『等等挖出心臟後再烘乾。』

『哇！姐，妳去哪裡抓的？』汪琦蓁羨慕極了，『也幫我抓一隻吧？我也想加強防護啊！』

「哎唷，妳們弄得好像很有事耶！」袁雪芯嚷嚷起來，「媽沒有跟我說任何事啊，被你們搞得這樣風聲鶴唳的——」

喀噠喀噠，馬達卡卡聲瞬間傳來，袁雪芯吃驚的往下一瞥，焦味跟著飄出，她的頭髮竟被捲進吹風機裡了！

「哇——」她嚇得趕緊關掉吹風機，但是……關不掉？「呀——呀——」

不停止的馬達繼續捲著她的頭髮往裡扯，焦味陣陣傳來，但卻怎麼扯都扯不開！

『雪芯怎麼了!?』吳珊寧緊張的喊著，『發生什麼事了!?』

『說話啊！她人呢!?』汪琦蓁緊張地盯著螢幕，因爲袁雪芯從鏡頭前消失了！

「我的頭髮——吹風機把我頭髮軋進去了！」袁雪芯哭喊著，「我關不掉！」

電話那頭的吳珊寧錯愕非常，『什麼叫關不掉？妳就關啊！』

「關掉了，但是還是繼續在捲我——呀——」袁雪芯死命握著吹風機，但是

她卻因爲頭皮被扯緊，整顆頭不停的朝吹風機移近！她所有的頭髮都快被捲入了！

砰的一聲，袁雪芯因慌張疼痛跌落沙發下，死命扯著吹風機的她騰出另一隻手，使勁將電線從插座中拔起……剝！她還因爲過度恐懼所以用力過猛，插頭從插座中飛起，她也向後倒去，剛好在螢幕前往後跌。

視訊中的兩個表姐都看著她那頭近腰的長髮，有一半以上被捲進了吹風機裡……而且吹風機的聲音還在響啊！

『關掉啊！妳在幹什麼！』汪琦蓁忍不住大吼，『妳等等連頭皮都會被掀掉的！』

我……我……袁雪芯聽著吹風機不停的軋著，她的頭皮被越拉越緊、越拉越緊——

「我插頭已經拔掉了啊——」她失聲尖叫著！

咦？表姐們瞬間領會到不對勁，汪琦蓁毫不猶豫的唱起歌來，那首她們從小到大，只能唱的一首兒歌……

『我的指甲不要了、牙齒也不要了，我們是最乖的寶貝女兒，把頭髮剪下來送給媽媽，因爲我們是最乖的孩子，我們什麼都不要，我們是媽媽的乖女兒！』

吳珊寧即刻跟著唱，在與吹風機掙扎的袁雪芯也嗚嗚咽咽的唱了起來，馬達聲如此的近，她的臉都快要貼上吹風機了！燒焦味盈滿鼻息間，捲了大把頭髮的吹風機絲毫沒有停止的跡象……喀啦咖啦……啪！

一個小火星炸開，吹風機終於停止了運轉。

撐在地上的袁雪芯依然無法鬆開吹風機，她戰戰兢兢的撐著沙發椅面坐起身，淚流滿面的她渾身發抖，轉頭看向了手機螢幕。

兩個表姐憂心如焚的瞅著她，袁雪芯右手拿著近在咫尺的吹風機，就在她身邊不到五公分的距離了。

『那個吹風機不可能捲進這麼多頭髮還不停。』汪琦蓁看著那根本是旅行用的小型吹風機，說話都在發顫。

吳珊寧重重的嘆口氣，『重點是在插頭拔了，就不可能再繼續運轉了好嗎！』袁雪芯不由自主的痛哭失聲，頭上掛著一台吹風機，平時她們姐妹會哈哈大笑，但如今誰也笑不出來；汪琦蓁遇到莫名拖把頭與鏡子裡的長髮女人，吳珊寧差點嚇下一大把「髮菜湯」，現在的袁雪芯一頭長髮被吹風機捲了光。

每件事都跟頭髮有關，跟她們心底的疑問與答案有關。

吳珊寧催促袁雪芯去把吹風機拿下來，以防再度運轉，下一次被捲進去的就是她的頭皮了。

袁雪芯不敢離開表姐們，拿著手機來到她的梳妝台前，她不可能拆解吹風機把長髮弄出來，只剩下一條路。

她只能拿起剪刀，把吹風機外的頭髮一刀剪下。

「嗚……為什麼我們會發生這種事？」袁雪芯看著短到可笑的頭髮，剪去的頭髮甚至在耳上，「到底是什麼東西？」

她氣忿的把吹風機跟剪刀一起往桌上扔，歇斯底里的怒吼著！

乓！梳妝台驀地震動，袁雪芯瞬間嚇得抬頭。

『雪芯？』一直緊繃著神經的汪琦蓁立即出聲，『怎麼了嗎？』

袁雪芯抓過手機往後退，「我……我覺得梳妝台震了一下。」

『退後！退後！』汪琦蓁緊張的喊著，『遠離梳妝台！』

「什麼啦！」驚魂未定的袁雪芯被這麼一嚇更慌了，趕緊後退，梳妝台此時明顯的又震動了一下！「咦……」

不是梳妝台，是鏡子……她注意到中間的鏡面彈了一下……但是，裡面現在映照的是臉色慘白的自己啊！

『我的指甲不要了、牙齒也不要了……』

手機擴音再度傳來了兒歌，吳珊寧領頭開始唱，對她們而言，這首兒歌是阻擋一切最萬能的東西，袁雪芯手汗濕到差點握不住手機，也把螢幕對著鏡子一起入鏡，隨著聲音開始和諧同步，鏡面彷彿共振現象般的劇烈震動。

那不是地震……袁雪芯哽咽的唱著，整張梳妝台也在那片鏡子的震動中——啪！

鏡子在剎那間裂開了，袁雪芯忍不住尖叫出聲。

「呀！」

龜裂的鏡子從上到下裂得徹底，但是震動現象卻停止了。

沒有什麼長髮蓋面的女人……汪琦蓁同步望著鏡子，為表妹鬆了一口氣。

房裡陷入一片平靜，袁雪芯卡在原地不知道該怎麼辦，還是吳珊寧先出聲，叫她往前去看看裂開的鏡子裡有什麼。

「我不要！」袁雪芯嚷嚷起來。

『我們會一起唱著歌，妳放心。』吳珊寧這樣保證著，袁雪芯根本不敢……但是，她就住在這裡，不弄清楚她晚上還怎麼睡？

『把頭髮剪下來送給媽媽，因為我們是最乖的孩子……』

兒歌緩緩響起，袁雪芯吸著鼻子小心翼翼的上前，一步、兩步，一直到走回梳妝台前都沒有任何異狀。

「鏡子不會無緣無故裂開的。」袁雪芯嚥了口口水，抓起剛扔的剪刀往鏡子裡湊近瞧著，「……咦？」

她蹙起眉，大膽的湊近鏡子前，在鏡子的裂縫裡，她瞧見了！

『什麼東西？』吳珊寧問著，現在她們什麼都看不見啊。

袁雪芯聞聲，趕緊把手機的鏡頭移到後鏡頭，好讓姐姐們看清楚鏡子的裂痕，「看見沒？裂開的鏡子裡有東西……我用剪刀勾一下……」

張開的剪刀從裂縫中勾出了一絲……兩絲……黑色的……頭髮。

袁雪芯瞬間嚇掉了剪刀，寒意自背脊涼到腳底，又是頭髮。

「爲什麼……」她發顫的說著，「這不關我們的事啊！」

吳珊寧凝重的看著被勾出的頭髮，所有事情都跟頭髮有關……當年那場儀式，果然出了什麼差錯。

『地溝鼠的失誤，看來會轉嫁到我們身上了。』吳珊寧沉重的說著。

『爲什麼？我不是被選中的啊！』汪琦蓁忿怒的喊著，『我不是那個拿刀子切碎貓頭的噁心女孩！』

『如果家中一定要有一隻地溝鼠，她失敗了，就會找下一個……』吳珊寧無奈的說著，『有防護的我們屋子裡都發生類似的事情，妳不覺得這就是一個警告嗎？』

袁雪芯不懂，她腳軟的跪坐在地，「警告什麼？」

『警告該有人來糾正當年的錯誤了！』

第三章 面對現實

女孩們仰躺的掌心上，清一色用唇線筆寫上了一樣的字樣，大家交換著眼神，果然每個人都查過了。

禁后，一個複雜的都市傳說，雖然不是出現在他們國度，但背景曾提及那是個會使用咒術或巫術的女性家族，與她們家不謀而合。

簡單來說，那是個殘忍詭異又變態的儀式，某個家族裡的女性會挑中一個女孩作爲「特殊培養者」，她會擁有兩個名字，一個是世人所知，一個是只有母親知道的名字；從小教育錯誤的價值觀，或殘殺動物、或吃下髒污的東西，就是要讓扭曲這個女孩的價值觀。

最後在她十六歲那年，母親會告知女孩眞名，接著母親成爲被獻祭者，前往某個「完美世界」；爾後徒留軀殼，如行屍走肉般終生只會吸自己頭髮，而這個被選中的女兒，將繼承這份責任，未來生下孩子，也要這樣培養其中一個孩子，等到那個女孩十六歲那年，就換她告訴女兒只有她知道的眞名，而母親自己再度成爲獻祭者，如此傳承。

「我假設大家都非常瞭解那個都市傳說了。」身爲年紀最大的表姐，吳珊寧沉重的開口，「那你們也猜得出八年前的儀式是做什麼的了。」

上班或上課的女孩們全都請假過來，雖然不同市區，但大表姐今天無法請假，她們只得過來會合；地點在吳珊寧工作旁邊的咖啡坊，這時的女孩們已經不在乎是不是有人在監視著她們了。

「我覺得我們跟那個都市傳說不太一樣，因為如果是母親進入那個世界，那阿嬤就不會在。」汪琦蓁中肯的說道，「別忘了那個都市傳說裡，會變成行屍走肉的是母親。」

「同意，我反覆看過很多次，而且我們的地溝鼠也不是同一個家系繼承，而是用選的。」年長的吳珊寧自然記得，「當時是用抽籤的，先是我媽跟阿姨們抽，再來是孩子們抽。」

汪琦蓁蹙起眉，因為看樣子選中的是她的二姐，但她沒有抽籤的太多記憶。

「妳姐呢？」袁雪芯好奇的是為什麼只有她們三個來，「其他人都沒遇到奇怪的頭髮狀況嗎？我早上起床發現那些頭髮還在鏡裡！」

汪琦蓁深吸了一口氣，「我大姐不會來的，別忘了她在老家，是阿嬤的心腹，要是跟她的話，她會罵我們不該密會，有狀況就要回報才對。」

「哼！」吳珊寧冷冷一笑，「皓月向來很聽話，都自栩為家族表率，小時候欺負地溝鼠時她最起勁啊！」

汪琦蓁別過頭去，默默端起咖啡開始喝著，論起欺負她二姐，每個人都出過力，因為在她們眼裡，她二姐就是個怪胎。

「地溝鼠……指的是三表姐嗎？」小表妹袁雪芯不安的絞著雙手，「我哥說，她離開了家族，去過逍遙日子了。」

「對，就是她，事情就是由她而起的。」吳珊寧斬釘截鐵，「如果她好好盡自己的本分，我們就不會收到這些警告！」

「爲什麼是警告？我們沒做什麼事啊！」袁雪芯慌亂的搖頭，「姐，我根本不知道發生什麼事，我們明……」

「我弟沒感覺，雪芯妳哥也沒有任何反應，等於跟地溝鼠同輩的女生們都收到了跟頭髮有關的訊息……」吳珊寧語重心長的握住袁雪芯的手，「妳不是看過那個都市傳說了嗎？阿嬤還在世，就表示祭品不是母親，而應該是……」

「是孩子，也就是地溝鼠。」汪琦蓁悶悶的低下頭，「你們有注意過嗎？祠堂裡有些被布蓋著的牌位嗎？說不定，我媽她們不只三姐妹，還有別的、我們無緣認識的阿姨……」

袁雪芯當然查過這個都市傳說，她用紙巾擦去掌心上的「禁后」二字，她只是不懂與她們何干。

「孩子，指的是我們對吧？」袁雪芯聲音發顫，「被選中的是三表姐，可是表姐現在在外面，二阿姨卻失蹤了……」

「二姨有沒有失蹤還是個謎，雖然我覺得我媽他們都知道原委。」吳珊寧搖了搖頭，「但的確祭品應該是地溝鼠，結果她人卻在外面上大學，所以呢？錯誤是否該被糾正？」

汪琦蓁心頭一涼，從那年二姐消失開始，她就一直恐懼著這天的到來。

「祭品不對，那個都市傳說硬要索取正確的東西……」汪琦蓁指尖開始泛冷，「我們這一輩所有的女孩，都符合被獻祭的資格。」

「我不要！」袁雪芯當場哭了出來，「都什麼年代了，還有什麼獻祭！爲了世界平安嗎？」

汪琦蓁不耐煩的看著愛哭的女孩，「夠了沒？妳房間沒有幾隻動物乾屍守護？妳不會下咒？我們家族本來就很奇怪啊！」

啜泣的袁雪芯看著表姐，大滴的淚還掛在眼角，「只會一點點……」

「那就是會！我們家族一直都不一樣，妳有點自覺吧！」汪琦蓁嘖了一聲，「我這兩天仔細想過，如果魍魎鬼魅不能進我們的屋子，那些異狀就……只屬於我們的了！」

「當然，而且我弟喝湯沒事，我就能喝到頭髮，這針對性再明顯不過了。」吳珊寧深吸了一口氣，「我覺得這兩天我們就會被叫回去了，大家要想想該怎麼辦。」

袁雪芯一怔，「什、什麼怎麼辦？我才不要回去！我要考試了，我……」

「妳敢不回去嗎？」汪琦蓁冷冷的瞪著不知輕重的小表妹，「要是等阿嬤親自來找妳，妳就死定了。」

袁雪芯用力搖著頭，她不要，那個老家她一點都不喜歡，詭異陰沉，而且阿嬤好可怕……

「我不信妳大姐不知道，我想到最直接的狀況，就是改成我們其中一個。」吳珊寧瞄向低頭哭泣的袁雪芯，「妳不回去也行，我們剛好就全推給妳！」

「不要！」袁雪芯緊張的尖叫出聲，「我不要被犧牲掉！爲什麼……」

轉頭看向汪琦蓁，她嗚咽的就伏在她肩上哭了起來。汪琦蓁是好氣又好笑，她知道吳珊寧是說笑，就是嚇小妹這個不懂事的；雖然家族特別，但也因爲如此，她們表兄弟姐妹自小都是一起長大，感情甚篤，宛若親手足。

只有一個人例外。

「怕就要團結，現在是我們所有女孩團結的時候，地溝鼠只有一個，而那隻老鼠不該是我們。」汪琦蓁拍著小表妹，嚴肅的說著。

地溝鼠只有一個。

噙淚的袁雪芯緩緩瞪圓雙眼，離開了汪琦蓁的肩頭，「能找到她嗎？」

「她一點都不難找好嗎？」對面的吳珊寧翻過手機，「妳沒看新聞嗎？瘦長人的事件？」

隨便點開社群，一堆關於瘦長人的報導與A大「都市傳說社」的名字赫然於其上。

「啊……O鎮……在我們鎮隔壁！」袁雪芯雙眼一亮，「三表姐在那邊？」

「阿嬤應該不會這麼輕易放過她吧？」汪琦蓁大膽的推測，「不過會有備案，我弟說親人們已經陸續返鄉……」

餘音未落，三個女孩的手機同時震動，她們才不信什麼巧合，這一定是同個群組傳來的；翻過手機一滑開，果然是家族群組，發訊的是令人聞之色變的阿嬤：『立刻回家。』

阿嬤的命令，誰都不能質疑。

「坐兩點的車子回去。」汪琦蓁立即查了火車時間，「回去剛好晚上。」

「三點，別忘了我還得交代工作。」吳珊寧若有所思的，「我來回報我要久一點，妳們先回去收拾行李就好……」

「阿嬤不會讓妳延的，她會叫妳直接離開，這份工作不要都無所謂。」汪琦蓁太瞭解那個嚴厲的阿嬤了。

「這我會想辦法圓，妳們回去吧！」吳珊寧頓了頓，「雪芯，鏡子裡的頭髮拉出來，用夾鏈袋裝妥，琦蓁……」

「我已經把髮束上的頭髮裝好了。」不必等表姐交代，她有心理準備。

吳珊寧微微一笑，三姐妹即刻離開了咖啡廳；吳珊寧快步回到工作地點，打卡並向主管報備，主管果然拉下臉來，這是什麼莫名其妙的理由，立刻馬上請假？

吳珊寧的確也不想管太多，她直說家裡有急事，刻不容緩，如果要開除她也行，不過她就是下午必須離開，說完也不想浪費時間與主管爭辯，轉身就進員工休息區。

回報了家族群組表示工作上必須做到一個段落，三點才能回去，阿嬤果然只回了兩個字：『走人。』

哼，霸道囂張拔扈，就是她們這個阿嬤的形容詞，媽媽們年過五十，看見阿嬤都還會瑟瑟顫抖，就知道這老妖婆有多可怕了。

對，她心底就是稱呼阿嬤爲老妖婆，在她心裡，阿嬤是個冷血刻薄的女人，因爲她不知道，再小的孩子，也會有記憶的。

『我不能說走就走，證件跟押金都還在主管那邊，手續一辦完拿回東西我就回去。』掰了個藉口，索性把群組設成靜音後，吳珊寧深吸了一口氣。

她沒有換衣服，而是掛好工作證，從容的走出休息室。

「一、二、三——對，吸氣呼氣！」教練們正在訓練著重訓的學員，她工作的地方是個特別的健身房，許多人都在這裡練習。

她從容的取過乾淨已消毒的毛巾放在籃子裡，一路走向了健身房的ＶＩＰ

區，動手叩了門。

「抱歉，更換毛巾。」

「請進！」成熟的男人聲音回應著。

吳珊寧推開門，裡面是看慣的男人面孔，他正灌著水，大汗淋漓。

「我今天贏妳。」他得意的瞅著對面椅子上的女人，她也正擦著汗。

「勝之不武。」她冷哼一聲，別過了頭，把毛巾遠投到髒衣籃中，「你男生耶！」

「我勝之不武？拜託，這無關性別吧！」男人嚷嚷起來，「我又不是格鬥系的！」

「都一樣啊，男人天生氣力大，不公平！」女人主動走向吳珊寧，先抽過她籃裡的乾淨毛巾，「一點都不憐香惜玉耶你，哪有不讓女朋友的！」

「上場前誰說了場上只有敵人沒朋友？」男人沒好氣的扯了嘴角。

「但是應該要有女、朋、友！」她傲嬌的哼了聲，一臉我不認帳的態度。

男人也只是無奈笑笑，但嘴角卻難掩竊喜，因爲剛剛在場地上他就是贏了，壓制超過十秒，起不來就是起不來。

準備拿起髒衣籃的吳珊寧最終還是旋過了身，她突然的動作讓更衣室裡一雙男女頓了住。

「眞的很抱歉打擾了！」吳珊寧禮貌的行禮，「我知道兩位很低調，但我還是希望尋求兩位的幫助。」

毛穎德打量了吳珊寧，突然嚴肅起來，隻手拉過了身邊的女人。

「我想告訴你們，有個跟都市傳說有密切關係的人，就在都市傳說社裡。」吳珊寧大方的從口袋裡拿出一張照片，「這個人，很危險。」

照片有些年代，但是依舊清晰可辨，國中生姿態的模樣，五官與現今差距並不大。

馮千靜略瞇起眼，「汪聿芃？」

年長的女人將香插入香爐裡，後退數步回到軟墊上，雙膝一跪後，便是大禮三跪拜、三叩首，身後的吳珊寧、汪琦蓁、袁雪芯也都跟著跪拜行禮，虔誠異常。

另外幾個中年女人面無表情的站在門邊，像監視著他們的行禮後，才勉強的點點頭，轉身走了出去。

「啊！出來了！」吳凱航立刻向右後看去，朝著小餐桌邊的小表弟眨眼，小表弟即刻意會，雙手握住了餐桌上的托盤。

女人們從祠堂步出，來到三合院中的石桌上，高中生年紀的男孩即刻端著托盤上前，第一杯水先給最年長的李阿萍，他們最敬畏的阿嬤。

接著完全按照輩份坐，其次依序坐下的是大女兒沈鳳凰、三女兒沈結香，然後才是大表姐吳珊寧、二表姐汪皓月、四表姐汪琦蓁，小表妹袁雪芯……至於男孩子們，就是跑腿的，誰敢坐啊？

吳凱航機靈的去沖熱茶，因爲阿嬤跟阿姨們愛喝熱茶。

桌上非常沉悶，阿嬤沒開口誰都不敢說話，吳凱航拉著小表弟汪武站到一邊去，他們要做的就是努力當隱形人就好。

「凱航也跟著回來，眞是難得。」李阿萍突然看著吳凱航開口，嚇得他僵直身子。

沈鳳凰握著手略緊，也不知道該怎麼回答母親。

「家裡好像有大事，我覺得……我回來看能幫多少算多少。」吳凱航爽朗的開口，「而且我也不放心姐一個人回來。」

李阿萍利眸一掃，「有什麼好不放心的？回家難道有誰會對她怎樣嗎？」

吳珊寧即刻朝吳凱航使了眼色，「阿嬤，凱航擔心我是因爲我們遇到了怪事……」

她不等阿嬤問，逕自從包裡拿出夾鏈袋與裡頭的長髮，解釋了喝到正港髮菜湯的過程；汪琦蓁與袁雪芯也趕緊訴說她們遇到的狀況，當袁雪芯摘下頭上的帽子時，吳凱航逼自己忍住才沒笑出來。

「我聽見了喔！」袁雪芯怒目回首，「表哥！你在偷笑！」

「不……不是啊！」吳凱航終於哈哈大笑起來，「妳好歹也修一下吧！跟狗啃的一樣！」

「阿嬤！」袁雪芯撒嬌的喊著，全家族也只有她敢這樣跟李阿萍講話。

事實上袁雪芯就是家族裡最得人疼的那個小妹，小時可愛長大嬌俏，年紀最小因此備受呵護，而且不知道爲什麼她從不懼怕李阿萍，纏著阿嬤長阿嬤短的，李阿萍的威嚴在她面前總是會打幾分折扣。

「凱航！」李阿萍隨口唸著，「雪芯，妳頭髮這樣是眞的不行，這麼短要留長也要一陣子，好歹修一下……結香？」

「媽晚上替妳修修。」老三沈結香亦寵膩的看著女兒。

李阿萍看著桌上的長髮，沒說話的收起，但表情卻陷入沉思中。

「我都快被嚇死了……我連插頭都拔掉了，吹風機還是一直捲我的頭髮！」

袁雪芯說得聲淚俱下，「那包頭髮是我梳妝台的鏡子裂開後，藏在裡面的……到處都是頭髮頭髮……」

「好了！」李阿萍厲聲一吼，袁雪芯當下嚇得噤聲，「吵什麼！吱吱喳喳的！」

唔……袁雪芯抿起唇，委屈的淚水啪噠啪噠的掉，低著頭卻也眞的不敢再哭一聲。

「當年的儀式的確出了狀況，鎮上也發生了事情……」李阿萍越過吳珊寧看向她後方，「走吧！」

大家跟著回頭，是汪琦蓁的父親，二姨丈來了。

「琦蓁……回來啦！」男人慈藹的笑著，但眼神卻難掩擔憂，「媽，車子都準備好了。」

「走吧！」李阿萍一聲令下，逕自起身。

年過七十，雖然相當削瘦，但卻身強體健，健步如飛，手持手杖是象徵威嚴，她領頭的往二女婿的車邊走去，其他各家坐各家的車子，沈家姐妹自己都有開車來，孩子們亦尾隨著上車。

沈鳳凰一關上車門，便回頭看向吳凱航，「你跟著回來幹嘛？」

「呃……媽不喜歡看到我喔？」吳凱航還能打趣。

「說什麼啊——」她梗了住，「如果可以，我希望都不要看見你們兩個。」

話雖然說得含糊，但吳珊寧還是聽見了。

「鎮上的事情跟儀式有關對吧……媽，我二十九了，不是孩子。」吳珊寧直接破題，難得阿嬤不在，「妳跟小姨有撞見什麼怪事嗎？」

沈鳳凰看著女兒，重重嘆了口氣，點了頭，「一些徵兆，妳不知道每天早上都要清理祠堂，每天牌位都被弄得亂七八糟，那些布蓋著的牌位都被扔在地上。」

不是頭髮警示，媽媽果然跟她們遇到的不同。

「媽，三表姐在附近妳們知道嗎？」吳凱航湊上前，意有所指的說。

沈鳳凰再度抽了口氣，雙眼變得銳利，「我知道。」

前車駛走，沈鳳凰跟了上去，後頭的沈結香見狀也慢速踩油門。

「媽咪，」袁雪芯抹著淚，「我們是不是會被當祭品獻出去？」

沈結香嚇得差點沒踩煞車，轉過去瞪著她，「妳在胡說八道些什麼？」

「媽！我們都猜得到！我不是小孩子了！」袁雪芯在車上嚷嚷著，「三表姐出了狀況，就要我們去負責，所以我們才會看到那些恐怖的東西——琦蓁姐還在鏡子裡看見長髮女人！」

沈結香的手微顫，差一點就鬆開了方向盤，寶貝女兒已經看見了那些東西嗎？這表示「那個」目標就是她們，親自找上門了啊！

「如果可以，媽眞希望妳不要回來！」沈結香抽空看向女兒，噙淚撫上她的臉，「如果妳是男孩多好？」

袁雪芯心沉了下去，因爲她從母親眼裡讀到的是悲傷。

媽媽很愛她，但是不會爲了她改變任何事，她也不會在這樣寵愛中，逃過什麼劫數。

「那種儀式不能停止嗎？」她不解搖著頭，「現在都已經是二十一世紀——」

喊到一半，袁雪芯突然頓住，她越過自己的母親，看著左方窗外那永遠令人發寒的景致。

他們的祠堂在鎮上的偏遠處，從矮林出來後便是一路寬廣的草原，但誰都沒有意識到，車子行經在兩旁蘆葦草原的中間時，能再度看到童年的噩夢。

三台車在不平整的泥土乾草路上行駛著，道路僅一台車寬一點，會車都有問題，由於這條非柏油路，因此車子極度顚簸不穩，兩旁是一望無際的草原，而在那草原中間，有一棟突兀的木屋。

放眼望去，就有那麼一棟兩層樓的木屋矗立在那兒。

沒有人再說話，所有的人都看著那棟木屋目不轉睛，那是整個鎮最詭異的地方，是個連提都不能提、問都不能問的屋子；後座靠右的汪琦蓁凝視著那數十年如一日的屋子，似乎更加陳舊了點，外牆因爲潮濕而有木板迸開，牆上的藤蔓雜草更多了些。

但是這個角度一樣只看得到窗戶，沒有門，事實上等等右轉後，就可以發現不管哪個角度，這都是棟完全沒有大門的屋子。

一旁的汪武試圖想探究，只是挪動了身子，汪琦蓁即刻壓下他的手，示意不要輕舉妄動，一個字都不該說。

父親專注的開著車，身邊的阿嬤也面無表情的直視前方，但是除了他們之外，每一台車裡的人，都看著那棟沒有出入口的房子不寒而慄。

那是個只有二阿姨與地溝鼠能去的地方——神聖之屋。

吳珊寧看著那間沒有門的屋子，不知道無門象徵的是不許進去？還是進去了就休想出來？不管哪一個她都不喜歡。

爲什麼會開到這裡來？每個人都屏氣凝神，所有人敬畏恐懼的望著那間木屋，直到車子右轉，依然目不轉睛，吳凱航打量著還是沒有門，那以前表姐跟二姨是怎麼進屋的？

屋子是架高的，幾根木頭將屋子架得離地約五十公分高，他思考過出入口是否從下頭鑽進去，類似地板地洞的意思，他是學建築的，非常想搞清楚這棟屋子的出入口在哪兒。

右轉後直行了十分鐘左右，逼近了蓊鬱森林附近，也看見了有十幾個人站在那兒，看起來在等他們，而且臉色都不是很好看。

「總算來了！」里幹事果然開口就沒好口氣，「我想說是用轎子去請妳才願意出來嗎？」

李阿萍冷漠以對，逕自走向他，這群人都是鎮上的居民與長輩，男性居多，個個怒目斜視，打量著車上陸續走下來的人；那些不爽的神情幾乎在看見吳珊寧她們幾個人後，明顯的趨緩。

「都回來了！」李叔放心的說著。

「嘿呀，都回來了！好加在！」賣早餐的阿姨竟笑了起來。

為什麼這麼放心？吳珊寧拉高警覺看著所有熟悉的鎮民，僵硬的笑著打招呼，大家也不至於太久沒見，只是她不明白聚在這裡的用意？

「來！來來來，大家來得好！」里幹事並非鎮長，但卻是W鎮裡的主事者，因爲鎮長是汪聿芃的外公，這個家族的男人在家裡地位很低。里幹事受全鎮愛戴，講好聽是急功好義加熱心，但其強勢與不講理的態度，與阿嬤有得比，「你們過來看！」

「看什麼？」吳凱航低喃著，跑到這麼偏遠來幹什麼？平時他們根本都不敢接近這棟小屋附近啊。

「你們來看，這水窪越來越大了！」里幹事拼命的招著手，那招手的態度充滿了不耐煩，看得人心情就不爽快。

不過當吳珊寧踏上草原時也感受到腳下的泥濘，土都是濕的，往前看去，果然大家都是把草踩倒後當路走，才能闢出一條乾燥的蹊徑；吳凱航一眼就注意到不遠處的低窪水池，還有附近的倒草圍成的圓形。

「淹水嗎？」他自言自語說著，也打算跟上前。

「凱航！」小姨突然叫住他，「妳待在這裡就好。」

吳凱航回首一臉無辜不願，但沈結香上前拍拍他，說男人留在這兒就好，沒事不要管。

又來？吳凱航翻了個白眼，就見二姨丈溫和朝他招手，扯著嘴沒好氣地走上前，滿腹牢騷。

「那我也——」袁雪芯果然見狀就想閃，但母親沒給她任何機會，拉了她就走，「媽！」

「妳得去！」小姨低吼著，拽著她急急忙忙跟上。

大家在草原中往前走沒幾步，就瞧見了里幹事口中的水窪，但那哪是水窪啊，那已經是個池塘了吧！

「最近有下雨嗎？」李阿萍凝視著池塘，「怎麼積水排不掉？」

「雨是一定會下的，但這些水就退不掉，爲什麼？地凹進去了啊！」里幹事不滿的喊著，「一開始就是小小水窪沒人注意，但問題是水永遠都在，而且越來越多，現在這一區整個都陷下去了！」

「而且已經一個月沒下過雨了，這些水都沒有減少過！」李嬸也皺起眉，

「我就說，妳們家要好好處理這件事。」

汪琦蓁看得只有莫名其妙，「我們家又不是負責水利工程的，積水也不關我們的事吧！我們請人——」

「閉嘴！」李阿萍頭也不回，就是怒斥。

汪琦蓁瞬間噤聲，緊張得捏起拳頭。

「這就是妳們事情沒做好，阿萍。」里幹事粗嘎的說著，「這不是淹水這麼簡單而已好嗎！妳們知道這有多深嗎？阿忠！」

一旁的男人立刻將一根兩公尺長的長棍朝水裡刺進去，明顯的刺不到底，男人一鬆手，長棍瞬間沒入了水底。

咦？吳珊寧吃驚的發現這真的是池塘，水深已超過兩公尺嗎？

遠方偷瞄的吳凱航小心觀察著，怎麼只有那一塊池塘深度多於兩公尺嗎？好像不大對啊，這片草原應該高度相當啊，就算有積水，那落差未免也太大了。

「這裡特別低窪嗎？」吳珊寧也提出疑問。

「什麼特別低窪，就說是地面陷落了！」里幹事氣急敗壞的指著吳珊寧，

「誰知道再嚴重下去會發生什麼事，一切都是因爲妳們！」

里幹事手裡的樹枝再往水裡一撈……這一次，他沒把樹枝丟進去，而是撈起

了一水池的……黑色髮絲。

「咦！」吳珊寧嚇得後退，看著掛在樹枝上的長長黑髮，不自覺的打了個寒顫。

「整個裡面都是頭髮，不是妳們害的還是什麼？」李大媽跟著嚷嚷起來，「再下去我們全部都會被影響的，妳們快點把該做的做好，盡自己的本分好嗎？」

「知道了！」李阿萍嚴肅的轉身離開，筆直走到吳珊寧面前時，她都還在發愣，「讓開！」

「啊……對不起！」吳珊寧趕緊低首讓到一邊，好讓阿嬤經過。

里幹事使勁的甩著樹枝上的頭髮，那一綹綹的長髮比他們這幾天見過的都長，而且竟然佈滿整個池裡！吳珊寧往前再走幾步，深黑的池水不知道是因為土壤，還是因為漂滿了頭髮……

「珊寧！」大姨高聲喊著，吳珊寧才揪著衣角回頭。

汪琦蓁刻意走得很慢，眼裡盈滿驚恐，「積水的事跟我們有關嗎？頭髮也跟我們有關？」

「我只能想到反噬，」吳珊寧一語，「放心好了，阿嬤接下來一定會有話。」

兩個人相互交換眼神後分開，各自回各自的車裡，汪琦蓁千百個不願意跟李阿萍一車，但每次只要阿嬤來，都是由他們家接待，這已經是習慣了；弟弟自始至終都坐在車裡，玩他的遊戲。

「儀式出了錯誤，正在反噬我們，再不快點修正會把所有人的命都賠進去。」

李阿萍冷冷的轉向汪琦蓁的父親，「必須把對的人送進去。」

男人尷尬的笑著，「媽，妳知道，我不知道聿芃她……」

「她在O鎮。」李阿萍的薄唇揚起了笑意，「就在隔壁鎮。」

咦？汪琦蓁瞪圓了雙眼，二姐到了隔壁鎮？

第四章
回家

撥了撥身上的草，汪聿芃儘管全身酸痛，還是一拐一拐的往馬路邊走去，她臉上盡是乾涸的血跡，而且上唇外翻裂開，鼻骨很明顯的斷了，身邊的童胤恒卻束手無策，不知道該怎麼為她治療。

「妳很痛吧？我們先找醫院！」童胤恒攙住她，一步一步從長草叢中朝馬路走去。

昨天晚上，他被八尺大人帶走了，帶到了她等待著的洞穴那兒，在那兒歷經了九死一生，是汪聿芃拉著他沒命的跑，在漆黑的森林裡狂奔，人為了保命，腎上腺素都會大爆發！八尺大人那雙長腿與速度他都能跑得贏……不，童胤恒逕自笑了起來，他們不算跑贏吧？

要不是如月列車剛好行駛過，要不是夏天學長拉著他們掛上車廂外，他們根本無法躲開八尺大人。

但是他也沒想到，普通人怎麼能登上如月列車，即使他們掛在車廂外的鐵架，那某方面而言還是登上了，或許正因如此，學長沒幾秒後突然又把他們扔下火車；他們狼狽的滾到了不知名的地方，聽得見都市傳說的他感覺到有東西靠近，或許是瘦長人、或許又是八尺大人，總之這片武祈山腳下，果眞孕育著都市傳說。

他們不敢動的躺著，結果因過度疲累一路昏睡到剛剛。

『你們沒事吧——』手機一接通，就是社長與副社長激動的聲音，『嚇死人了，你們就這樣被帶走，我們完全追不上，我以為你們出事了，一晚上都沒有回應！』

「呃……對不起，我們沒時間接啊！八尺大人在怎麼接啦！」童胤恒無奈的說著，「後來我們昏倒了，但現在沒事了……我已經發定位給你們了，汪聿芃受傷不輕，我們想先去找醫院！」

『好，我們這邊處理一下立刻走！』康晉翊的聲音傳來，聽起來很疲憊，『似乎離我們不遠，我們會設法過去的。』

「這裡是……」童胤恒有意看了一眼汪聿芃，「W鎮。」

W鎮？手機另一邊的男女聽見，互相看了一眼——汪聿芃的老家？

他們都不是傻子，從一開始有人提起汪聿芃的老家，她總是顯得很抗拒，但她的老家偏偏就在附近，都在武祈山腳下，與他們最近接二連三遇到的都市傳說同一區塊。

「武祈山下根本是都市傳說孕育地」，這句話言猶在耳，不知道汪聿芃老家的都市傳說是什麼呢？

「鎮上有一間小診所，我們先去那邊，社長他們慢慢來不要急，我會再發我家地址給他們。」汪聿芃幽幽的說著，聲音卻比平時低沉許多，始終若有所思。

「好！汪聿芃說等等會把她家……地址給你們。」汪聿芃她家啊，童胤恒唸起來都覺得有點彆扭。

他知道汪聿芃有多排斥提起自己老家的事，之前也完全不想回來，結果現在陰錯陽差的，就在W鎮了。

講完電話，他趕緊再攙住她，看口鼻都是鮮血與傷口的她，心疼不已。

「妳眞的要回去嗎？」童胤恒突然開了口，「我們可以在這裡等社長他們過來，大不了回O鎮。」

汪聿芃看著童胤恒，露出窩心的微笑，童子軍明白她。

「其實現在最好是遠離O鎮，昨晚凱忠的失蹤還沒下文，鎮民跟他的父母會怎麼纏著我們還說不定，讓社長他們出來是最好的。」汪聿芃略嘆口氣，「我覺得八尺大人暫時應該是不會再出現了啦！」

因爲，她在月光之下等待的那個人，昨天他們送還給她了。

「也對，很難跟大家解釋這些事情，他們只會在乎失蹤的孩子。」童胤恒深呼吸一口氣，「但我們可以去別的地方，妳不一定要回W鎮的。」

汪聿芃再度望著他，笑容複雜，搖了搖頭，「我們在鍛練時，小靜學姐都說了什麼？」

童胤恒微愣，笑了起來，「雙眼直視前方，看著你的對手！」

汪聿芃劃上了微笑，旋即吃疼的哎了聲，斷裂的鼻骨跟外裂的嘴唇實在是超痛的，她皺著眉開始碎唸，要這麼疼的離開，不如快點回鎮上的阿康診所處理一下。

「哎唷……我要快點把這弄好，痛死我了！」汪聿芃指向前方，「往前走一段就會進入W鎮了！」

「好！」童胤恒支撐了汪聿芃大部分的重量，兩人走出雜草原，順著公路逆向往前走去。

這裡屬偏遠鄉鎮，儘管W鎮算是大鎮，但鎮外車不多，有幾台車經過他們時減速察看，接著有人遠遠的就踩了煞車，用狐疑的眼神打量著在路邊走著、還滿臉是血的學生。

汪聿芃倒是乾脆的攔下慢速駛來的車子，想請他們直接載她去鎮上。

「這不順路啊，看方向他們才從鎮裡出來，」童胤恒有點錯愕，「好歹也要到對向去找人吧？」

「沒事的。」汪聿芃小拐步的湊上前，「我想先去診所處理一下傷口，麻煩載我去康叔那邊。」

車內的司機是個戴帽的中年男子，一臉不可思議的看著她，「少年仔，我正才開車出來而已，你們可以到對面去攔攔看啦，我沒那個時間——」

「我是汪聿芃家的老二。」汪聿芃淡淡的打斷司機。

司機大叔明顯的收了聲，他瞪圓雙眼不可思議的看著汪聿芃，低咒了聲幹後，立刻叫他們上車。

哇！童胤恒暗叫驚嘆，汪聿芃在W鎮這麼有名喔？連名字都不必報，態度十萬八千里耶！

汪聿芃自然的上了車，童胤恒有所遲疑但還是跟著，他很擔心上了車會有危險，對方如果把他載到陌生的地方，或意圖不軌就麻煩了，所以全程他都抱持高度警戒；但這司機大叔倒是沒有做多餘的事，進入鎮上後直接載他們到汪聿芃口中的康家診所前。

車子停妥，童胤恒看著窗外鐵門緊閉的診所，心涼了一半。

「沒開啊！」他轉頭問向汪聿芃，「還有別家嗎？」

「沒事，他會開的。」汪聿芃逕打開門下車，「謝了。」

司機回頭看著她，趕忙拿起手機，一通電話直接撥給了老康：快點開門啊！今天誰的生意都可以不做，汪家的生意不能忽略啊！

童胤恒依言直接按了電鈴，對講機沒有傳來任何聲音，倒是不一會兒後裡頭一陣物品落地聲，跟著鐵捲門上的小門打開，站著一個白髮蒼蒼、戴著金色眼鏡的長者，身上還穿著睡衣，吃驚的望著他們。

「康叔，好痛。」汪聿芃指指自己的口鼻。

「……進、進來！」康叔急忙讓開，催促著汪聿芃進入，接著慌張的往外頭張望，對街所有鄰居全都看著他。

康叔搖搖頭，伸手比了個噓，便趕緊關上鐵門。

「哎呀，哎呀！小汪啊！」這一回身，老康就發出又氣又急的聲音，「妳爲什麼這個時候回來了？」

「嗯哼。」汪聿芃不在意的哼了聲，撐著藥櫃坐在就近的椅子上，她眞的是渾身都痛，「痛啊。」

這口吻反而讓童胤恒不安了，怎麼汪聿芃一點都不在意？

禁不住她哀鳴，康叔先倒了止痛藥給她，後頭探出一個婦人，臉上盡顯擔憂的偷瞄著，童胤恒禮貌微笑，康叔一察覺到後頭有人，回身就到後面去把中間的隔簾給拉上。

「妳別多事。」這是童胤恒唯一聽見的碎語聲。

接著康叔仔細檢查汪聿芃的傷勢，著手準備了消毒器械，童胤恒在一旁觀察著，看來這個康叔準備要爲汪聿芃進行縫合。

「可以嗎？」他悄悄指向走到後方的康叔，「他要幫妳動手術？」

「康叔以前是大醫院的醫生，沒問題的。」汪聿芃讓他放心，她都不怕了是吧。

「那剛剛他說那句話是什麼意思？這時候回家不好嗎？」童胤恒沒錯過那句話。

「不好！怎麼會好！」老康揭簾走了出來，「妳是不知道啊，妳全家族都回來了！就這幾天的事！」

汪聿芃眼神朝地板望去，嘴角一抽，「是嗎？」

「老婆子一聲令下就回來了，鎮上出大事了！」老康眉頭始終緊鎖，「我有聽說妳在附近的消息，老婆子也叫人找妳，我以為妳不會回來的……」

「直面敵人啊，康叔！」汪聿芃終於看向康叔，努力擠出發疼的笑容，「逃不了的話，只能正面迎戰了對手啊！」

「唉……唉唉！」康叔不停的嘆氣，這每一聲嘆息中都帶著怒意。

不過他最終還是選擇先平靜來，為汪聿芃處理傷口；麻醉、縫合，童胤恒在一旁看得憂心忡忡，幸好簡單的三針過後，康叔再使勁把汪聿芃的鼻骨喬動，這一個動作倒是疼得汪聿芃尖叫。

手術結束，康叔吁了口氣，「只能先這樣了，妳鼻子得再去大醫院檢查。」

「嗯……」汪聿芃痛得無力，淚水兒盈在眼眶，「等事情結束我就去。」

「還等事情結束？妳等什麼啊！」康叔激動起來，「妳要立刻就走！馬上離開這裡！」

童胤恒即刻上前，這狀況分明不對勁。

「我走得了嗎？」汪聿芃兀自嘲笑，「我回到這裡，就知道沒那麼容易離開了……」

「這是什麼意思？」童胤恒終於發難，「回老家會出什麼事嗎？那我們立刻離開啊，我跟社長他們說！」

拿起手機的手被汪聿芃按下，她其實很懶得解釋，因爲她好累。

「出不去的，我就算能走也不想走，我不能一直逃避下去，學長就是這個意思！」汪聿芃朝康叔笑了笑，「康叔，多給我幾顆藥吧！」

學長？夏天學長？童胤恒喉頭一緊，把他們扔到W鎮是有意爲之嗎？

康叔的手微顫著，一臉心疼憐惜，趕緊分裝止痛藥給她。

「老婆子不會放過妳的，還有你們家那些人……不，是鎮上很多人都不會放過妳的。」康叔將藥袋給她時，眼底都是不捨，「妳是爲什麼要回來呢？」

汪聿芃接過藥袋，好好的塞進口袋裡，撐著桌面起身，童胤恒見狀即刻攙住。

「我沒帶錢。」汪聿芃俏皮的說著，「用個消息跟你換。」

康叔一怔，旋即嚴肅的繞出玻璃櫃，來到汪聿芃身邊，「妳說。」

汪聿芃凝視著康叔，略微趨前，「走。」

康叔向後略退，吃驚的望著她，兩者之間沒有任何言語，只有眼神的交流，然後康叔大大的抽口氣，伴隨著微顫的連連點頭，他懂！他懂了。

汪聿芃禮貌的行了禮，在童胤恒的攙扶下大方的離開了診所。

小鐵門一開，童胤恒差點沒嚇到，外頭竟然站滿了人們，根本包圍住診所門口。

「這是……」他傻了，突然這麼多人是怎樣？

汪聿芃不以爲意的跨出鐵門，悠哉悠哉的環顧所有人一圈，勾起微笑，「我要吃珠姨的招牌早餐，兩份，然後要有人載我回家。」

包圍著他們的一眾鄰里連一秒都沒遲疑，瞬間鳥獸散，有人立刻大喊：「珠姨，肉鬆蛋餅兩份加兩杯豆漿！」

一分鐘，一台車駛到了診所門口。

「給我句話。」童胤恒加重了箝著汪聿芃上臂的力道，「我心不安！」

汪聿芃無奈的嘆口氣，溫柔的望著他，「你不放鬆的話，你一路心都會不安的喔！」

「所以這是怎樣？那邊說妳不該回來，這邊爲妳言聽計從？」童胤恒焦躁不安，「汪聿芃！」

「爲了公眾利益必須要有犧牲者，我就是那個犧牲者。」汪聿芃乾脆的回應最簡單的答案，「所以我出不去的，他們聽話也只是怕我反抗……至少我還沒表現反抗，否則他們甚至會綁了我。」

「綁了妳？妳是說逼迫妳犧牲嗎？」童胤恒簡直不敢相信，「這還有沒有法律？」

汪聿芃失笑出聲，「哎唷，別逼我笑！」縫線還很緊，不舒服呢！

童胤恒根本笑不出來啊！從她反應看來，法律在這裡根本也沒什麼用，而且爲了公眾利益而要她犧牲是什麼鬼？

早餐很快的送了過來，汪聿芃從容的上了車，面對遲疑的童胤恒，她只是催促著。

「想那麼多，不如吃吃看珠姨的肉鬆蛋餅！」這是她勸人的方式。

即使極度不安，童胤恒也不可能扔下她，但汪聿芃看起來完全不想離開，他也只能硬著頭皮上車。車內瀰漫著逼人的香氣，汪聿芃好想現在就吃早餐，但礙於麻醉劑還在，有點難張口咬東西。

車子越開越遠，從密集的街道區開始進入了荒僻處，不過一個轉彎景象就完全不同，巷子末端都是有果樹的院落，再往下開就是一大片一大片的樹林，連戶住家都沒有。

又兩個彎，路越來越窄，車子停在了有點坡度的十字路口。

「那個……」駕駛也是位大叔，回頭略顯尷尬。

「我知道，謝了！」汪聿芃逕從自己身邊開門下車，童胤恒急忙跟上。

那個駕駛始終用一種冰冷還帶著不爽的眼神看著汪聿芃，他們下車後，他便倒車後退離開。這裡有點高度，童胤恒踩在略有斜度的路上，汪聿芃則晃著那袋早餐，悠哉的往下走。

「要去哪裡？」童胤恒左顧右盼，這條路上完全沒有任何一個住家，看起來都是廢地。

「我家啊！」汪聿芃突然向左彎去，追上的童胤恒接過了她手裡的早餐。

左彎後路趨平，映入眼簾的是棟非常破舊的木造兩層樓的平房，推開可有可無的柵欄後，就是石板鋪成的路，以及雜草叢生的庭院，汪聿芃踩在石塊上面像跳格子般跳著。

童胤恒詫異的看著這棟年代已久的屋子，沒想到汪聿芃老家在這裡啊，看木頭很多都腐朽了，有些危樓的感覺。

屋子架高離地面一小段距離，門口前還有道三階的階梯，梯上的白漆都已斑駁，還有根扶手早已脫離了梯面，這踩上去會不會破掉啊？

「妳還有家人住這裡嗎？」童胤恒忍不住發問，「這感覺一個地震就會垮了。」

「沒那麼容易！」汪聿芃踩上樓梯，拉開外頭的紗門，接著推開了未鎖的木門。

童胤恒突然緊張起來，這好像是第一次見汪聿芃的家人！她從未提過的親人們，住在這裡的有誰？他看著狼狽的自己，初次見面用這麼慘的形象，好像有點鳥。

不是啊！他甩甩頭，他是在緊張什麼？就同學的爸媽而已對吧？

走進屋裡的汪聿芃一聲也沒吭，只是朝裡頭望了望，動作也沒放輕，一點都沒有想隱藏行蹤的意思，身後的童胤恒跟著進屋，結果卻發現似乎沒人在家。

一進門的玄關旁有鞋櫃，有大量的鞋子散落地板，進門後左手邊有面木製的架子，架上擺著許多雜物，透過架子就可以看見左側的客廳，沙發靠著木架、電視鑲在牆上。

正對著門的這條走道底端是餐桌，中間也有木架窗格隔開，餐桌後方可以見到廚房，而十一點鐘方向，在廚房與廚房一牆之隔的地方，隱約可以見到樓梯，因爲有道斜牆往上。

「沒人在的樣子。」汪聿芃站在餐桌邊看著，刻意劇烈的移動了一把椅子，發出躁音。

屋子裡還是非常安靜，她挑了眉，滿意的笑了笑。

「太好了，我們可以好好休息一下。」她逕走向餐桌邊，倒了兩杯水，「我們來吃早餐！」

童胤恒才準備要拉開椅子坐下，汪聿芃卻端著水，一拐一拐的往樓梯的方向走去，「去我房間。」

唔……她、她、她房間？童胤恒突然再度緊張起來，他去過汪聿芃租屋處，但是……等等，童胤恒，你現在是在胡思亂想什麼？心跳這麼快！

樓梯口有道門是關著的，童胤恒一步上前想幫兩手端杯子的汪聿芃開門，結果她卻毫不猶豫的走到樓梯下的斜口，打開了那一道矮小的門。

「呃……現在是在演哈利波特嗎？」童胤恒狐疑皺了眉，「碗櫥下的房間之類的？」

「才沒那麼小呢！」汪聿芃笑了起來，「快點幫我開啦！」

童胤恒趕緊過來爲她拉開了那道木門，順道接過水杯，只是門拉開的瞬間，有股詭異的味道衝了出來，童胤恒全身即刻緊繃起來。

這什麼氣味？他緊皺起眉，爲什麼聞起來似乎帶了點腐敗？

汪聿芃沒回答，進入碗櫥下的狹窄空間，牆邊擺了一個五斗櫃但不礙事，汪聿芃轉向右邊的碗櫥底面，蹲下身子就往地板上摸……這地上眞的很髒，厚厚一層灰，童胤恒完全不知道她想幹嘛。

「你讓開點，我看不見。」汪聿芃一邊說，左手還在地上畫著圈……喔喔！彎起的五指像是摳到了什麼，她的指甲把「地板」摳起，然後從下方拿出一把薄鐵片！童胤恒仔細瞧著，地面好像有塊假地板或紙板，鐵片藏在那下面！

汪聿芃拿那把像鐵尺的東西朝牆上一挖——噠，一道門竟被這樣挖了彈開。

那是扇完全沒有把手的門，而且上下左右都沒有多餘的空隙，還眞的只有這一釐米厚的薄鐵片才能撬開。

汪聿芃不急不徐的再把鐵片藏回原來的地方，然後用腳把地面的灰給弄均勻些。

「有人問就說我用髮夾或菜刀開的。」她這麼說著，扳開了那道門——更難聞的氣味瞬間湧出，童胤恒忍不住閉了氣。

那不只是腐敗味，還有臭味，加上霉味，一種古老的廢墟感。

「下面是不是有死老鼠啊？」童胤恒皺了皺鼻，是不到很難聞，但感覺氣味就是差。

汪聿芃沒理他，伸手往左邊找到了燈，啪的燈光通亮的瞬間，她雙眼都亮了起來。

「我篤定沒人會動我房間！走吧！」她開心的往下走，聽著足音，童胤恒趕緊到門口，果然是道紮實的木樓梯。

只是——她的房間？這個沒有門把的地下室？

震驚與疑惑盈滿腦子，但童胤恒依然尾隨跟上，房間沒有想像的髒亂，也沒有蜘蛛網或是大量灰塵，感覺是有人在使用似的。

走下釘牢的木梯，下方是寬敞的房間，一如平常人的房間，有床有書桌有櫃子有衣櫃甚至還有電視。

「我看看……」汪聿芃隨手往桌上一抹，「我就知道她們會打掃，來吧！東西放這裡。」

她把水擱上桌子，再把桌子拖到床邊。

怪異氣味依然存在，這裡是空氣非常糟糕的地方，抬頭往上看，童胤恒發現這間房間的光線來自於上方，所以這邊是在挑高房子的正下方，所以透著外頭的自然光，從玻璃窗望出去可以看見雜草叢生，光線被大量的草遮去了。

「早餐早餐！」她嚷著，童胤恒這才回神。

「妳住這裡？」放下早餐時，童胤恒還是有點難以想像，「住地下室不是很潮濕嗎？而且味道眞的不好。」

汪聿芃迫不及待的拿出肉鬆蛋餅，抿了抿唇，感覺麻醉劑退了許多，小心翼翼的咬了一大口。

「我從小就在這裡長大的，習慣就好。」她聳了聳肩，「那個味道你等等也會麻木掉啦！」

他在發寒。

從進入W鎮以來，童胤恒覺得處處不對勁，汪聿芃的態度，鄰里的眼神，康叔的話，乃至於這間屋子、這個地下室，都讓他不舒服！

環顧四周，童胤恒突然愣住，角落裡有一張極復古的梳妝台，引起了他的注意。

「很難想像妳會用這種東西。」童胤恒可是實話實說。

「我們家族有很多這種東西。」汪聿芃雙腿盤上床，淡淡的笑著，「這個是我阿嬤的阿嬤的。」

「哇，再久一點就可以是古董了。」童胤恒走到梳妝台前，如此復古典雅，但是鏡子上，卻覆了一層白布，「這是怕髒嗎？」

斜後方的汪聿芃咬下一口肉鬆蛋餅，忍不住笑著，「怕自己的心髒吧。」

「咦？」童胤恒聽見她喃喃，不由得回首，「妳說什麼？」

『**呀**——』

劃破天際刺穿耳膜的尖叫聲驀地從鏡子裡傳來，同時鏡子劇烈震動，像是有人撞上那梳妝台一樣的驚人！

童胤恒的頭瞬間刺痛，雙手都來不及掩耳，那塊布就因爲震動而滑落了！

咦？汪聿芃僵住身子，看著白布滑落……鏡子裡不只有痛苦彎身的童胤恒，同時還有一顆黑色長髮的頭顱！

「童胤恒！」終於意識到不對勁，汪聿芃跳起來就衝向倒地的童胤恒，及時攙住了童胤恒，雙雙一起往地上倒去，恰好出借大腿讓童胤恒躺著。

『**放我出去——妳這隻賤老鼠！**』鏡子裡的那顆滿是長髮的頭開始撞向鏡子，咚、咚、咚、咚！

汪聿芃抬首望去，那是正面還是背面啊，但那麼光滑柔順的頭髮，好像是……

嘶——一種抽氣的聲音傳來，頭顱下方處開始形成一個凹洞，長髮被吸進了凹洞裡，形成一個詭異的形狀。

吸氣聲不停，汪聿芃明白了那顆頭是正面向著她，只是被長髮覆蓋了整顆頭，剛剛那人拿額頭撞著鏡子，現在她正張嘴吸著自己長髮，嘶嘶嘶，吸著……吸著……

「唔——」童胤恒聽見抽氣聲彷彿就在耳邊，但痛楚急遽減弱。

感受到膝上男人的肌肉不再那麼緊繃，汪聿芃即刻起身，動手拾起地上的白布，唰啦地就往鏡子上蓋。

剎那間，童胤恒痛盡盡褪，留下照慣例滿身冷汗的他，虛脫的躺在那也有霉味的地毯上。

他聽得見「都市傳說」，只要是都市傳說發出的聲音，再遠他都聽得見，過去曾經可爲大家帶來一種警示，但中間也遇到有狡猾的都市傳說，似是知道了他的能力，刻意掩蓋聲音。

而汪聿芃看得見都市傳說，至少從她剛剛的反應來看，她目不轉睛的盯著梳妝台，就知道她看見了什麼。

外頭傳來車聲，緊接著是眾多人的腳步聲，在地下室的他們聽得一清二楚，汪聿芃上前攙起他，把他直接扶到床緣坐下，塞給他豆漿。

「甜的，珠姨的豆漿很純，保證好喝。」她還爲他插好吸管，隻手按住他的肩頭。

下一秒，她驀地俯頸向下，幾乎就要貼上他的臉頰——

「等等都不要說話。」

什麼？童胤恒尚未回神，聽見了急促的足音逼近，就在他們上方，噠噠噠噠——喀，足音在樓梯上方停下，一道人影吃驚的站在樓上未緊閉的門邊。

看著童胤恒詫異的眼神，汪聿芃扣著他的下巴扶正，暗示他不要抬頭，自己也拿起了豆漿杯子，悠哉悠哉的插入吸管，剁。

「妳……回來了啊？」長者的聲音沙啞，帶著顯而易見的激動。

或說，是憤怒。

在樓下的汪聿芃假裝訝異，回過了首往上看去。

「阿嬤！」

在老者下樓前，汪聿芃一個箭步上前，急速的奔上樓梯，在三分之二處擋下了欲下樓的李阿萍。

爲表禮貌，童胤恒還是起了身。

「那是我朋友，我們受傷了，一路上都是他幫我。」她一隻手握著扶把，一隻手扶著牆，明顯阻隔去路，「也是都市傳說社的。」

李阿萍瞇起眼：「都市傳說社？」語調非常冰冷。

更多腳步聲傳來，吳珊寧也擠到了門口，「我的天哪！汪聿芃！」

「什麼！」擠進來的汪琦蓁瞠目結舌，「二姐！妳、妳什麼時候回來的!?」

「大家不必表示這麼熱切的歡迎好嗎！」她驀地上前一步，逼李阿萍退後，「我受了傷，很累，我跟我朋友都想休息一下，有事我們可以晚點再說。」

「那混帳回家了？」外頭傳來汪皓月氣急敗壞的尖叫聲，「她在哪裡？」

「唷，大姐脾氣沒什麼變嘛。」汪聿芃挑了挑眉，倏地看向李阿萍，「阿嬤，我，需要休息。」

李阿萍攫住她的雙眸，兩個人對視著，似有無聲的戰爭在眼波中流轉，這沉默讓吳珊寧趕緊出去叫外面的人閉嘴，等等惹火阿嬤誰都沒好日子過。

「好。」李阿萍向下瞥了眼童胤恒，「就算是妳男人，我也無法給妳時間生下孩子。」

生生生什麼孩子啊！童胤恒瞬間面紅耳赤，抬頭想辯解些什麼時，卻立刻對上汪聿芃向左下瞪的雙眼——不、要、說、話！

「不要想太多，同學而已。」汪聿芃歛起了笑容，「我睡飽了再來談，然後我愛吃什麼爸知道，請他準備一下。」

李阿萍又瞥了眼童胤恒，「醒來後他立刻離開，這是我們家族的事。」

汪聿芃隨口應了句嗯哼，李阿萍俐落旋身，走了出去，甚至掩上門。

「她要休息，誰都不許吵他們！」

「她有臉回來？至少告訴我們媽媽在哪吧？」

大姐的聲音充滿怒氣，汪聿芃不以為意的走回地下室，這麼多年沒見，果然還是一樣的脾性。

「在怒吼的是我大姐，我排行老二，家裡有四個孩子，大姐、我、小妹跟小弟。」汪聿芃突然說了自己家裡的事，「我親人很多的，有空再跟你介紹。」

童胤恒實在輕鬆不起來，「剛剛那個是妳阿嬤？有點……令人不寒而慄。」

不僅僅只是嚴肅而已，只是站在那兒，他看不清臉都會下意識挺直背脊，完全不敢動彈。

「外婆，其他都是我的表親們，我們家男人不管用，也沒地位……」汪聿芃繼續咬著肉鬆蛋餅，「等康晉翊他們來，再跟你們慢慢說。」

童胤恒喝著豆漿，下意識往左看向那覆上白布的鏡子，仔細觀察，汪聿芃房間裡的物品都有年代，木質衣櫃、書桌，都像是上個世代的東西，包括他躺著的這張床，隨便移動也都有咿歪聲響。

「妳這床腳好高喔，下面可以放一堆東西吧？」童胤恒彎身朝床底下望，乾乾淨淨，可以放進最大型的置物箱，但裡頭只有一小個方盒，「其實我們要躺進去都不是問題……哇，我突然想到床底下有人那個都市傳說。」

「呵……我這下面是給寵物窩的！」汪聿芃三兩口呑掉了早餐，紙袋揉成一團往桌上扔，「大家都很乖，會靜靜躺在下面。」

童胤恒皺起眉，認眞的望著她，「這更像了，妳記得那個不是只有狗會舔人的都市傳說嗎？」

一個女孩回到家裡，找不到狗兒，躺在床上時，床下的狗突然鑽出來舔她的手，女孩才放心的鬆口氣，一路睡到天亮後起來，卻發現自己的狗早已慘死，床上多了張字條寫著「不是只有狗會舔人」。

女孩才明白，昨晚在她床底下的……是入侵家裡的凶手。

汪聿芃笑了起來，而且笑得很奇怪，邊笑邊搖頭，帶著一種你太天真的意味兒。

「喂！」童胤恒抱怨著，「想說什麼就說啊！」

「沒事，休息吧，超累的。」她催促著他把豆漿喝完，「你睡地上我睡床，我要先去洗澡。」

「嗯……」童胤恒遲緩的點點頭，當然是他睡地板啦！

只見汪聿芃走到衣櫃前，卻沒有立刻打開衣櫃，而是曲起指節在上頭輕叩了兩聲，叩叩。

「小甜心，我要開門囉！」她輕鬆的說著，一邊拉開了對開的衣櫃門。

童胤恒吃驚的看著一點鐘方向的她，屋子裡還有別人？只見她打開衣櫃，一陣風竟吹了出來，童胤恒跟著打了個寒顫。

他好奇起身往她靠近些，汪聿芃自然的拿出輕便的衣服，那只是個普通的衣櫃，老實說櫃子裡的衣服非常的少，根本只有制服跟幾件T恤而已。

「我要關門囉！」她又這麼說著，將衣櫃門關了上。

一回身，看見他站在身後，也愣了愣。

「啊沒有……不是……」童胤恒瞬間尷尬的背過身，「我是想說妳在跟誰說話！」

「我的寵物貓，牠叫小甜心，很愛窩在我衣櫃裡；我還有一隻狗叫小蟲。」汪聿芃笑著，往樓上走。「我上去洗澡，會幫你要衣服，然後——不要跟我家的人交談。」

童胤恒又凝重起來，「這很，如果妳外婆找我的話……」

「無可奉告。」汪聿芃聳了肩，「你就重複這四個字就好，千萬不要被套話。」

「套什麼？」

「不利我的話。」汪聿芃眼神沉了下去，「童子軍，我希望你保護我。」

「我會！我當然會！」他毫不猶豫的回應著。

「那就不要跟他們交談。」她歪著頭，眼神是少見的明亮清澈。

看著她上樓的背影，童胤恒有一種錯覺，平時那個接錯線的汪聿芃好像變得異常清明？對許多事都不會在意的她，現在卻變得相當謹慎？還有明明情緒慢半拍的她，在這裡不僅不愛笑而且變得理智？

回到老家的她，是他們都沒見過的汪聿芃。

樓上傳來說話聲與咆哮聲，但他都沒聽見汪聿芃的聲音，只是下意識再往那面覆著白布的鏡子看去……說實在，不覆上那塊布他眞的會覺得更舒服點。

「小甜心？」他試著呼喚貓的名字，經汪聿芃一提醒他便想起來，這兒氣味可能是因爲養動物的關係，但至今小貓兒依然神龍見首不見尾！「小甜心？」

再呼喚了一次，房間依然寂靜，倒是樓上傳來了叩門聲。

對方沒什麼客氣，隨便敲兩聲就拉開門，是個與他年紀相仿的男生，輕快的走下來，手裡抱著衣物。

「我是她表弟，吳凱航！」吳凱航把衣服擱在桌上，「你是……」

童胤恒聳了肩，搖搖頭不打算回答。

「嘖！不愧是我表姐的朋友！」他食指指向童胤恒，做出一種帥氣模樣，「她應該不希望我們講話，FINE，沒差！她願意回來就好！」

爲什麼？童胤恒好想問，還是捏著拳頭噤了聲。

吳凱航沒有太多掙扎，三步併作兩步的跑上樓，倒是沒有像汪聿芃說得刻意要套些什麼話。

樓上的女人們低語討論，李阿萍已經說了要給汪聿芃休息的時間，所以大家也打算各自回到各自家中，等待再集合的時間。

「姐夫，你要看好她。」小姨嚴肅的說著，「絕不能讓她離開。」

男人點點頭，一臉唯諾的模樣。

「我在這裡。」坐在沙發上的李阿萍，逕自點起了一根菸。

「媽……」小阿姨點點頭，是啊，媽在這裡，看那傢伙要怎麼走！

汪武瞄著洗好澡的汪聿芃，陌生感介於兩人之間，汪聿芃也沒有要熱絡的意思，大姐汪皓月雙手抱胸的瞪著她，那雙眼彷彿要把她給撕碎了似的。

最後還是汪聿芃護送童胤恒去洗澡，她甚至守在洗澡間外，直到他洗好再陪著他回到地下室。

全身都帶傷的他們在洗好澡後，便被疲憊感攻擊，連話都懶得講，沉沉睡去……儘管童胤恒有滿腹疑問，但是他有預感，接下來會有一場硬仗，他必須養足體力。

躺在地毯上，他瞄向了那深黑的床底，興起一股不安，這角度眞是糟糕，左手邊是床底，坐起來會對上那蓋著白布的梳妝台，汪聿芃的房間還眞像她這個人。

「喵。」

起身調頭，他覺得這樣才能睡個好……覺……嗯……

第五章 地溝鼠的童年

「名字就在這裡，只有我知道。」

童胤恒顫了一下，他緊皺起眉，覺得全身難以動彈，有人在房間裡了！

「放在哪個抽屜？」

「就在這裡，誰都不能看，我才是她們的媽媽，她們是我的所有物，只有我能看！」

「爲什麼？每個人都有取兩個名字……」

「因爲我們不知道誰會夭折，不是每個孩子都一定能活到十六歲，大家一出生時我就取了只有我知道的名字……只有我！」

「但也只有一個人會知道自己的眞名嗎？」

「對，只需要一個……一個就夠了……」

啪！抽屜關起來的聲音讓童胤恒嚇得跳開眼皮，他腦子空白的看著陌生的天花板，一時不知道自己在哪裡……隱約的鈴鐺聲傳來，毛茸茸的尾巴掃過了他的頸畔！

咦！他嚇得彈坐而起，撫著自己的右邊頸子，詫異的左顧右盼……啊，他……他在汪聿芃老家！對對對，他陪她回到W鎮老家，吃了早餐洗好澡後就睡著了。

抬頭看著最上方的氣窗外天色昏暗，他趕緊抓過手機，赫然發現現在已經下午五點了！他睡了這麼久啊……跪坐而起，卻發現汪聿芃的床鋪早已冰冷，被子折疊整齊，房間只剩他一人。

還有那隻小甜心出現了嗎？童胤恒立刻趴下來，往深黑的床底下望進去，「喵！」他模仿著貓叫聲，剛剛貓兒尾巴掃過他的方向，鐵定是鑽到床底下了。

他不想拿手電筒去閃貓，但是怎麼沒看見該在黑暗中發光的貓眼咧？

起身趕緊折好被子，將枕頭放上去，就想要上樓找汪聿芃，等等！不對啊？他剛剛明明聽見有人說話的，就在他頭頂上方……緩緩回首朝枕頭的後方看去，又是那白布覆鏡的梳妝台。

什麼眞名……放在抽屜裡？

童胤恒留意到那古老的梳妝台中間是圓鏡，鏡子靠桌面的左右兩邊各有抽屜，下兩層是薄屜，非常特別，因爲這張梳妝台桌下方也還有抽屜，上方的小抽屜就是擺首飾的嗎？

童胤恒好奇走了過去，那聲音好眞實喔，抽屜裡擺了什麼……他伸出手，拉到了外頭古風的銅環，放著寫好眞名的紙條——

「不要動！」

緊張的喊聲從上方傳來，嚇得童胤恒縮手！他倉惶回首向上望去，汪聿芃匆忙走下來。

「不許碰那個梳妝台任何東西！」她有點不高興，「布不能揭、抽屜不能開！」

「我知道我知道了！」童胤恒趕緊迎上前，「對不起，對不起！」

汪聿芃焦急的掠過他，直接來到梳妝台旁，纖手撫過抽屜外圍，把它們往內推，像是要確定每個抽屜都是緊實的闔上似的。

「妳住這裡？」樓梯上方跟著傳來熟悉的聲音，童胤恒喜出望外的抬頭！

「社長！」

康晉翊跟簡子芸渾身狼狽，甚至還穿著前晚的衣服，身上揹著背包跟手提袋，不見行李箱，吃驚的望著這偌大的地下室。

「先下來吧！」童胤恒招呼著，趕緊上去幫忙拿東西，「辛苦你們了，還能帶我們的東西出來！」

簡子芸無力的望著童胤恒，欲言又止，最後是盡在不言中的無奈。

「離開很辛苦吧，凱忠的家人沒這麼容易放你們走。」汪聿芃也趕緊上樓，

「你們都市傳說社該負責之類的！」

「欸——」康晉翊亮了雙眼，說得還眞對！「我們什麼都沒辦法帶，藉口說要出來找你們，只能帶重要東西出來。」

童胤恒接過簡子芸身上的背包時，都能感受到沉重無比，她至今仍無法放鬆

的繃著神經。

「我們是騎腳踏車出來的，說先找到你們再說，然後叫他們顧好家裡孩子……總之交代一些動作，請他們預防八尺大人再出現，我們才暫時脫身。」就著桌子，簡子芸癱坐而下，「腳踏車也不敢眞的騎到這裡，就怕被跟蹤，我們在中途就扔了，走過來的。」

「繞了點路，覺得走馬路會被注意，我們是中段看到鐵軌後，便沿著鐵軌走過來的。」康晉翊重重吁口氣，「幸好你們都沒事。」

「我們沒事。」童胤恒也坐了下來，緊緊握住康晉翊的手。

康晉翊抬頭看向他，突然鼻子一酸，有種想哭的衝動，他們離開O鎭眞的太難了，又急又慌又被盯著，只剩他跟子芸，兩個人只能見機行事。

淚珠落上桌面，簡子芸早已克制不住，童胤恒一怔不知道該如何是好，康晉翊則是一把就摟了過去，這看得童胤恒反而尷尬萬分。

汪聿芃端水下樓，背後是氣急敗壞的跺腳聲。

「妳還找人來是嫌不夠亂嗎？還要我煮飯給他們吃？」汪皓月衝到門口怒吼，「汪聿芃，妳不要太過分！」

唔，地下室的三人僵住，尷尬地往上看。

「我就是這麼過分啊，大姐，妳第一天才知道喔！」汪聿芃頭也不回的往下走著，「不然今天就不是這種局面了啊！」

「汪聿芃！」汪皓月氣得就想衝下來，童胤恒即刻警備心起的要上前——

「皓月！」

樓上傳來冰冷的聲音，童胤恒不必認識也聽得出那是汪聿芃的外婆。不必吼不必罵，就這麼喚著，就讓一副要撲上汪聿芃的女人收了勢，瞪著汪聿芃的背影不放，渾身上下都是恨意，雙拳緊掐著，最終回首向上走去。

「別在餐裡亂來啊，我會知道喔！」汪聿芃還不忘補刀，「我要是知道的話，就不好玩了！」

磅！汪皓月用甩門結束這回合，告訴了所有人她有多不爽。

「呵，我大姐。」汪聿芃放下托盤，輕鬆的朝著康晉翊他們笑。

還偎在康晉翊肩頭的簡子芸都不知道該怎麼反應了，尷尬的抽著嘴角，「喔……」

「快喝飲料！吃點心！快點放鬆，接下來還有很多事喔！」汪聿芃一派輕鬆說著，但眼神裡沒有一絲笑意。

康晉翊跟簡子芸覺得很詭異但不知怎麼開口，悄悄瞄向童胤恒，他也給出了暫時不要問的暗示；所以他們先把自己帶出來的東西拿出，他們打開童胤恒跟汪聿芃的背包及手提袋，搬出覺得需要的東西。

說穿了就是錢包跟證件，加上一些筆記本之類的。

「謝謝！」童胤恒好生感動，重要物品都有帶！

「抱歉，不得不打開你們的行李，我們想說一定得帶東西出來！」康晉翊倒了冰涼的可樂，這時候喝到可樂眞是爽。

一旁的汪聿芃打開錢包，抽出了她珍貴的都市傳說集點卡，會心一笑。

「好好，八尺大人再加一點，總共十點。」簡子芸瞧她那副模樣，眞的不管何時都是都市傳說狂熱者。

「其實還要再多一點。」她吐了舌，「而且要蓋在最～前～面～」

「最前面？血腥瑪麗？」童胤恒打趣的問，那是他與汪聿芃第一次碰面。

一場高中校慶，有人仿造了血腥瑪麗的傳說打造鬼屋，甚至有人眞的召喚了血腥瑪麗，那是在汪聿芃的高中，而他則是相關事件的屍體發現者。

「不。」汪聿芃勾著笑容，瞇起眼，「更早……」

簡子芸才嚥下可樂，便一臉期待的望著她，「妳還遇過什麼？」

汪聿芃輕笑著，突然叫在床邊的童胤恒挪挪身子，她纖瘦的身體二話不說爬進床底下，把裡頭的盒子給抱出來；童胤恒不忘跟著往床底望，希望小貓能出來見一面。

「喵？」

「……你幹嘛？」康晉翊好奇的問著，童子軍那模樣好萌喔！

「小貓啊，小甜心？喵喵？」後面的聲都奶了起來，「喵？」

汪聿芃將盒子擱上桌，敲敲紙盒，「小甜心在這呢！」

童胤恒抬首，望著那紙盒一怔，「嗄？妳把牠關在裡面？」

只見汪聿芃從容的打開紙盒，往桌上倒出了一大堆白色的東西，三個人好奇的打量著，拿在指尖上把玩看著…………瞬間，簡子芸顫著把東西扔回了桌面。

「這是……骨頭？」

「嗯。」隨著汪聿芃的點頭，康晉翊跟童胤恒恭敬的把骨頭放回桌面。

這一整桌的碎骨……每個大概兩公分見方，是什麼的……骨頭？

「我從出生開始就住在這裡，跟我其他姐妹住的不同、吃得不同、教育方式不同，媽媽送我小貓小狗，跟我玩在一起，然後再在我面前把貓捅爛。」無視於簡子芸的訝異聲，她繼續說著，「然後告訴我動物就是要這樣才是喜歡，所以我如果很喜歡的時候，就要這麼對牠……所以我剁碎了小甜心跟小蟲的頭，這些都是牠們的顏骨。」

冷汗不自覺的滑下，童胤恒回憶起今天的事情，嚥了口口水，「但是妳開衣櫃時曾說……」

「我覺得牠們一直都在。」汪聿芃很認真的說著，「我還看得到……」

童胤恒頓感背脊發涼，右邊頸子被尾巴觸碰的感覺太眞，「牠該不會還掛著一顆鈴鐺……」

汪聿芃瞬間綻開了笑容，驀地伸手抓住童胤恒的手，「你聽見牠了！」

我的天哪……童胤恒全身汗毛直豎，一旁康晉翊半晌說不出話來，汪聿芃說著殘忍的事實，卻用那極爲平常的口吻——這是什麼教育啊？

「妳把動物切碎，不覺得……難過嗎？」康晉翊完全無法置信，「這是什麼教育？」

「不覺得啊，我是從再也不能跟牠們玩開始才覺得遺憾……我就是被如此教育扭曲的價値觀，而且我只聽我媽媽的話，因爲我是她獨特的寶貝。」汪聿芃示意他們先不要說話，「我要爲了媽媽做任何事情，自殘、殺生都不在意，然後我十歲生日時可以光榮的進入沒有門的神聖屋子，親自拔下指甲送給媽媽，當作一種奉獻！」

咦？簡子芸顫了一下身子，等等……她讓直起身子的康晉翊按捺住，他們都聽出端倪了！

「十三歲時，我親手拔掉我的牙齒，送給媽媽。」汪聿芃伸出自己的左手小姆指，他們誰都不會注意那隻小指的指甲，「爆痛的，但我必須爲了媽媽犧牲……十三歲後然後我從怪胎生活終止，我不再吃噁心的食物，我被允許跟手足們一起生活，用三年的時間度過你們平常的人生——」

「直到十六歲嗎？」康晉翊聲線緊繃，腦海不停的說著不可能不可能。

汪聿芃聞言，開心的綻開了笑顏，而且是大大的燦爛。

「我就知道，你們懂的！」她小心翼翼把骨頭掃進盒子裡，傳來噠啦噠啦的聲響，「所以說啊，這是比血腥瑪麗還早的都市傳說呢——我覺得，我們家本身就是個都市傳說！」

「為什麼這件事……」童胤恒才在說話，他的正後方被貓尾掃過。

喵。

他倏而回首，緊張的望著床底下，汪聿芃卻露出寵溺的笑容，把盒子送回床底下。

「小甜心也喜歡你呢！」她說得如此自然，卻讓人不寒而慄。

「妳們家……本來就有這個都市傳說嗎？」簡子芸謹慎的問著。

汪聿芃突然又恢復過去心不在焉的模樣，望著地板喃喃自語，「武祈山下，是孕育都市傳說的地方……」

「是禁后啊。」童胤恒吐出這在家族裡禁止的話題時，同時看向那個古老的梳妝台。

他怎麼突然一點兒都不意外了呢？

在汪宅二樓的小房間中有數台電腦，裡面放著某個地方的監視影像，汪聿芃望著一格又一格的監視畫面，伸指觸及電腦螢幕時，泛出些微淺笑。

跳動的螢幕突然跳到某個角落，那兒有個人立在角落，汪琦蓁差點沒尖叫出聲，掩著嘴低嗚，汪聿芃仔細看著，才發現那只是戴著長髮的長柄們。

就是那個！汪琦蓁拉了拉吳珊寧，那晚撲在她玻璃門外的就是這模樣！

「這裡面很多的。」汪聿芃幽幽說著，「一整排……」

咦？與汪聿芃同輩的女孩們吃驚不已，這是她們第一次被允許踏入這間房間，即使這是汪家，汪聿芃也沒被允許進入這房裡過，從未想到裡頭只是許多電腦，監看著某個地方。

「好了嗎？出來吧！」大姨在外頭喊著，女孩們才魚貫的從狹窄的室內走出，回到一樓客廳處。

客廳沙發中央自然坐著威震八方的李阿萍，她的一雙女兒分坐兩旁，沒用的男孩們站在沙發後的木架後方，也就是玄關進來的甬道「旁聽」，最沒地位的外人只能在餐廳旁。

康晉翊完全搞不懂弄這種階級制是想怎樣？整個一樓就開放空間，說話都聽得見啊！

女孩們從二樓下來後，誰也沒資格坐，爲首的吳珊寧跟其他人找個角落站，汪皓月大方的依在沙發邊，她本是阿嬤的左右手，但汪聿芃倒不在乎，直接就著一旁的搖椅坐下，她有傷在身，很累的。

「都看見了？」李阿萍低聲的問。

「嗯……那是……神聖小屋嗎？」吳珊寧小心翼翼的發問。

「是，就是那間木屋，我們安裝了監視器，觀察著屋子裡的變化。」李阿萍眼神瞬也不瞬的盯著汪聿芃，「因爲我們知道遲早會出事。」

「那媽媽呢？」汪皓月上了前，「那天媽帶了她進去後就沒有再出來了！汪聿芃，媽呢？」

汪聿芃撫摸著沒有指甲的小指，不耐煩的嘆了一口氣。

「夠了沒？大家想裝迷糊到什麼時候？這就是都市傳說『禁后』，上網查找得到的！上面說過該家族跟巫術有關，我們家就是那樣的家庭！」汪聿芃語調如同平常一樣懶洋洋的，「十歲讓我拔指甲、十三歲讓我拔牙齒……對不對啊，社長？」

嗯？怎麼突然CUE他了？康晉翊急忙站起！

「沒錯，這完全是都市傳說禁后……我們本以爲這不是在我們國度。」康晉翊力持鎮靜的說著，「但是這一切太像了！」

「如果背後牽扯血脈或巫術，就跟國度沒有關係，一個種族能有多種分支，家系也是！所以這個都市傳說就是眞實存在的。」簡子芸現下倒比康晉翊聲音亮得多，因爲她正滿腹怒火！「妳們家就是那個都市傳說。」

簡子芸覺得這家人簡直變態，這樣養大汪聿芃是虐兒吧！現場的人都沉默著，這個答案早在他們心中，但沒人敢講……吳凱航悄悄看向右邊餐桌的外人，眞羨慕這些外人，說得這麼輕鬆。

「但我不懂的是，如果是禁后……你們找汪聿芃做什麼？」童胤恒刻意往客廳接近，「她的母親履行完義務後，進入那個世界，然後汪聿芃繼承……是因爲她不打算繼承這個傳統嗎？」

「什麼叫母親履行完義務？」汪皓月回首怒瞪著童胤恒，「不懂的外人就閉嘴！該履行義務的是她！她才是被選中的地溝鼠！」

地溝鼠？童胤恒一握拳，這是在指汪聿芃嗎？

「嗯啊，是我喔！」汪聿芃還半舉手，「在我十三歲前他們都叫我地溝鼠，包括我的姐妹們，因爲我就是啊！我們跟禁后不完全一樣，我們家族是女兒出去呢！」

什麼!?康晉翊詫異得倒抽一口氣，簡子芸都跳起來了，這個家的犧牲者——

是選擇女兒嗎？

等等，那汪聿芃她好端端的在這裡啊！

「對，我們這一輩的地溝鼠就是妳，那爲什麼妳人在這裡，媽卻不見了？」汪皓月不爽上前，「媽呢？媽媽到哪裡去了？」

看著永遠對她有意見的大姐，汪聿芃抬首無力的望著她，「大姐啊，邏輯啊，我人在這裡的，妳說媽媽呢？」

媽媽呢？

「不可能！」這下換大姨激動起來，「儀式沒這麼容易，妳怎麼有辦法送杜鵑過去？如果能這麼簡單的話──」

「也沒多複雜吧！在都市傳說中，就是有小屁孩只是同時瞧見了抽屜的兩樣東西，也會變成只吸頭髮的行屍走肉！」童胤恒毫不客氣的直接說出禁后關鍵，袁雪芯下巴都快掉了，「喔，好像要搭配眞名？」

「那個家系跟我們不盡相同，但沒錯，妳不可能知道杜鵑的眞名，因爲杜鵑不是地溝鼠！」李阿萍冷冷出聲，字字都是咬牙切齒，「我好好的女兒就這樣被妳送進去了！」

李阿萍一開口，所有人下意識的低頭，康晉翊深深明白這家就是阿嬤在做主啊！而且威嚴十足，令人望而生畏！

「總是要有一個人進去不是嗎？」汪聿芃聳了肩，「我不想進去，但媽媽說她願意代替我進……」

啪！年邁的李阿萍行動敏捷得驚人，一骨碌站起不說，朝右前跨了一步，直接狠甩了汪聿芃一巴掌！響亮的聲音聽得都痛，童胤恒即刻不爽上前，擋在了汪聿芃面前。

「妳做什麼！」他不客氣的卡到李阿萍與汪聿芃中間，「怎麼能動手打人！就算妳是長輩也不行！」

被打到別過頭去的汪聿芃感受到臉頰發熱，只是用舌頭舔了舔，再轉正時看見的卻是巍峨如山的童胤恒，不由得泛起一點幸福笑容。

「我沒事，阿嬤在我們這個家，別說打我了，要殺我都沒問題呢！」她歪著頭，輕鬆的從童胤恒後面探頭而出，「是吧？阿嬤，妳應該打算把我再送進去吧？」

「這裡沒外人說話的份！」李阿萍慍怒的往旁邊喊著，「你們都是木頭嗎？不會動了？」

最接近外側的小姨趕緊起身要拉開童胤恒，但康晉翊更快的衝上前，簡子芸也不小心撞開擋住的汪皓月，大家立即擠在一起、同一陣線。

唉唷！被保護在最後方的汪聿芃托起雙頰，好開心喔！

「別吵別吵！我是來好好談的！」汪聿芃趕緊站起來，將簡子芸往搖椅上擱，再拉著康晉翊往後退，自己則來到童胤恒跟前與之易位，面對著李阿萍，「阿嬤，我回來是想好好商量，事情能不能到此為止。」

李阿萍皺了眉，「什麼叫到此為止？」

「這個儀式，整個傳統，到我們這一代就停了吧！我不明白為什麼我們要搞這種事情，我看不到什麼好處……」汪聿芃現在真的超誠懇的說，「每一代都要送人進去，讓一個好好的花樣少女犧牲一生，能換來什麼？」

「換整個W鎮的平安！」粗鄙的聲音從門外傳來，吳凱航護著汪武閃到一邊，看著里幹事囂張拔扈的領軍登場。

男人不客氣的拉開紗門，大步走了進來，父親蹙眉看著未脫鞋的他們，在地上留下一堆塵土就心煩。

「我有准你進我家嗎？」李阿萍顯然對這不速之客也反感。

「把事情搞砸的人沒說話的資格，李阿萍！」里幹事出言不遜，大家莫不驚愕。但里幹事真沒把李阿萍放在眼裡，他直接看向汪聿芃，有點疑惑的打量，「唷，小老鼠長大了啊！」

「你叫誰！」童胤恒討厭這群人看汪聿芃的眼神，連稱呼也這般沒禮貌！

「地溝鼠啊，被選中的就是隻在黑暗裡生活的老鼠，直到被送走才能沐浴光明！」里幹事看向童胤恒他們，「外人……你們這些年輕人懂什麼！這裡有我們的規矩，每一代的地溝鼠都是維持整個W鎮平安的主要祭品！」

「說什麼東西啊！」簡子芸越聽越不爽，「殺個人有理由？不送會怎樣？」

「不送……那、裡也會索取該進去的人！」吳珊寧主動開口，「八年前出了錯，汪聿芃人在外面就不行，我們同輩的表姐妹們，近來都受到了警告，一堆頭髮出現在我們的生活中，彷彿是種警告。」

「像是在說……他們要正確的人進去！」汪琦蓁揪著衣角，「我們其中一個，才是該吸頭髮的人……」

「頭髮不好吃啊，又不消化。」汪聿芃認真的嘟起嘴，「就讓事情到媽這邊停了吧！」

「停妳個頭！妳在拿整個鎮開玩笑嗎？這是長久以來的約定，W鎮供養妳們，妳們每一代都得送人過去，換取的是全鎮居民的安居樂業！」里幹事咆哮出聲，「妳難道想危害全鎮的人？」

汪聿芃終於……緩緩的正眼看向里幹事，記憶中那是個也會送她長蛆食物的叔叔，小時候她常吃莫名其妙的食物，然後被騙說那是美食，大家都是吃那種好料的。

「危害什麼？鎮上會怎樣嗎？你們這些人要靠犧牲一條命換取平安？」康晉

翊忍無可忍的開口，「這太荒唐了。」

「一點都不荒唐，八年來鎮上出了很多事，意外與生病過世的很多，這都是以前不會有的，那個儀式本來就是保障鎮上人民安全的！」跟來的唐叔接了口，「你們的妄爲是會害死全鎮大小的！」

「閒扯什麼？活人祭嗎？不犧牲人你們鎮上的人會死？」簡子芸拉過汪聿芃，「妳幹嘛回來這種有病的鎮！」

「就說外人不懂閉嘴！」汪皓月大喝一聲，右手騰空做出掐人的動作，朝著簡子芸一比劃——

呃——簡子芸瞬間感受到頸部緊窒得不能呼吸，好像有人眞的掐住了她的喉嚨，向後跌進了搖椅裡！

「子芸！」康晉翊焦急的即刻查看，她瞪圓雙眼指著自己喉頭，好痛苦，她無法呼吸，無法——

「大姐。」汪聿芃巡走向汪皓月，「不許動我朋友！」

「誰叫她不閉嘴！」汪皓月得意的露出微笑，停在空中的手狀似更用力掐了緊。

「啊啊……」痛苦的喉音傳來，躺在搖椅上的簡子芸向上拱起了身子，康晉翊焦急的看向一旁的童胤恒，他握緊拳，準備起身去揍汪皓月。

結果一旁抖個不停的袁雪芯嗚咽一聲，從汪皓月右手邊冷不防的跑過來，一把撞開汪皓月的手，「好了！表姐！不要用那個！」

剎！汪皓月被中斷的向後彈去，那力道彷彿是有人正面推了她似的，她狠狠的撞上後面的木架，木架上東西匡啷落下，吳凱航護著汪武後退，同時大家都聽見喀嚓一聲，骨頭斷裂的聲音！

「啊！」汪皓月咬牙低鳴，她的手！

哇，汪聿芃高舉雙手，她離汪皓月還有三十公分距離，她可沒碰她喔！

「雪芯！」大姨焦急的衝上前去，「妳在幹什麼！妳不能這樣強制中斷施術者！」

袁雪芯呆住了，她站在原地，眼淚撲簌簌落下，握緊自己的手掌，「中……中斷什麼？」

「大姐，她不懂！她不懂！」小姨趕忙求情，「我們都沒教她啊！」

坐在地上的汪皓月緊咬著牙，吳珊寧上前查探，發現她右手真的斷了！骨折的右手掌無力的低垂著，汪琦蓁立即抽過蓋毯蓋住大姐，不讓誰看到她那副樣子。

「帶去治療。」李阿萍厭煩的看著這一團亂象，拿著手杖往地上敲，「都給我冷靜！誰都不許施術！」

簡子芸已經恢復了呼吸，她瑟瑟顫抖的抓著康晉翊，剛剛發生了恐怖而且玄異之事，他們都親眼看見了，「施術」直接在眼前上演。

在禁后的都市傳說中，曾經明確的提及，那是個會術法的家……天哪！這是眞的！

汪琦蓁、父親跟袁雪芯護著汪皓月離開，吳凱航拉住緊張的小表弟讓他別過去，他們要當個隱形人般別動，吳珊寧送到門口後跫了回來，汪聿芃倒是有閒的去倒杯水給簡子芸喝。

「反正你們也看見了，其餘沒什麼好說的，都市傳說社我一直在關注，你們剛也說出了關鍵，你們只要明白，事實是存在的！」吳珊寧綳著身子出聲，「儀式不完成，整個W鎭的人都會出事！我們不知道會發生什麼、災害或是傳染病都有可能，沒人敢拿全鎭的命開玩笑，總之這關係到整個鎭的平安！所以，犧牲一個人算得上什麼？」

「但我不願意啊。」汪聿芃把水杯交給康晉翊，自然的轉過身。

「誰還管妳願不願意，這是妳的義務！」里幹事可惱了，「這到底是怎麼教的？她不是應該以犧牲爲己任嗎？」

「她已經過了這麼多年逍遙日子，更不可能願意了。」大姨早知道如此，「但妳終究不能逃避，汪聿芃，妳不能這麼自私！」

「我自私？哈哈……我自私？」汪聿芃眞的噗哧笑了出聲，「我要自由、我要活下來，居然叫我自私？」

「當然，當妳影響到社會群體利益時，妳就不能有個人。」吳珊寧一字字咬牙著說，「妳，跟整個W鎮幾萬個人相比，算得上什麼？」

「對！為了大眾利益，犧牲一個人算什麼？」里幹事一副不能理解的模樣，「我們是附近最大的鎮，有多少人在這裡工作、多少人在這裡生活，有多少個家庭依賴？妳要考慮的是群體，不能自私的只想自己！」

童胤恒驀地冷笑，這群可笑的人，竟一本正經的講幹話。

「你們就不自私嗎？不管是怕出事怕災禍還是傳染病，終歸一句就是怕死！所以你們關心在意的也只有自己及親人的命而已！」童胤恒一一掃視著眼前的人們，「這樣的你們就不自私？還有臉講汪聿芃？」

其實那個大哥說得沒錯啊！在木架後的吳凱航默默聽著，大家都是怕死，只想著自己跟家人，可以犧牲一個不在意的人當然無所謂！叫別人犧牲自由、犧牲生命沒關係啊！

小表弟拉了拉吳凱航，擔憂的向上看，他也只是拍拍他，一直用嘴型說沒事的。

「對，我們的確是為了自己，因為我們是群體利益的結合體！多數人的利益，比個人龐大的多，我們聯合起來，就是有勢！」大姨輕蔑的看著童胤恒，

「就算這次汪聿芃找了你們幫手，不過才四個人，你們要怎麼跟整個鎮上的利益結構相比？」

「局勢就是我們說了算！當妳個人會影響到大眾利益時，妳就必須吞下去，妳不願意，我們也有力量逼妳嚥下。」里幹事說得大方極了，「我們必須要以大局為重，儀式必須盡快進行，李阿萍！」

「我知道。」李阿萍緊繃著臉色，握著手杖的手握得老緊，她現在只覺得丟臉，居然讓這個里幹事在這裡對著她指手畫腳？「把汪聿芃關起來，外人就交給你處理！」

里幹事朝旁交代，帶來的壯漢們即刻朝汪聿芃逼近。

什麼？童胤恒擋在汪聿芃面前，這些人想做什麼？這太扯了！

「這是法治國家好嗎！你們不能這樣亂來！」童胤恒大喝著，「報警！快點報警！」

幾個人笑了出來，彷彿童胤恒說的是笑話似的！

接著一片混亂，李阿萍再度優雅地坐回她的沙發，以女王姿態傲視一切，大姨與小姨也都退到一邊，給鎮民空間制住這些外人。

康晉翊才要撥手機就被人架起，連按手機的機會都沒有。

「你們這是違法的！」他嘶吼著。

「違法？誰在跟你講法律，你乾脆跟我說人身自由算了！」架著康晉翊的大漢不爽的叱著，「現在這是因為她一個人會危害到幾萬人生命安全的事，不要跟我談自由！」

「走開！別碰她！」童胤恒直接一腳踹開人。

平時的鍛練還是有效，更別說師承空手道的毛學長與格鬥者學姐，至少這樣的抓握足夠他們反擊與閃躲，遺憾的是雙拳難敵四手，不一會兒又進來更多人，吳凱航也被召喚幫忙，最後康晉翊他們直接是被扣著四肢抬走的！

「我說了不許碰我朋友！」汪聿芃被親人扣住，難以動彈。

「沒有要對他們做什麼，但家裡小，無法讓他們住。」大姨義正詞嚴的說著，「帶去旅館吧？」

「我們會把他們帶去旅館，妳放心！儀式結束前不會輕易動他們。」里幹事吆喝著，「但他們只能待在裡頭，哪裡也不能去！」

說穿了就是軟禁！

語畢，一大票人真的扛或抬著童胤恒等三人出去，簡子芸還是直接被人扛上肩頭帶走，尖叫著又踢又打也無用。

「這件事不停止，下一個被犧牲的就是妳們的女兒！」汪聿芃突然衝著吳珊寧說道，「不只是表姐妹們，吳凱航，你如果有生女兒也一樣，一樣必須讓她成爲地溝鼠！」

外頭是康晉翊他們的叫喊聲，內外一片混亂，汪琦蓁回到了家，有些茫然。

「誰都有機會能一直送自己的女兒、或孫女去那什麼鬼世界，吃自己的頭髮吃到死！」汪聿芃被往碗櫥裡拖，她也只能極力掙扎，「大家如果都要自私，妳們也可以先考慮妳們自己！」

誰都有機會……如果以後成家生子，就算自己逃過了，自己的孩子卻被選上，也就得成爲行屍走肉，吃自己的頭髮到死爲止！

第六章

公眾利益的犧牲

誰都有機會能一直送自己的女兒、或孫女去那什麼鬼世界，吃自己的頭髮吃到死……這句話迴盪在每個人心中，連身爲男人的吳凱航都心寒。

「但是，如果現在不送妳進去，就是我們要進去了！」吳珊寧雙手突然搭上汪聿芃的肩頭，筆直往後推，「這，就是我們的自私！」

誰承受得住每晚的異象，隨時會吃到頭髮的噁心！

「但沒經過儀式，誰都無法送妳們進去！懂嗎？」汪聿芃扣著門緣喊著，「就讓這個鎮去扛他們該承受的代價，讓所有的一切到此爲止！」

什麼？汪琦蓁緊張的看著還在屋內的里幹事他們，二姐的意思是不必管鎮上會發生什麼事……對啊，像她們根本不住在這裡，這鎮上平常的事也都不曾在意過吧！

「這點倒是教得很好啊！這麼自私無情，想拿全鎮的命去賠！」里幹事睨向李阿萍，滿滿責備，「絕對要把她送進去！」

吳珊寧明白汪聿芃的意思，但是她們現在……能怎麼反抗？一是不敢、二是無力，從小被洗腦服從的她們，根本不敢輕舉妄動，況且誰敢違逆外婆？擅長施術的她會對他們做出什麼!?

所有的孫子輩，也只有汪皓月一個人得到眞傳，其他人最多只會在房間附近擺些動物靈協助防備鬼魅而已啊！

李阿萍倏而起身，健步走向掙扎不肯進入碗櫥的汪聿芃，沒有猶豫的再甩下一巴掌！

響亮聲讓屋內靜止，汪聿芃的臉這下腫起來了，嘴裡確定是破了，因爲她嚐到血的味道。

她停止掙扎，緩緩正首，毫不畏懼的迎視著這個永遠至高無上的阿嬤。

「妳以爲，我能忍受犧牲兩個女兒嗎？」李阿萍瞇起的雙眼如果是把刀，汪聿芃覺得自己已經被千刀萬剮了。

「那妳就能犧牲妳的孫女嗎？」汪聿芃雲淡風輕的，尾音還帶著點飄。

「妳不是我孫女。」李阿萍毫無遲疑的回答，轉身再面對了屋內所有人，「妳只是隻地溝鼠。」

從被選中的那瞬間開始，就不會有人把她當親人看，因爲她終究得被送到那個世界去，沒有必要浪費親情。

汪聿芃甩開了架著她的人，她自己會走，她沒想過要跑。

要跑，又何必回W鎮呢？

「封鎮吧。」沉吟的里幹事突然開口，「不能讓任何人有機會跑走！」

「封……封鎮？」吳凱航有點不思議，「就因爲……」

「對，老鼠好不容易回來了，我們扛不起這個損失。」李阿萍立即同意，

「今晚我會問卜，確認儀式的時間。」

里幹事頷了首，等待著下方的人走上來，他們合力關上門，再把碗櫥裡那靠牆的五斗櫃推上前，堵住地下室唯一的出入口。

「去找人把鎮上所有出入口都封了，即日起不許任何人離鎮，也別讓閒雜人等進來，全鎮進入緊急狀態！」里幹事邊說邊交代，「大家忍耐幾天，過了就好了，別怕！」

「不能今晚就進行嗎？」有人焦急的問，「我家花盆下午開了花，長出了頭髮啊！」

「別急，不能急著重啓儀式，必須慎重！」里幹事安撫著鎮民，大家都恐懼，但事情還是得按部就班。

他們離開汪宅，聲音漸行漸遠，好不容易，汪家就剩下自家人，一切靜了下來。

「皓月如何？」李阿萍立刻掃向汪琦蓁。

「本來要去找康叔，但他們說康叔下午出門後還沒回來，現在先去接骨師那邊。」她回答著，「小姨跟雪芯陪著。」

「回來得好好訓訓雪芯，她不能再中斷施術。」李阿萍嘴上這麼說，但連吳珊寧都能感受到她的不捨。

雪芯是最受疼的女孩，與汪聿芃的待遇那是天差地別。

「大家各自回家吧，我一樣住這裡。」李阿萍嘆口氣，逕自坐回沙發上。「珊寧，皓月手受傷了，樓下的事就由妳負責了。」

「是。」吳珊寧恭敬的應下。

言下之意，她也得住在汪宅了！大姨拍拍她，卻帶著點驕傲，總算不是只有老二家的皓月受到重視了！

汪琦蓁蹙眉，她才是住在這個家的人，爲什麼阿嬤要託給大表姐？「阿嬤，我可以負責的。」

「妳不行，心太軟。」李阿萍說著，「就妳二姐二姐的喊，就知道妳不行了。」

不能夠找把汪聿芃當親人看的人，吳珊寧與汪聿芃不熟，又是家族裡年紀最大最沉穩的，也是最知道當年眾人怎麼養育汪聿芃的人。

「謝謝阿嬤。」吳珊寧只能當這是讚賞，不過她小心的走到李阿萍身邊，「既然如此，我想問阿嬤一件事。」

大姨緊張的揪著衣角，李阿萍則明顯皺眉，不太高興的向右略瞥向吳珊寧，什麼？

「那爲什麼您卻獨獨把施術法教給了皓月？」

貼在門上的汪聿芃聽著外頭的靜謐，轉身看著樓下寬廣的空間，她小聲一步步的走下樓梯，像是怕驚擾了誰。

下了樓向右轉，過了床邊，來到了那覆有白布的梳妝台，靜靜站著。

叩叩，在後方的衣櫃自裡頭傳來叩門聲，她一點兒都不想搭理，她的房間裡，每樣古物都有著東西在上頭。

貼著白布一角，她唰地拉下了白布。

一個長髮蓋面的女人赫然映在鏡子裡頭，雙手拼命的把自己的頭髮往嘴裡塞，拼命的吸著，嘶……嘶……嘶……

汪聿芃一屁股挪上梳妝台桌面，側臉就這麼貼上了鏡子。

吸著頭髮的女人眼珠子像是朝右瞪過來似的，一邊拼命吸著頭髮，一邊殺氣騰騰的瞪著她。

「喏，阿嬤果然最捨不得妳耶！」汪聿芃垂下了眼眸，「媽。」

這是世世代代，女兒必須向母親繼承奇怪儀式的家族，傳說此家族極擅巫術；女兒是母親的所有物，被選中的女兒被當成「材料」，一出生便會取兩個名字；看起來正常的文字，正確讀音只有母親知道的「眞名」，取眞名那天會準備一個梳妝台。

爾後女兒會被特別教養，以錯誤扭曲的價值觀養大，給她吃穢物、在她面前剁碎貓狗，讓她認爲這都是正常的行爲。直到女兒十歲時會被母親帶到該梳妝台前，由女兒自願提供指甲，然後跟寫有女兒眞名的紙放入第一個抽屜，接著母親坐在梳妝台前一整天。女兒十三歲時，在梳妝台前拔下牙齒，然後跟眞名的紙放入第二個抽屜，這都是對母親的「奉獻」，母親再在梳妝台前坐一整天。

十三歲後，女兒便以正常人扶養，過著一般人的生活，直到十六歲生日當天，母親必須坐在梳妝台前吃掉女兒的頭髮，吃完後跟女兒說出她眞正的名字，接著母親會變成只吸自己頭髮的空殼廢人，終此一生。

而傳聞母親已經獲得資格，意識或靈魂被送往「樂園」；而這個女兒正式繼承母親，在她頭髮長到原來長度爲止的期間，與男人交往或是結婚生子，然後再選一個女兒，爲她取一個眞名，讓她成爲自己的所有物，開始一個新的循環；直到自己的女兒十六歲，她告知自己女兒眞名後，也開始吸頭髮成爲廢人，前往母親等待自己的那個樂園。

如此代代相承。

而這儀式的詭異與不人道，隨著社會發展而逐漸被捨棄，最後一任的女兒叫「禁后」，但眞實讀音是只有母親方知的「紫垢」。

後來村民把禁后母女的梳妝台放在一個屋子裡封印起來，當作一種祭祀，屋子僅有窗而無門，因爲代表只進不出，禁后母女就靜靜的待在屋子裡；直到調皮的孩子入內探險，衝上二樓打開梳妝台的其中一個抽屜，看見了不該看的東西，瞬間也成為吸自己頭髮的廢人。

那個抽屜裡傳說是禁后母女的手腕，呈現十指交扣的狀態。

而在場的其他孩子均被嚇到，這個都市傳說，因此才傳開來。

包紮好右手的汪皓月將門上鎖，走回房間中間的方桌前，站穩在外婆李阿萍的對面後，拿起桌上的袋子。

方桌上已用粉筆畫出了多重三角型的陣型，單手的汪皓月甚為吃力的打開袋子，但李阿萍完全沒有要幫忙的意思，任她單手拆袋，再單手抓出裡頭的碎骨。

「記住順序。」李阿萍冷硬的交代著。

「是。」汪皓月說著，將一袋碎骨由左至右的置放。

這些都是前人的骨頭，也就是每一代的地溝鼠，她們被送到梳妝台前，被送進「完美的世界」去，成為不吃不喝、除了吸頭髮外、不具意識的行屍走肉，直到自然衰竭而死。

但是家族會盡全力保全她的生命，因為只要地溝鼠活得夠長，就不必那麼快獻出下一任。

不過因為不吃不喝，歷任都很難活得太久……近代的醫療發達，才有機會可以解決這件事；而每一代的人的骨灰都不會入土為安，會成為守護家族的一部分，這是她們的使命。

碎骨一一置放完畢，汪皓月動手點燃中間的蠟燭。

李阿萍拿起桌邊的一把銀刀，在蠟燭上反覆烘烤，「儀式必須重啓，可敬的先人們，我們需要一個日子，越快越好。」

李阿萍在中間撒上了一把沙，接著伸出了自己的左手，汪皓月手上已經備妥紗布，聽著外婆喃喃唸著奇怪的語言，最終拿刀子朝自己滿是疤痕的左手掌內部切了下去。

鮮血如注，李阿萍咬著牙將血滴入了中間的沙後，汪皓月即刻繞到她左側，將她的手先包起來施壓止血。

看著孫女細心的包裹，李阿萍釋然一笑，「幸好我還有妳。」

汪皓月驕傲的笑著，「我從不會讓妳失望的。」

「我懂，所以我才選中妳。」李阿萍欣慰的拍了拍汪皓月，「阿嬤如果死後，妳得把這件事傳承下去，絕對不能中斷。」

「當然。」汪皓月雙眼亮著光芒，「這是我們的責任。」

很好，很好！李阿萍滿意的點著頭，「不愧是杜鵑的孩子，我一手教大的……珊寧永遠都不可能取代。」

沈杜鵑，她最疼愛的二女兒，送走老四後，她原本要好好培養老二成爲家族下任主宰，結果她的么女送走後，沒幾年就營養不良死了，迫使他們不得不趕快選出下一位，汪聿芃。

她最疼的二女兒非常稱職，由她執行儀式更是放心……誰知道八年前的那日，她寶貝的杜鵑竟變成吃頭髮的那個人！

未知的損失讓她心痛，但她不能停下腳步，必須儘速培養下一個，要把家族責任放在第一，夠堅定、夠理智，必要時亦必須無情的人，最後是杜鵑的老大，皓月。

其實杜鵑還在時，皓月就常看著，她自是理所當然的接任者，事實上她也表現得非常好，尤其跟她同氣連枝，重點是恨著害慘杜鵑的汪聿芃。

「阿嬷，把那傢伙送進去後，事情會回到正軌嗎？」汪皓月突然問了，「媽媽會回來嗎？」

李阿萍的笑容微凝，說眞的，她也不知道。

「儀式沒有錯過，我不知道。」李阿萍反握住汪皓月的手，「妳希望杜鵑回來嗎？」

「那當然！我這麼努力，就是希望換回媽媽！」汪皓月激動的說著。

「我也希望，但另一邊，我知道得也沒比妳多多少。」唯有祖孫倆時，李阿萍才會說實話，「現在得先讓事情回到正軌，其他只能聽命了。」

「如果……她送進去了，媽媽也回不來……」汪皓月既失落又有點生氣。

「那就是命！妳得扛起家族的重責大任，在未來那傢伙死了之後，選下一個地溝鼠……」李阿萍忽地抬頭，「如果可以，我希望妳的孩子被選中。」

汪皓月忽地睜大雙眼，「眞的嗎？可以嗎？」

李阿萍凝視著汪皓月，「妳願意嗎？」

「我當然願意，阿嬤，我可以的！妳可以相信我會用獨特的方式養育地溝鼠！」汪皓月瞬間就跪了下來，「我跟媽一起養過那傢伙，我知道怎麼養育，才能養出一個稱職的地溝鼠，再好好送進那個世界！」

眞好。李阿萍心中充滿驕傲，她的教育非常成功，世人說她洗腦也好，總之汪皓月眞的完全以家族責任爲主，這才是她們家族裡的人！

「那妳得快點結婚，給阿嬤生很多女孩。」李阿萍輕笑著，溫柔的撫著汪皓月的臉頰。

汪皓月的臉正對著窗戶，臉上洋溢著驕傲的光輝，崇拜憧憬似的看著李阿萍，用力的點了點頭！

「啊……顯現了。」眼尾瞄去，李阿萍目光移到了桌子正中間的沙子上，因著她血液的滴落，沙子顯示了某些特定的圖案……

不，是數字。

不管看幾次汪皓月都覺得驚奇，她們家果然不是普通的家族，阿嬤滴下的血規律的陷落，在沙子正中央顯示的還不是數字，而是國字：**三**。

「就是後天了。」李阿萍默默頷首，「快點送那傢伙進去。」

「她會跑的，老鼠都很會鑽。」汪皓月提出了意見，「我不覺得把她關在地下室是個好方法，應該要移到一個沒有出入口的地方看管，阿嬤，地下室出口很多。」

只要她砸破氣窗，哪兒都能出去。

「放心，她本來就要進行準備……」李阿萍略頓了兩秒，嘴角勾起笑容，「不如，我們斷掉她的雙腳如何？」

「咦？」汪皓月有點愣住。

只見李阿萍右手掌一掃，抹除了桌上的各種粉筆筆跡，開始重新繪製，「定住她的雙腳，她就跑不了了……把鳥的翅膀剪掉，還能怎麼飛呢？」

汪皓月哦的一聲，恍然大悟，恭敬的站到李阿萍身邊，仔細學習阿嬤傳承給她的所有。

這都是爲了這個家族！

蔡志友坐在駕駛座上，神情嚴肅的看著前方正在與人爭執的小蛙，眼前的路設置路障，幾位穿著反光背心的男人擋路，還不停對小蛙做揮手驅趕的動作，右邊有塊告示牌寫著：「W鎮因工程封鎮三天，請繞道而行。」

一個壯漢試圖搭上小蛙的肩頭，他暴跳如雷的立刻劃了個半圓跳開，氣氛瞬間變僵。

叭叭——蔡志友及時按下了警示喇叭，他瞧見小蛙拳頭都掄起來了！

小蛙回頭看了他一眼，橫眉豎目的瞪著那壯漢，總算折返回來，蔡志友看著他往駕駛座走來，這才微降下窗戶。

「說話是用嘴巴，不是用拳頭。」蔡志友耐性的解釋，「對方沒惡意。」

「康晉翊就在裡面，現在跟我說封鎮，這一開始就是明擺著的惡意。」小蛙低咒著髒話，「裡面有禁后耶拜託！」

「進出都不許，這麼大陣仗……」蔡志友的指頭在方向盤上點著，「你別生氣，等等他們懷疑我們……」

邊說，蔡志友對著打量他們的人笑了笑，還揮手打招呼。

「懷疑個屁！我說我們就是來觀光的，他們這樣打亂我計畫！」小蛙不停抖腳，蔡志友覺得車子都在震，「要不你下車，我開車撞過去。」

蔡志友沒好氣的看著他，偏偏小蛙一副認眞的樣子，還在挽袖子咧！

「上車。」後座的女人出了聲，「我們繞開，記得禮貌的跟那些人說謝謝！」

小蛙不甘願的往後座瞥了眼，擠出最難看敷衍的笑容，終於繞回副駕駛座的座位坐好；蔡志友倒車，開窗對守路的人們連連道歉道謝，然後迴轉後離去。

「觀光客？」鎭民們交談著，「我們鎭上也會有人來觀光？」

「可能要去爬山的吧！附近就屬我們鎭上的旅館最好了！」其他人不以爲意的聳聳肩，「反正走了就好。」

駛去的車子後座中，有個男人正在參閱手中的A4資料紙。

「禁后不管看幾次都覺得詭異……禁后居然眞的存在。」毛穎德帶著感嘆，

「我以爲只是某個人寫的故事！」

「每個都市傳說都是這樣啊！誰曉得存在於哪兒？禁后背後不是牽扯一個會巫術的家族嗎？我沒想到我們這裡會有那種家族！」坐在外側的男人難掩興奮，

「所以在我們國家的是分支？旁系……天哪！我興奮得都起雞皮疙瘩了。」

最左側戴著帽子的女人略蹙著眉，手裡拿著手機，「喂，你們兩個是眞的不能去O鎭嗎？」

小蛙緊張的回頭，「千萬不能！學姐，我是八尺大人看中的，最好連邊界都

不要碰！不然我們就不會借車來開了啊！」

「嗯嗯……那我們只好繞到隔壁的G鎮再回來……」馮千靜沉吟道，「其實好像也不必這麼麻煩——」

她看著地圖，再望向窗外，若有所思。

蔡志友動手滑著導航，他也有些想法，但是學長姐在，暫時先聽經驗值高的人比較好。

在學校才剛得知外星女平安的他們，還來不及鬆口氣，社團卻來了意外的訪客，看著依然有著可愛臉龐的郭學長進來時，他們完全都呆掉，後頭是熟悉的毛學長及小靜學姐時，開始覺得不妙。

學姐問他們其他人到哪裡去了？瘦長人跟八尺大人的事是怎樣？他們如實交代完，小靜學姐卻扔了句驚人的話語：「有人說汪聿芃跟都市傳說有關，絕對不能回到W鎮。」

蔡志友一聽都涼了，因為他們踏進社辦的前一刻，才收到群組訊息：「我們回到W鎮，等等先陪汪聿芃回她家。」

沒有遲疑，兩個小時後蔡志友便驅車出發！由於八尺大人之前看上小蛙，他此生不能再踏足O鎮一步，哪怕只踩到一公釐都會被帶走，而且他正在追一個妹子，對比他高的沒興趣。

「我們不必開這麼遠吧？」郭岳洋望著窗外喃喃說著，「我們低調潛入怎麼樣？」

「怎麼低調？」毛穎德非常認眞，「光小靜本人就不低調了！」

餘音未落立即被人肘擊，奇怪咧，她也可以把帽子墨鏡都脫掉，看起來就普通人啊！

「我皮衣脫掉下面是T恤！」她一字字的說著。

「妳的顯眼跟衣服沒有關係。」毛穎德凝視著她，話裡卻難掩寵溺。

「厚——」前座兩個人莫不異口同聲，「不要放閃！」

郭岳洋回頭遠望，他們已經離開W鎮的關卡有一段距離，早就看不到了！

「靠旁邊停！找個地方停車！」他趕緊喊著，蔡志友立刻踩煞車，這裡到處都是可停的地方，根本不必擔心。

「洋洋跟我想的一樣吧！」車上的馮千靜開始脫下帽子跟外套了，塞進背包裡然後開門就挪身出去，「條條大路通羅馬。」

「什麼？」小蛙還是不懂，「現在是要下車嗎？」

「對，我們走進去。」郭岳洋笑著，同時打開了車門。

走進去？小蛙錯愕的看著蔡志友，這裡不是他們第一次接近W鎮，一小時前他們從另一處要進去時也有路障，感覺W鎮把所有聯外道路都封死了啊！

「我們就不要走有路的地方。」蔡志友收拾著東西，經過幾次經驗後，他們行裝都非常輕便。

反而是刀子跟傷藥帶得多了，蔡志友口袋裡就有手指虎，小蛙身上的武器就更多了。

一行人下了車，郭岳洋從一條巷子裡彎進去，還沒走到底就可以看見另一端的綠樹景致，還有鐵軌！

「我們要順著鐵路走過去嗎？」蔡志友剛剛也在考慮這點，「但是他們只要派人守在車站，一樣禁止進入吧？」

「火車很難禁止進入吧？他們是該鎭行爲，不是全國的事，對外怎麼交代？」清秀的郭岳洋得意的勾著嘴角，「這裡的區間車一個小時一班，不讓乘客下車嗎？絕對是違規、會引發討論，下車後要乘客再等一小時離開嗎？這也說不過去，再說了，當地居民應該是可以進去的吧？」

蔡志友恍然大悟的亮了雙眼，「所以還是有機會！」

「靠！那他們剛剛……厚，因爲我們是外地人！」小蛙嘖了一聲，「他們沒收走康晉翊他們的手機，也是不怕有外援吧！因爲不讓我們進入啊！」

「即使我們混著下班火車一起抵達，但我覺得我們是外地人，他們一樣可以攔阻。」毛穎德倒是不抱持樂觀，「我的建議是繞！」

說著，他指向了鐵軌對面的森林，跨過這片草原後就是樹林，從裡面繞一圈到W鎭，畢竟路障只會設在馬路上，他們可以從林裡穿過。

望著樹林，蔡志友跟小蛙不約而同的緊張起來。

「我們不會踏入O鎭的！」郭岳洋看出他們的擔憂，「但我還是想闖闖看耶！我若跟著火車抵達，他們眞不給我進嗎？」

「要眞不給進你怎麼辦？」馮千靜突然緩下腳步，「喂，前面那是什麼？」

大家順著她的方向往前看，居然看見一個白色的迷你小屋就在鐵軌邊！所有人疑惑的奔去，經過一番探尋，才發現是個迷你小站。

「因爲鐵路重新規劃後，與W鎭的站過近，因此即將於明年底廢除……」蔡志友唸著網頁紀錄，難怪看起來沒什麼在整修。

一間白色小屋，油漆斑駁，連站名的牌子都很陳舊，甚至沒有圍籬的讓他們都可以任意走來穿去，小蛙朝裡頭探了眼，只聽見電視聲，連站長的影子都沒瞧見。

「好像一人站。」小蛙走了出來，「這裡已經算是W鎭的外圍了吧？」

「差個幾公尺吧？這邊是E村的範圍，村耶！」郭岳洋遠眺著下一站，勉強能見W鎭火車站的電線，距離他們大概五百公尺遠，「我想到一招耶！」

「拜託你不要想。」馮千靜立即不予支持。

「我們跳車吧！」郭岳洋興奮的回頭，「這條都是慢車，如果我們在過W鎮後跳車，不就光明正大進入W鎮了！」

馮千靜重重嘆了口氣，洋洋想的方法永遠都很冒險。

毛穎德看著那雙閃閃發光的眼，卻是笑了起來，他很久很久沒看到這樣的洋洋了！一旁的蔡志友相當錯愕，跳車這法子超危險的，但是不得不說卻比什麼都有用！

「跳下來後我們就可以大搖大擺的進入W鎮了耶！幹！這招好！」小蛙簡直崇拜極了，「眞不愧是洋洋學長耶！」

「嘿嘿……」郭岳洋跟著得意起來，驕傲的昂起頭……但笑容漸凝在嘴角，他好像已經快要忘記上一次這樣的熱血澎湃是何時了。

「好，我們就跳車吧！」毛穎德舉高了手像在伸展，「反正這站也會停嘛，我們就上車。」

高挑的馮千靜搖著頭，把背包揹妥，今天高紮馬尾的她看起來就像要上戰場一樣的帥氣。

「學長姐眞是……厲害！」蔡志友看起來是無奈了，「等等小弟我如果跳不好請大家伸出援手！」

「跳不好？」毛穎德銳眼一掃，「話說回來，你好像沒有很常來訓練！」

「學長！我很認眞好嗎！我們只是最近比較忙，所以疏於練習！我之前每次都有到！」蔡志友都快立誓以表明心跡了！

結果，反倒是郭岳洋原地做起伸展運動了，眞要說，身爲上班族的他才是最缺乏運動的傢伙，身手早就沒當年俐落了……不對，他身手從來沒俐落過啊，以前的坦都是毛毛跟小靜啊！

嘻笑聲這麼大，不可能不引起車站內注意，毛穎德主動去爲大家買車票，離下班列車來還有近半小時，反正大家都不急，橫豎進不去W鎭，耐心等待的好。

「我說，所以汪聿芃家跟禁后有關，但禁后應該是媽媽坐到梳妝台前，然後講出女兒眞名後，就開始瘋狂頭髮吃到飽。」馮千靜靠在石柱上，雙手抱胸的問著，「但童子軍他們都被軟禁，汪聿芃被關在另一個地方，還說儀式要重來……」

「那是原始的都市傳說，別忘了都市傳說都會因地變化。」郭岳洋倒是瞭然於胸，他已經看過昨晚康晉翊傳來的求救訊息了，「W鎭的儀式，送進去的鐵定是女兒，所以他們才要重新舉行！那麼汪聿芃應該是八年前要被送進去，中間出了什麼差錯，現在才要重送。」

「對啊，童子軍寫得簡單扼要，關鍵是八年前出了什麼差錯，結果汪聿芃跑了！然後這個儀式美其名是把祭品送到更美好的世界去，交換整個W鎭的長治久安！」蔡志友翻了個白眼，「更美好的世界幹嘛送一個人去？大家一起搭遊覽車去啊是不是？」

「以大眾利益爲前提，就要把外星女犧牲掉啦！」小蛙蹲在地上，眞一副流氓樣，「這麼大愛，大家自己去犧牲啊，不是要爲了整個鎭民好嗎？」

買好票的毛穎德步出，「其實你們會義憤塡膺是因爲被犧牲者是汪聿芃，是認識的人，如果是個外人，或者——你們是鎭民，你們就不會這麼說。」

「在公眾利益前，個人就是可以被犧牲掉啊！」郭岳洋用那清秀可愛的臉龐，說著殘酷的話語，「硬要說也可以叫多數暴力啦，可這牽扯到大眾利益，多數人的利益結構，螳臂怎麼擋車？」

「每個人都是爲自己，個人又算得上什麼。」馮千靜輕鬆彈指，「換位思考，有個人的行爲可能會害死你跟整個城市，你覺得你比較重要還是他比較重要？」

蔡志友緊擰眉心，搖了搖頭，「我懂，我比較重要，我家人比較重要，我也會拿著『大家』當擋箭牌，這樣可以提高道德等級，說穿了就是那個『個人』不重要。」

小蛙仰頭翻了白眼，「對，都有理，我他媽的如果要把某人關到死就能讓大家平安我也沒問題啊！問題是這人偏偏是汪聿芃，那就不可以！」

毛穎德也不住笑了起來，「所以啦，人最終都是自私的，我們在意的只有我們關心的人。」

「其他人我管他們去死咧！整個鎮上的人，都沒社長他們重要啦！」小蛙冷冷笑著。

然後，遠遠的火車來了！

「咦咦！」所有人立即準備要上車，唯蔡志友狐疑的看了眼時間，「火車早到了耶！」

第七章 等到了誰？

「是嗎？」小蛙倒無所謂，「反正不要誤點我都好……靠！這車子眞的有夠慢……」

「這樣我們等等跳車有希望了！」毛穎德倒是喜歡這種速度，而且他查過了，這裡只有一個鐵軌來回，不怕會車，他們可以大方的跳出去。

火車越來越近，速度越來越慢，但馮千靜不由得皺起了眉，「我們的區間車，是那個顏色的嗎？」

哪個顏色？郭岳洋還拿著手機拍照留念呢，卻在瞬間愣了住！

速度極慢的火車進了站，但沒有停下的動作，只是用一種極慢速前進，郭岳洋怔然的看著長長的列車從他身邊掠過……他們三個，都見過這輛列車！

紅黑相間！

「可惡……」馮千靜突然跳下月台，朝著未到站的火車後方奔去，一掌拍在列車上，「停車！你給我下來！」

啊啊……毛穎德呆站在月台上，看著中後段的車廂門外，一個人影探身而出，以完全不符合常理的姿勢斜掛在外頭，只有腳在車廂裡，一般人得手扶著車子裡的扶把才辦得到，但是他沒有。

列車長雙手抱胸，以四十五度的角度斜出車廂間。

「夏玄允！你給我停車！」馮千靜氣急敗壞怒吼著，就要往上躍。

「NONONO！」夏天即刻縮進車廂裡，「妳不能上車的，小靜！」但動作靈巧的馮千靜輕鬆的就抓住了車門旁的桿子，穩穩的就要爬上去狠狠揍人，夏天卻一把握住她的手。

「不能上車的，小靜。」他微笑著，一如記憶中那樣的可愛。戴著白手套的他，握住馮千靜的手腕，輕鬆的將她手整個扯離握把，將她「拎」在車外。

咦？力氣好大！馮千靜瞠目結舌。

「站好囉！站好站好——毛毛！」逼近月台時，夏天一喝，將馮千靜往毛穎德身邊扔過去！

毛穎德早有準備，穩當的接住被丟過來的馮千靜，兩個人踉蹌數步，但運動神經發達，雙雙很快的立穩重心！毛穎德慌張的再抬頭往前看時，夏天正與郭岳洋四目相交。

「給小學妹。」夏天突然從手裡拋出東西，郭岳洋嚇得趕緊接過。

匡啷匡啷，紅黑相間列車自郭岳洋身邊離開，他看著對著他們揮手的夏天，他還是當年那個大學生模樣，穿上制服的他變得更加帥氣，瞇起眼的笑容毫無變化，笑容依然如此燦爛……

那為什麼，他被留下了？

只有他被留下了！

「等……等等……」郭岳洋突然邁開了步伐，開始追火車，「等等！夏天！」

他往火車的方向跳下月台，在鐵軌邊追著火車，最後一截車廂剛掠過他身邊，速度似乎正在加快！

「洋洋！」毛穎德確定馮千靜沒事後，緊張的也追上去，「不要過去！」

「帶我走！夏天——」郭岳洋加快腳步瘋狂的追著火車，努力伸長手想抓住火車末尾的欄杆，「不要丟下我，帶我走——」

列車長依然探身在外，看著他們，笑容微斂，蹙起的眉朝著郭岳洋搖了搖頭，列車突然加速，急速往前遠去。

「帶我走啊——」郭岳洋聲嘶力竭的喊著，「夏天——夏玄允！」

咻——列車簡直開TURBO似的快到只剩殘影，眨眼消失無蹤，而郭岳洋卻絆到了石子，整個人往地上仆去！及時追上的毛穎德從後勾住他，順便穩住他的瘋狂！

「洋洋……洋洋！」毛穎德用力箍緊他，「那是如月列車！」

郭岳洋還在掙扎，被淚水模糊的視線裡卻再也看不見什麼列車，在他眼前的是一條微向左蜿蜒而去的軌道而已！

「帶我走帶我走……」淚水滴上毛穎德的手臂，「他怎麼可以又丟下我們……

又……」

腳步聲奔跑而來，馮千靜的雙拳緊緊握著，強忍怒火，溫柔的搭上郭岳洋的肩，「我也沒揍到他啊！」

「他已經不是……普通人了。」毛穎德理性的說著，「你們兩個……都該知道如月列車是什麼東西，夏天本身就是個都市傳說了！」

「我想揍人的心始終如一。」馮千靜爲郭岳洋抹去淚，「好了，洋洋，我懂，我們都懂！」

郭岳洋重重嘆著氣，他撫著疼痛的心口逼自己站直身子，這才張開手掌，那是剛剛夏天丟給他的，這麼清楚，不是幻覺。

「要我給小學妹的，汪聿芃嗎？」郭岳洋掌心裡是個小小的打火機。

馮千靜主動拿起，打火機上居然刻著如月夏天四個字，還特別的圖騰LOGO耶，「會不會太扯？列車周邊嗎？」

「給汪聿芃的？妳拿給她方便？」毛穎德打量一下，點了火，就是一般的打火機而已。

馮千靜頷首，先將打火機放入口袋裡，越過毛穎德往後瞧，「火車來了，眞正的。」

郭岳洋調整好心情，三個人跑回月台，蔡志友跟小蛙兩個人腦袋一片空白，根本來不及反應，剛剛那場面跟氛圍太震撼——他們竟然見到了如月列車，還有夏天學長啊啊！

「這可以集一點嗎？」小蛙認眞的說著，「我要跟外星女說。」

「這不算吧，車子只是路過。」蔡志友即刻搖頭，駁回。

車上的人還不少，但大部分要去遠處的大站，在這站上車的他們低調的待在車廂中，郭岳洋朝著車廂連結處走去，剛剛夏天就站在這個位子看著他們。

「別想了！專注於禁后吧！」毛穎德搭上他肩頭，加油打氣，「如月是搆不到了，難得有特別的禁后可以一探究竟啊！」

「如果不是事關汪聿芃，禁王禁后的我都不太想知道。」馮千靜依然實話實說，瞄了蔡志友他們一眼，「你們啊，都市傳說不要碰太深，接觸越多危險越大。」

「我們明白。」蔡志友點了頭，「但現在大家都被關在裡面……」

車子減速讓蔡志友噤了聲，W鎭到了。

他們站在一旁，看著不少人下車，月台上果然有人在盤查，但進去的幾乎都是當地人，只有幾個人在月台上有些討論，最後在發車前又上來了。

「莫名其妙，說他們鎭上有傳染病，叫我們先不要進去！」

「什麼傳染病啊？我只是想去買碗粿……算了，去C市吧！」

「跟眞的一樣，還有警察啊！」

重新上車的不過三個人，他們倒是不以爲意，討論著要買的東西再過兩站也會有。以傳染病爲由挺高明的，蔡志友覺得這鎭上進行這些事像是有經驗似的，彷彿隨時能爲封鎭做準備。

康晉翊傳訊給他們是昨晚十點的事，W鎭的人並未沒收他們的手機，然後短時間內就能封住W鎭四處的邊界，也不怕社長他們報警——因爲警察也是一份子。

火車啓動，大家閃身到車廂連結處，車子不快，但要從奔跑中的火車跳下來還是要留意。

「我殿後。」毛穎德主動說著，「小靜妳先下去接應。」

馮千靜一句話都沒說，手動拉開門就跳了出去，蔡志友跟小蛙同時倒抽一口氣，學姐可不可以不要這麼煞氣啊！

下一個是郭岳洋，他遲疑再三，最後是被毛穎德推下去的。

「我自己來！」小蛙即刻出聲，他堂堂小蛙怎麼可以被扔出去呢！

幾秒內大家紛紛滾落到一旁的軌道或是草叢上……說眞的，車子再慢……跳下來還是很痛啊！

「靠靠靠！」小蛙把髒話都罵一輪了，吃力的爬起……雙掌在地一抓，卻感到一陣毛，唷！

黑色的毛髮在他指縫間，他狐疑的看著地面，人是滾到旁邊的草地了，只是這草地裡怎麼有毛髮……屍體？

「哇啊！」小蛙跳了起來，想喊些什麼，卻愣了住。

因爲可不是只有他抓的那一撮啊，附近的草原裡都有黑髮就算了，連鐵軌的枕木下的石塊裡都有著一撮撮的黑髮！

「這什麼東西？」蔡志友大膽的伸手去摸，卻恐懼得縮了手，「這是頭髮啊！」

「要是殺人埋屍是要幾百具啊？」放眼望去處處都是，「而且也埋得太不專業了吧！」

馮千靜與毛穎德早就在拍照加探索，最後馮千靜用指頭捲起地上的頭髮，當拔草一樣的倏地拔出來！

郭岳洋顫了一下身子，緊張的看著拔起來的頭髮末端，萬一帶血帶皮就麻煩了。

「妳好像在拔……誰的頭髮……」還有尾端也是土壤而已。

「長頭髮的草原嗎？眞不愧是都市傳說的市鎭。」馮千靜指頭纏著頭髮朝蔡志友他們走來，「鐵道上也都是，看來這片土地長頭髮。」

「跟禁后正相關啊！要是被拔時有什麼慘叫聲就更貼切了！」郭岳洋語調裡帶著點惋惜。

蔡志友跟小蛙瞠目結舌的聽著認眞討論的學長姐，他們可沒有一點可惜的意思。

「這是進入W鎮才出現的異狀，剛剛可沒有，大家都要小心。」毛穎德沿著鐵軌往前走，一撮撮頭髮從石子裡冒出來的景象相當詭異，「照計畫進行，我們不要一起行動，太顯眼了。」

「我聯繫康晉翊他們。」蔡志友即刻拿出手機，「我不會講得太明顯，放心。」

「嗯。」毛穎德頷首，朝著郭岳洋示意，「洋洋，走了！」

郭岳洋回頭看了一眼馮千靜，她將帽兒戴上，已經從容不迫的準備穿過另一旁的鐵絲網準備進入市鎮中，毛穎德偕同郭岳洋越過鐵軌，往另一邊的荒地及樹林前進，而蔡志友及小蛙繼續沿著鐵軌走，與學姐拉開距離後，從別的地方進入W鎮。

「我們去把康晉翊他們救出來後，直接走嗎？」小蛙在路上踢著石子，「外星女呢？」

「童子軍不會放下她的，而且學長說了，一起行動反而麻煩，先帶走幾個是幾個。」蔡志友說著，突然停下腳步。

因爲路旁有一小朵野花，張開的粉色花朵中心，居然有著一綹長髮。

「幹！這太噁了吧！」小蛙渾身都不舒服，「現在這裡是到處長頭髮嗎？頭髮地之類的？」

花心長頭髮的地方有個孔，幾秒後花心倏地將頭髮吸回去，嚇得兩個男孩後退一大步，但沒幾秒後，那花心中間的頭髮又慢慢蠕動般的爬出來……咻，又吸了回去。

蔡志友擰起眉，拽了小蛙繞行，那動作像極在禁后裡，死命吸著頭髮的那些母親們。

「我問你，你覺得就算眞的找到了社長，他們會跟我們走嗎？」蔡志友忍不住停下腳步，他覺得剛剛那朵花値得錄影一下，「你選逃，還是看一下禁后？」

小蛙皺著眉瞅向蔡志友，張口欲言又止，最後低下頭，做了個深呼吸。

「幹！禁后。」

兩個人相視而笑，抓著手機立刻返回……那朵花還是要錄一下，不探究一下都市傳說，怎麼能是「都市傳說社」的人呢！

第八章 各懷心思

闔著雙眼的簡子芸貼在門板上，仔細聽著外面的動靜，腳步聲從樓下走上，往他們這邊來了。

「來了！」她朝房裡說著，兩個正在拆椅子的男孩立刻把椅腳裝回去，大家各自回到自己的位子上。

簡子芸跟康晉翊挨在一起坐著，童胤恒在另一張床上躺著。

門外傳來鑰匙聲，接著門被打開，一開門香味四溢，現在的確是午餐時間，簡子芸回過頭，厭惡的斜瞪了一眼

「喂，特地送飯來還這麼生氣喔！」袁雪芯用撒嬌的聲音說著，「我可是買我們鎮上最有名的小吃耶！」

「下毒了嗎？」簡子芸涼涼的說。

「唉，幹嘛下毒，要害你們一開始就把你們解決掉了吧，還等現在！」袁雪芯一副理所當然，「阿嬤很厲害的喔，你沒看我大姨丈跟我爸很早就不在了！」

唔……康晉翊回想著屋裡的那個男人，中年男子的確只有汪聿芃的父親……等等，這句話怎麼聽了更毛骨悚然。

「妳說的好像妳父親……」康晉翊婉轉的問。

「他不能接受阿嬤的作風，所以他是絕食死的。」袁雪芯聳了聳肩，「被絕食！這樣比較正確。」

「妳們餓死妳爸？」

「是他自己不吃，吃什麼吐什麼，而且很害怕吃飯！」袁雪芯把菜都擱到了桌上，「我還小也不記得，反正不可以違逆阿嬤就對了！」

巫術，以前覺得既遙遠又詭異，現在卻如此眞實的在上演。

童胤恒瞧見袁雪芯在擺小吃時，彷彿刻意指著幾個紙碗，她正背對著門邊盯梢的人。

「你們沒拿走手機我們就知道，你們不怕我們做任何事。」童胤恒起了身，門口的人即刻戒備，「汪聿芃怎麼了？」

「明天要重啓儀式了，她要淨身還有一堆事前準備，放心，大家會好好對她的。」袁雪芯面露無辜，「我跟三表姐沒什麼感情，但也沒有怨念，但是她不進去就可能是我，我才不要！」

大家對這個甜美的大眼女孩很有印象，是個好像什麼都不知道的女孩，年紀最小，對於家族裡的事情並未牽社太多，在意的只有被捲爛頭髮以及害怕被當成祭品而已。

「照都市傳說來看，你們會有一間沒有門的屋子……」簡子芸刻意提起了那詭異的木屋。

「噓！噓——」袁雪芯緊張的掩嘴，「不能提！那是誰都不准提的……我要走了！」

袁雪芯一轉身，簡直跟逃命似的衝出了房間，看守人即刻把房門鎖上。

「妳幹嘛送餐來？我記得有交代別人送啊！」

「他們是表姐的朋友，不好好對他們，表姐生氣怎麼辦？」

「妳少接近他們啦！太危險了！」

「他們又不能拿我怎麼樣！我也買了飲料給你們耶！」

門外的寒喧聲往旁挪了點，聽起來不是在門口了！簡子芸小心翼翼的聽著，因為樓梯上來後要經過三間房間才到他們這間角落房，聽起來袁雪芯帶著食物慰勞看守者，到右邊廊上吃飯了。

童胤恒立刻捧起裝麵的紙碗，果然有紙條黏在底下。

「哇！」康晉翊見狀眼睛一亮，把其他紙碗也拿起檢查。

這一查不得了，不只紙碗下，連裝筷子的紙袋裡都有玄機，寫滿了密密麻麻的信，還有地圖，只是他們得自己拼順序。

「這……那個女生給的？」

根本沒人有心情吃飯，他們在桌上拼湊著所有紙條的順序。

「感覺不只一個人，這字跡好幾個……」康晉翊看著三種不同的字，還有一張完整的地圖，「畫地圖的應該是男生！」

「這是歧視嗎？」簡子芸嘖了一聲。

「不是……啦……」康晉翊說得心虛，「這是既定概念，男生方向感就比較好啊！」

簡子芸冷冷的別過頭，大家拼著紙條讀線索。

紙條裡指出了汪聿芃所在地、小木屋的位子，還有鎮上所有的路障，以及儀式重啓的正確時間。

「明天下午兩點，眞是個特別的時間。」童胤恒留意到地圖下方有組網址，拿起手機跟著輸入。

數秒後，地圖開啓，一個定位躍然於電子地圖上。

童胤恒略看著上頭的紅色三角形，瞭然於胸，「那間沒有門的屋子。」

「咦？」康晉翊與簡子芸趕緊湊到他身邊，驚奇的看著定位點，「這是他們給的嗎？有點詭異，他們昨天才在講公眾利益……」

「但也提到了自私。」簡子芸掐著指尖讓自己冷靜，「這種儀式不停止的話，未來犧牲的是他們的小孩。」

「但現在不進行，倒楣的是她們啊！」康晉翊早就在昨天便列出了汪聿芃的親戚關係圖，「她同輩的一共三個表姐妹，包括剛剛進來那一個，都有被送進去的資格。」

既然如此，她們爲什麼要幫他們？

「帶走汪聿芃，她們就會被當作替代品送進去。」童胤恒拳頭握了緊，「但對我來說，我沒辦法去顧慮其他人，我只能考慮汪聿芃。」

康晉翊用力搭上童胤恒肩頭，他怎麼不懂？「我們也只在乎她。」

「那……將計就計嗎？」簡子芸望著桌上那些紙，「我總覺得她們不安好心，但是汪聿芃在她們手上，她們沒必要搞這麼費工的事。」

「我無所謂，且看且走，我們不是本來就有打算突圍！」康晉翊看向一桌麵食，「但我是眞的餓了……」

「喂！」簡子芸繞到桌邊，看著那些熱騰騰的食物，還眞怕裡面有下毒。

「我寧可相信她們是眞心的，就像副社妳所言，汪聿芃都在她們手上，她們沒必要大費周章。」童胤恒始終相信人類的光輝面，「設身處地來想，如果我是這家族的其中一員，我也會希望事情到此結束吧。」

「要結束沒那麼容易的。」簡子芸早就想過各種方法了，「在無論如何得送一個人進去的情況下，誰要進去？誰會自願成爲吸頭髮的那個？更別說這關係整個W鎮……但也沒人知道確切會發生什麼事。」

「誰敢冒險？唉，想得我頭都痛了，總之這是比自私的競賽，那我們就專注汪聿芃就好了！」康晉翊已經不想再去思考太複雜的事，「這時我要學小蛙。」

簡子芸扯了嘴角，好的不學、學那個衝動派的傢伙？三個人最後端了麵各自找位子吃，畢竟屋裡的椅腳都被他們拆下來了，現在那些椅子坐不得，只是擺設著好看。

吃飽才有氣力，他們得出去，並順著紙條指示找到汪聿芃。

「我……想去看看那間屋子耶！」簡子芸突然迸出話，「沒有大門，只能從窗子爬進的房子……還會有頭髮放在伸縮桿上，坐在梳妝台前宛如一個女人……」

說著，她都能想像出那令人起雞皮疙瘩的畫面了，身邊的康晉翊也忍不住的揚起微笑。

「然後我走上二樓的其中一個房間，打開房門，那古老的梳妝台孤獨的在房間裡。」康晉翊背著他們知道的都市傳說，「桌上有幾個小抽屜，裡面放著……汪聿芃的真名。」

童胤恒看得出他們眼中的憧憬，他也非常非常想進去那間傳說木屋一探究竟，但現在事情扯到汪聿芃，一切都不一樣了。

「如果情況跟禁后一樣，汪聿芃就不能接觸真名，更不能再度進入那間屋子。」他嚴肅的說著，「我們都得克制自己的好奇心！」

「我們知道！」康晉翊趕緊解釋，「我們只是在聊天，說著一種憧憬，不會將她置於危險境地的。」

童胤恒敷衍的笑著，坐在窗邊的他不由得往外望著，現在的汪聿芃一切還好嗎？

父親將她抱進屋裡，好整以暇的放在床上時，她沒有絲毫的反抗，反正她雙腳動彈不得，也只能任人宰割不是嗎？

「好了，妳就在這裡做準備。」汪皓月跟了進來，「反正也不是第一次了。」

「是啊，這裡的味道眞的很難聞，比我的小甜心當初爛在盒子裡還噁心。」

汪聿芃撐起身子坐起來，「所以沐浴焚香淨身是你們誰要幫我洗澡嗎？」

她望著也從石門走進來的汪琦蓁，勾起不懷好意的笑容。

「幫妳洗？」汪琦蓁果然立刻露出排斥的表情，「我不會啊大姐！」

「妳自己不會洗嗎？妳以爲妳是什麼高貴的人嗎？」吳珊寧完全無法接受，她是負責拿換洗衣物進來的。

「她的腳被阿嬷定住了，不能動。」汪皓月解釋著，「以防她逃走。」

啊……吳珊寧望向她的腳，難怪從家裡出來時都是二姨丈抱著她，阿嬷又施術了嗎？

「跟阿嬤說一下吧？我們同輩的女生要在各自的房間淨身、唸經文，沒人有時間幫她的，她被關著應該也出不去。」吳珊寧向汪皓月提議。

汪皓月遲疑，沒有立刻回答。

「又要再進去一次嗎？」汪琦蓁低喃著，雙手互握著自己上臂，「好可怕，我不想一個人被關在石室裡！」

「是啊，而且這一次……」汪聿芃故意嘟起嘴，「說不定會有特別陪伴呢！」

「閉嘴！」汪琦蓁氣得怒吼，她就是怕這個啊！

八年前，當汪聿芃要被送走的前一天，同輩份的女孩們要依照生辰八字進入自己方位的石室裡，那石室非常小，高只有幾十公分，是得爬著才能進入，就在現在這間大石室的正下方，高度只能讓她們要盤坐在裡面。

裡面備一壺水跟經文，她們必須唸著那些經文足足六小時，是爲了整個儀式的祝禱，告訴另一個世界，他們即將要送一個完美的人過去。

窄小的石室中，像個立體棺材，燈光昏暗，手機也不能帶，唸著無趣的經文，上一次她都唸到哭了！

吳珊寧扯了嘴角，誰想啊？「這時眞羨慕男生，他們都不必做這些事。」

「那是因爲男生無用。」汪皓月立刻輕蔑的哼了聲，「是說吳凱航整天不知道去哪裡晃了，大學生眞悠哉。」

「既然他們什麼都不能做，爲什麼不能亂晃？」吳珊寧護弟心切，「你們家汪武不是也一樣嗎？」

「他還小。」汪琦蓁主動出擊。

汪聿芃坐在石床上，看著眼前幾個既熟悉又陌生的人們，眞的很難想像這裡面有她的親手足，再遠也是表姐妹……親人哪。

「妳們眞的沒有人覺得這個儀式的殘忍與可笑嗎？」她托著腮，「把妳們姐妹變成半植物人，然後讓妳們過爽爽的？」

「出去，出去，別聽她胡說八道！」汪皓月即刻趕人，推著汪琦蓁要往外走。

「大姐，妳是心虛才不敢讓她們聽吧？」汪聿芃唉呀了聲，「妳早就知道有問題不是嗎？」

「我們只是道德上的瑕疵，這件事牽扯到太多人的平安，妳就必須犧牲。」汪皓月冷冷的瞪著她，「妳早在八年前認命就好了，也不會害到媽，害整個鎮！」

「我爲什麼要認命？我爲什麼要聽話？」汪聿芃聳了肩，「我只想做我自己，什麼公共利益不關我的事啊！」

「妳就是這個樣子，這八年來鎮民死了多少妳知道嗎？全是莫名其妙的因素……接著妳想想琦蓁、珊寧、雪芯，大家最近遇到了多糟糕的事……」

「所以呢？」汪聿芃歪了頭，「我過得很好啊！不是啊，我為什麼要為他人的生命負責呢？」

「因為這一切都是妳害的啊！」吳珊寧直接上前，來到她面前，「妳一個人的出逃，才惹出這麼多事！」

「唉唷！」汪聿芃看著天花板哀鳴，「表姐，我說半天妳聽不懂啊！妳們的事不關我的事啊！」

吳珊寧突然揪住汪聿芃的衣領往上拎，凶惡的瞪著她。

「吳珊寧！」汪皓月趕緊衝向前，「不能傷她！」

吳珊寧只是揪著她的衣領而已，「但是關我們的事，而且我會忽視妳的犧牲。」

汪聿芃任她掐著，倒也不掙扎，一樣用那無辜的眼睛看著她，「表姐，還是聽不懂嗎……我們有代溝了。」

汪皓月握住吳珊寧的手，請她放手，「珊寧。」

吳珊寧狠狠的鬆開，汪聿芃向旁倒下，但也只有上半身，因為她現在雙腳毫無知覺；父親始終站在一旁低頭不語，即便吳珊寧上前要脅汪聿芃，他無動於衷。

門外的汪琦蓁朝外頭望了眼，外公與里幹事們正在討論流程，還有講到旅館那三個學生的事情，幸好阿嬤已先去神聖小屋，暫時也沒能盯著她們，那麼……

「二姐。」汪琦蓁意外的喊了汪聿芃，「媽怎麼了？」

原本想賴床的汪聿芃停住了，她雙眼盯著石床，動也不動，反而是汪皓月急得走向汪琦蓁。

「阿嬤說過不許問！」汪皓月警告著。

「爲什麼不許？」發難的是吳珊寧，她轉過身去，質問著汪皓月，「妳眞是忠狗耶，阿嬤說什麼妳都照單全收，妳就沒有懷疑過嗎？」

「對啊，姐，就算八年前出了狀況，媽媽呢？妳明明很想知道！」汪琦蓁指向外頭，「前頭就是祠堂，那裡沒有媽的牌位，就表示她活著，那人呢？」

「我想知道，但只能讓阿嬤問！」汪皓月仍在堅持著，「阿嬤不許我們私下提！」

重新坐起身的汪聿芃看著十一點鐘方向在爭執的人們，她的親姐妹，還有就站在她跟前，背對著她的吳珊寧。

「大姐不知道的話，我就也不知道囉！」汪聿芃用手認眞挪了一下位子，「我那天是逃出去的，沒命的跑，再次回來是被你們發現後，都幾年了！我眞的不知道媽後來去了哪裡！」

汪琦蓁倒抽一口氣，急的過來，「我們都看過禁后的都市傳說，你們社團的粉絲專頁寫得清清楚楚，媽應該會坐在鏡子前，吸著頭髮對吧？但……」

人呢？汪琦蓁抓著她的雙肩搖著，汪聿芃卻是越過她，望著還站在原地的汪皓月。

她的眼神冰冷，察覺不出情感流動，而且連站姿都與阿嬤如出一轍的高傲僵硬。

「我就說，大姐都不知道的話，恐怕只有阿嬤知道了。」汪聿芃輕聲的回著，「儀式失敗後誰去處理現場的？」

汪琦蓁緩緩鬆了手，「阿嬤……」

「是吧。」汪聿芃喔了起來，「看來大姐是不敢問了。」

輕快的腳步聲由門外進來，還沒走進汪聿芃就知道是誰了，戴帽子的女孩探頭進來，驚訝的看著這祠堂後的密室讚嘆。

「這間眞的大很多耶！」袁雪芯走進，「我們就得被關在一個小小的房間裡……天哪！要再一次嗎？」

「妳幫我送吃的過去給他們了嗎？」汪聿芃根本沒在聽她說什麼。

「送了！最有名的擔擔麵！」袁雪芯笑得開心，「我剛跑回去收拾他們的東西，晚點再幫他們送過去。」

聽著這對話，汪皓月不可思議的拉過袁雪芯的，「妳在幫她做事？妳們怎麼聯繫的？」

「唉唉……大姐，痛啊！」袁雪芯一臉無辜，「用說的就可以了啊！阿嬤不是也說過，不要動小表姐朋友嗎？又沒關係！」

用說的？汪皓月有些膽戰心驚，她完全不知道汪聿芃與袁雪芯有交談過，她不是被關在地下室裡嗎？

「不許送！不許再跟外人接觸了！」汪皓月突然下令。

「我朋友都好嗎？」汪聿芃愉快的問著。

「很好，看起來都很健康，妳男朋友也很好，就是有點擔心妳。」袁雪芯環顧四周，「姐姐們，我們是不是還要跟以前一樣，關在那個小小的……天哪！」

「該做的事就得做。」汪皓月拍拍袁雪芯，「妳希望頭髮再被捲進吹風機裡嗎？妳希望一輩子被追逐嗎？」

袁雪芯嚇得抽口氣，拼命的搖頭。

「走了，我們也要去做準備。」汪皓月催促著所有人離開，「跟汪聿芃待久了，大家都不舒服。」

「那個……大家要小心喔！」

汪聿芃突然迸出這麼一句，尾音還在石室內迴盪著，讓所有人都止了步。

「什麼意思？」末尾的吳珊寧即刻回首。

「小心不要被頭髮吃掉了。」汪聿芃歪著頭，看著她那一眾臉色蒼白的表姐妹們。

「汪聿芃！」汪皓月可急了，「妳不要在那邊危言聳聽！」

嗯哼。

汪皓月推著恐慌的女孩們出去，父親頷了首，轉身準備走出。

「爸，你被封口了嗎？」汪聿芃幽幽問著。

父親轉過來，用一副悲傷的神情望著她。

汪聿芃抿了抿唇，看來是了，阿嬤讓父親無法言語，她只是要個聽話的人……也不許與她交談吧！

汪皓月突然怒意難平的跫了回來，繃著神經雙拳緊握，看著汪聿芃的眼底盈滿怒火。

「妳不要妄想動搖她們，比起妳，我們自身都重要的多。」汪皓月趨近警告，「妳一個人換所有人平安，這是多有價值的事！」

「這麼有價值，妳要不要代替我進去？」汪聿芃眨了眨眼，期待般的看著大姐，小手還抓了她的衣角。

汪皓月一臉嫌惡，抽回了衣服旋過身，「哼！少來這套！」

「好聽話誰都會說啊，妳寧願待在阿嬤身邊，當最聽話的狗，然後繼續殘害下一代，最重要的——」汪聿芃一彈指，「還可以擁有家族裡最高的地位權力！」

汪皓月沒有否認，昂起的下巴與高傲的神情說明了一切。

「只是啊大姐，妳就算未來成爲家族裡地位最高的人，妳的孩子也不一定能避免成爲下一隻老鼠。」汪聿芃打趣的瞅著她，「妳捨得？」

「爲什麼捨不得？這是天經地義的事，一個孩子與整個鎮，孰輕孰重？更別說這是我們家族的使命。」汪皓月毫不猶豫，「妳就是沒認清自己的本分，或是……媽的教育失敗了。」

「好歹唸過書啊，大姐，妳被洗腦得眞徹底。」汪聿芃唉呀一聲，伸了伸懶腰，「難怪阿嬤這~麼喜歡妳呢！」

「汪聿芃！」汪皓月哪會聽不出她嘴裡的嘲諷，上前就想揍人的激動。

「皓月！」大姨的聲音突然在門口傳來，「不要上她的當！」

汪皓月趕緊回身，禮貌的後退，「我沒有要打她，只是……」

「這隻老鼠不夠聰明的話，是不可能從八年前的儀式中逃走的……」大姨進入，凝視著汪聿芃，更多的是恐懼，「不但逃走，還能獨自在外活到現在。」

不是獨自。汪聿芃逕自笑著，一個十六歲的女孩能做什麼，更何況有段時間她的認知大有問題……若無貴人，她怎麼可能活下來？還能正常上學？

「要不是我們查不到妳的監護人……」小姨的聲音傳來，不過被石門擋住，

「不知道誰在幫妳。」

「幸好你們查不到！」汪聿芃挑了眉，她現在已經成年，也不需要監護人了。

「好了，還有很多事要處理。」小姨叮囑，「別在她身上花時間。」

汪皓月不安的望著輕鬆自若的汪聿芃，拳頭又捏了捏，「我就覺得奇怪，妳怎麼會這麼乖巧的配合？這不像妳！」

「大姐，我的腳被定住了，跑不掉的！」汪聿芃不耐煩的拖長音，「就算我跑得掉，我也保證會乖乖的！」

騙子，汪皓月的嘴型唸著。

「我就說她很聰明。」大姨倒是笑了起來，「她知道媽的能耐——她的朋友可還在媽的掌握中。」

汪聿芃冷笑著，眼底卻沒有笑意，「卑鄙。」

哦，原來……汪皓月開心的笑著，阿嬤關著那些人，是避免他們救汪聿芃出去，而且必要時，也是能威脅汪聿芃啊！

汪皓月露出釋懷的表情，尾隨大姨而出。

「看在妳會乖乖聽話的份上，我會讓阿嬤幫妳暫時解開束縛的。」

「我要謝主隆恩嗎？」汪聿芃整個人已經往床上躺去，這床有夠硬的！

哼，再耍嘴皮子也沒多久了。汪皓月好整以暇的關上石門，外頭一道道落鎖的聲音，聽了只有令人膽寒。

唉……汪聿芃吐出了口氣，冰冷潮濕的石室中，每一塊牆都是由石頭砌成的，仔細看著，縫裡似乎都逐漸冒出了頭髮。

「童子軍，你在嗎？我好想你！」

突然坐起的童胤恒嚇了簡子芸一大跳，她正巧因爲風冷在關窗，睡著的他卻突然彈坐而起。

「嚇、嚇死我！」簡子芸一隻手還在窗邊。

童胤恒眼神有點渙散，看著她，再往左轉向坐在另一張床的康晉翊，緊繃著的神經顯示他可能做了什麼惡夢。

「我在……」他低下頭，喃喃說著。

「什麼？做惡夢了嗎？」簡子芸往樓下探去，「樓下每兩個小時換一次班，跟樓上的時間是錯開的。」

「嗯，爲了看守我們三個普通人，眞是大費周章。」康晉翊邊說，紀錄下他們登記的換班觀察表。

「鎮民的舉動也很怪，大家看起來分批在集會，總是有一簇簇人在討論事情。」簡子芸拿起手機拍了幾張，「我們定好時間了嗎？」

「只能定在深夜，這邊的人應該作息正常，午夜時就算守夜也會昏昏欲睡。」童胤恒下了床，活動筋骨，「必須盡快帶汪聿芃出來。」

「這裡離定位點有一大段距離，我們沒有交通工具會很辛苦。」康晉翊計算著公里數，「開車要二十分，騎車的話……」

「總比走路好，而且我們有這麼多車可以用，不必怕。」簡子芸手上的便條紙不停抄寫，「看著我們的就幾個人，我已經把誰開什麼車都紀錄下來了。」

到時「借」走他們的鑰匙，開車駛離。

「咦？有人來了！」簡子芸趕緊閃離窗邊，「看起來是汪聿芃的表弟什麼的！那天在她家也見過。」

大家再度就定位，佯裝沒事的直到房門打開。

「哈……囉！」吳凱航探頭而入，手上拎著的東西倒不少，「我表妹說芋頭奶茶必喝，所以我幫你們加了料。」

「……謝謝。」康晉翊感覺自己像被軟禁的觀光客，至少W鎮的名產都吃得到。

「還有這個，我跟你說，看起來沒什麼的芝麻燒餅，那可是一流的！」吳凱航把食物拎到桌邊放下，照樣背對著門口，眼尾瞄著童胤恒。

暗暗的指了自己的外套下，他外套底下斜揹了個小背包，他試圖卸下，但怕被在門口的人看到。

「我記得你們鎮上的水果也是特產？」童胤恒主動走到他身邊，邊說邊繞行往後，準備繞到他左邊。

「水果是明天的啊，不能一次吃完啦！」吳凱航按開扣子，包包的肩帶即刻滑開，「而且厲害的東西，雪芯說她要負責！」

細心的簡子芸察覺到不對勁，也主動上前引開注意力，「觀光客是要自己跑自己買才有意思，你們這樣送過來不好玩！」

唰，包包落下，童胤恒在第一時間接過，往角落放去，那兒完全死角，看守者除非走進房間，否則是瞧不見。

「沒辦法，我們已經盡量了！拜託，要是我阿嬤下令，你們搞不好連飯都沒得吃！」吳凱航咕噥著，一溜煙往外走去，「好啦！我走了！」

吳凱航開心的往門外走，又突然頓住回首。

「欸，謝謝你們曾經當我表姐的朋友。」他誠懇的說道。

「喂！用什麼過去式！」康晉翊不爽的扯著嘴角。

「嘿……」吳凱航不在意的聳個肩就出去了。

門外一上鎖，簡子芸即刻跑到餐點那兒找蛛絲馬跡，而童胤恒拿起角落的小包，裡面是他們的證件。

「又一次精簡，他把他覺得重要的東西帶出來了。」童胤恒查看著皮夾、證件，跟……社團記錄本！

「哇……天哪！」簡子芸看見本子眼淚瞬間就飆出來了，「我的本子！」

「都市傳說社」的記錄本，裡面詳細記載了他們經歷過的所有都市傳說與分析、事發原因等等，當然網路上均有備份，但是簡子芸向來習慣先用筆記，這是她最寶貝的東西啊！

「我記得妳不是有帶工數來看！」康晉翊實在覺得好笑，「課本筆記好像都沒這個重要！」

「那當然！」簡子芸說得理所當然，抓起筆轉身就要打開本子記錄下新篇章了。

大家完全理解，這本社團記錄本比什麼都重要啊！康晉翊抓起飲料杯查看，果然邊緣都被揭開過。

「這些人電影可看不少喔！」康晉翊抱著杯子進入廁所裡。

將飲料倒掉後，裹著塑膠袋的東西就在飲料杯裡，兩柄瑞士刀。

童胤恒有些驚嘆，連武器都幫他們準備好了嗎？不過小小瑞士刀用處不大，但有總比沒有好。

「你們看這個！」簡子芸在她的本子裡，發現夾了一張紙。

這次沒有什麼太多留言，就只有一張小紙條，上面印著一組QRCODE。

三人在廁所裡相視而笑，他們突然覺得……這群表兄弟姐妹們，好像是玩真的！

第九章 髮纏

家族的祠堂是個舊式三合院，非常的大，有眾多房間、更有密室，還有淨身沐浴的地方；今晚與汪聿芃同輩的女性都必須洗淨身子，穿上素衣，爬進窄小的石室中唸指定經文，宣告儀式的展開。

澆上一桶桶冷水，就算現在天氣不熱，也禁不起這樣澆淋，但是這就是規矩。

汪琦蓁握著木桶直打哆嗦，去他的規矩。

一旁架子上的手機不停亮著燈，訊息大量傳入，她意識到有狀況，只能咬牙把剩下的水給澆完，才叫淨身完畢。

又撈起一桶，咬著牙就往頭上淋……唰！

一整桶的頭髮由上而下，澆滿了汪琦蓁的全身！「咦……」

伴隨著水的濕黏，長髮黏在她的身上，汪琦蓁立即感受到不對勁的看著自己手上腿上，嚇得扔掉手裡的桶子！

千萬，不要被頭髮吃掉喔！

「呀呀!!」她尖叫著坐倒在地，拼命遠離了大水桶！

望著黏在身上的頭髮數秒，一陣反胃及噁心襲來，她即刻跳起，不顧一切的衝到水龍頭下，說什麼都要沖掉身上那堆噁心的長髮！

「天哪好噁！」汪琦蓁歇斯底里的把頭都擺到水龍頭下了，因爲連她的頭上都是一大堆不屬於她的頭髮！「咳咳……」

沖著洗著，還有頭髮黏著她整臉都是，她瘋也似的沖淨，拼命的抓著自己的頭髮，因爲她根本分不清哪些是她的，哪些是那些該死的長髮！

好噁好噁好噁！她才不管什麼規矩，阿嬤又沒在這裡！她再也不敢去淋那一桶水，套上衣服便趕緊吹頭髮，一邊吹一邊扯著，一落又一落不屬於她的長髮終於被吹下。

身體不自覺的發抖，這些東西居然在她身上！

抓過手機看著訊息，她迅速回應，還有大姐傳來的訊息，她聽見她的尖叫聲了。

「桶子裡出現了頭髮，我淋了一身！」她用語音輸入，說著，忍不住哭了起來。

這是她第一次把頭髮徹底吹乾，又梳了好幾遍，她絕對把自己的頭髮扯下大半……看著浴室地板上凌亂的長髮，又是一陣反胃。

那是誰的頭髮？是怎麼到這裡來的？

把手機調成靜音，降低螢幕光線，她跳過頭髮往門外走去，不自覺的瞥一眼盛水的大桶子，那裡面果然是池黑水，滿佈的不知哪兒浮起的黑色長髮……噁！

拉開門走出，她所在的浴室位在某間小廳堂，竟然連一絲燈光也無，她一時摸不到燈，只能摸著牆往門口的方向走出去……噠。

一個人影突然闖入眼簾右角，長髮女人轉過身來，頭髮在黑暗餘光中飄逸。

「咦？」她嚇了一跳，趕緊拿手機照去……涼意瞬間凍到了腳底。

那不是女人，是一個掛著假髮的掃把……它立於地板，完全沒有倚靠，像個人一般在原地搖擺！

汪琦蓁不敢動，傻子都知道那是什麼東西，她不知道該往前走還是退回浴……她才不要回去！這是她們家的祠堂，怎麼有東西敢作怪？

除非，是、是某一代的地溝鼠嗎？像在跳舞似的，掃把刷輕輕搖晃著，頭頂那黑髮跟著飄散，然後明顯的面對她的方向，停了下來。

嚇得僵硬的汪琦蓁只能與那活動的掃把對望，但接下來，掃把直接往她這裡跳過來了——哇！

汪琦蓁腦袋一片空白，其他人怎麼沒有過來？大姨？小姨？或是表姐應該都洗好了吧，沒人發現她——唰！

有人驀地摀住她的嘴，硬生生往後拖！

「嗚——」汪琦蓁嚇得伸手去抓，但那人將她一路扣到牆邊，熟悉的歌曲再度響起。

『我的指甲不要了、牙齒也不要了，我們是最乖的寶貝女兒，把頭髮剪下來送給媽媽，因爲我們是最乖的孩子，我們什麼都不要，我們是媽媽的乖女兒！』

咚咚咚，掃把直奔而來，嘴上的手略鬆，汪琦蓁也趕緊跟著唱起那首兒歌。

從小到大，她們只被教唱一首兒歌，這是最重要的，一個字一個音都不能錯，因爲……爲什麼？汪琦蓁在這瞬間突然明白了。

掃把陡然定住，緊接著匡啷一聲，像個倒地的女人一般落地，假髮也飛了出去。

汪琦蓁戰戰兢兢的回頭，「表姐！」

吳珊寧比了個噓，卻把她往浴室的方向帶，她嚇得搖頭，吳珊寧卻也只是往暗處走而已。

「我們時間不多，我就開門見山了。」她盯著汪琦蓁的雙眼，「我不覺得這個儀式有傳承的必要，妳呢？」

什麼!?汪琦蓁驚訝得瞪圓雙眼，緊張的往門外瞧，再看向倒地的「掃把」。

「妳怎麼敢說這種事？不！連想都不應該，我要去告訴阿嬤喔！」

「去啊！妳這一次逃得了，妳孩子呢？妳以爲妳能不生嗎？」吳珊寧臉上絲毫不見懼色，「我們都知道汪聿芃說得對，這東西早該停了。」

汪琦蓁全身發顫，頭髮黏在身上的感覺揮之不去，「……妳明知道，不能停手，我們現在停手的話，那、些會糾纏著我們不放的！妳忘了妳吃到頭髮嗎？我房間的……就是剛剛那個亂七八糟的怪物！」

她指向倒地的掃把，她現在已經百分之百確定，那天撲上她玻璃的絕對是「那個世界」的東西！

「那又如何？我們只要團結起來，我不信我們會輸一個都市傳說。」吳珊寧雙眼亮著火光，「現在跟以前不一樣，我們有都市傳說社啊！」

汪琦蓁怔住了，「都市傳說……社？」

「對！我一直在發漏那個社團，人面魚的事他們都能洞察先機，他們比我們還瞭解都市傳說！」吳珊寧相當堅定，「我們帶汪聿芃走、帶那些朋友離開這該死的鎮——接下來這個社團或許能幫我們找到破解法。」

汪琦蓁吃驚得瞠目結舌，「大表姐，妳怎麼……」

一道人影驀地出現在門口，兩個女孩嚇得噤聲，她們腦子裡正飛快的想著藉口，發現站在門口的是袁雪芯。

「我媽她們還在準備東西。」袁雪芯輕手輕腳的走了進來，害怕的繞過了那倒地的掃把，「管她們怎麼糾纏我們，最最基本——只要我們不進木屋，不接近梳妝台，就根本不可能被送進去吧！妳們兩個說話太大聲了啦！」

吳珊寧嚇得不知怎麼回話，袁雪芯接話也接得太順口了吧！

「小聲點！」汪琦蓁依舊很緊張，「剛剛我洗澡時，木桶裡都是頭髮，那個掃把又攔住我去向，是不是我跟二姐是直系血脈的關係？我不想……我不想被頭髮吃掉！」

「琦蓁！我也是啊！但我們已經遇到可能救我們出來的人，而不是把我們送進去的人，這是上天的眷顧，我們不能放棄！」吳珊寧立即看向袁雪芯，「雪芯，妳怎麼說，妳跟我一掛嗎？」

袁雪芯嚥了口口水，呼吸急促，「被阿嬤抓到，我們會很慘的。」

「不必阿嬤，光是我大姐知道，我會第一個死。」汪琦蓁瑟瑟顫抖，「表姐，妳要不要慎重考慮？妳一直都很聽阿嬤話的啊！」

兩個女孩楚楚可憐的看著吳珊寧，但是她卻一如平常的穩重堅定，只是現在的她，已經站在天平的另一端。

「我已經考慮過了。」她一字一字的說，「妳們要去告訴阿嬤我也無妨，我站在汪聿芃那一邊。」

換句話說，今晚石屋祈禱她不會認眞，在儀式過程她也會加以破壞！

「那麼——」袁雪芯突然掛上笑容，「我已經跟他們加群組了啦！」

「而且我二姐可不簡單，她的幫手不只那三個呢！」汪琦蓁突然一反剛剛的恐懼，「早知道妳也有這個想法，我跟雪芯就不必偷偷摸摸了！」

什麼……吳珊寧詫異的看向兩個表妹，她們早就已經在這端天平了嗎？「妳們幹嘛不說？」

「妳是大表姐，一直都這麼聽話誰敢講啊？妳也一直不喜歡我二姐，始終覺得她害我們被纏上啊！」汪琦蓁用氣音抱怨，「但是讓我們面臨這些的是這個爛儀式跟傳統，我才不要這種東西繼續下去——就到我媽為止吧。」

吳珊寧心情相當複雜，「但是……二阿姨的事……」

「那不是我們決定的，我現在只希望從現在開始，擺脫這該死的命運。」汪琦蓁雙眼熠熠有光，「好了，言歸正傳，加群組。」

吳珊寧原本還備妥PLAN B要說服汪琦蓁，想不到她跟袁雪芯早就行動，加了TELEGRAM後，她突然有點疑惑。

「雪芯，妳昨天是故意打斷皓月的嗎？」

袁雪芯立馬露出無辜樣，眨了眨眼，「雪芯什麼都不知道！」

「扮豬吃老虎啊妳！」吳珊寧這才恍然大悟，「妳們計劃多久了？」

「沒多久啊，二姐被抓之後吧。有共識就好共事。」汪琦蓁立刻在手機裡介紹吳珊寧，「記得不要開提醒，定時查看，我們晚上照樣進入石屋，但十一點就溜出來行動。」

「晚上所有人都要祈禱，我媽她們有她們的工作，阿嬤更不可能離開主位。」

袁雪芯也早盤算好了，「我車子藏在後門，我去旅館接外人朋友，妳們去帶表姐出來。」

汪琦蓁要吳珊寧看著行動的訊息，她詫異的看見群裡眞的有汪聿芃的朋友，約好時間與地點，原來一開始雪芯與琦蓁就決定要兵分兩路……等等。

「等一下，妳去救她朋友，那不就瞬間曝光了嗎？」

袁雪芯劃滿了微笑，「不必擔心，我們還有幫手喔！」

祈禱開始了。

縮在石床上的汪聿芃可以感受到力量的運作，表姐妹們在她正下方的窄小石室唸著莫名經文，阿姨們也在自己的位置上，她那偉大的阿嬤會在遙遠的、她們家的主屋正中央，施著她的術法。

阿嬤的確暫時解開她雙腳的束縛，大概想著再怎樣都不可能逃出這間石室吧！八年前她也進來過，她的淨身儀式是在早上，還是媽媽幫她洗澡，說著一堆她很偉大的廢話，然後騙她說只要再爲媽媽在梳妝台前做最後一件事，以後就不必再進那間屋子了。

還說要帶她出國玩，想買什麼都沒問題，而且要搬到大城市去。

那時她聽了好高興，因爲十三歲前她都過著非常人的生活，而十三到十六歲這三年的自由時間，讓她對過去生活起了質疑；媽媽只是對她說，因爲她是被特別選中的，必須要經過磨難，只要過了十六歲，她就全然自由了。

那時的她多天眞，問著媽媽想全家去旅行，媽媽笑著說好，說她的要求她都會答應。

『因爲妳是我最寶貝的聿芃啊！』

哼！汪聿芃鼻孔噴出氣，自嘲般的笑起來。

「所以啊，我就呆呆的坐在梳妝台前，依照媽媽的吩咐按順序打開那一格格的抽屜，直到最後一個時，媽媽告訴我，我的眞名。」汪聿芃抱著雙腿輕搖著，「什麼旅行、什麼最疼愛，全部都是謊言。」

她聲音在石室裡迴盪著，「都市傳說啊，怎麼會可怕呢？都沒有人比我血脈相連的親人可怕啊！」

媽媽的愛是假的，阿嬷根本沒把她當人，手足們覺得她是障礙，表親們認爲她就是犧牲品，鎮民們……哼。

大家只急著想把她送進去，怎麼都沒人想問她……那天發生了什麼事呢？

石塊的地板，緩緩的冒出了頭髮，從縫隙裡一綹綹的長出來、爬出來，汪聿芃看著越來越長的長髮，幾乎就要蓋住所有石塊地板，像要堆疊似的向上堆高到她身邊似的。

她下意識往床裡退了點，但沒忘記回頭觀看石牆，果然牆上也開始長出了那烏黑長髮。

「小甜心。」汪聿芃對著空中喊著，「巴斯光年！」

拎……鈴聲陡然響起，影子從石床底下倏而竄出，一隻貓與一隻狗開始或拉扯或咬囓地上那些髮絲，汪聿芃看見牠們的身影，忍不住嘴角噙笑。

她知道牠們在，一直都在……因爲牠們哪裡也去不了。

被禁錮住的，不只是她啊！

刹——身後一個熊抱，一雙手臂由後方牆壁竄出，圈著她往牆上拉！

「呀！」汪聿芃重重撞上石牆，長髮瞬間纏上她的身體，她驚恐的掙扎回身，看著竄出的削瘦男人，他望著她的雙眼只有窟窿，張大的嘴裡沒有舌頭，七竅流著血般的抱著她往後拉，彷彿想把她拖進牆裡！

而且不只是這個男人，四面石牆裡都開始爬出了一個又一個的男人，身形各有不同，瘦骨嶙峋，但每個都被挖去雙眼、割掉舌頭，指尖都像抓著什麼般被磨平，痛苦的朝她爬來。

『嗚呃呃……呃……』喉間的呼嚕聲，帶著血水似的含糊不清。

『喵！』小甜心跳了上來，開始咬著纏她手腕的長髮，跟著巴斯光年氣憤的也跳上來，牠乾脆俐落的咬下男人的手臂。

『嗚！』男人痛得鬆手，汪聿芃趕緊往前爬，渾身發毛的拉開纏著她的長髮，黑髮沒有強烈的力道，它們只是如同軟藤攀爬，遇物即攀而已。

『汪！汪！』巴斯光年不停的對男人狂吠，只要他想貿進，巴斯就會作狀要咬他。

「乖，乖！」汪聿芃摸著狗狗四分五裂的頭，但不敢太用力，「小甜心，下面也好多人！」

『喵！』小甜心有點意興闌珊，抬著頭討摸。

牠抬起一張腐爛且破碎的臉，腐液與血液混雜在一起，但汪聿芃帶著微笑，溫柔的摸摸牠下巴，「去！保護媽媽！」

『喵……』小甜心發出撒嬌的長叫聲，躍下。

一旁的狗兒也有著一張腐爛破碎的臉，她當然知道，那是她親手剪碎的……從小媽媽與阿嬤就是這樣教她的，因爲愛，所以要切碎牠們。

因爲愛，所以要爲母親奉獻。

「兒歌……」幽幽的唱起家族的專屬歌，男人們摀起耳朵，痛苦的在地上打滾。

他們是姨丈們吧，或是這個家族的男人，沒有用的生物，孩子生夠了，如果不聽話或是意圖阻止這個傳承，就會被阿嬤解決掉……被世代的主事者解決。

或餓死、或自殺，總之都不得善終。

死後的骨灰埋進石牆裡，成爲守護祠堂的一份子……結婚啊，雙眼還是要擦亮一點比較好。

在歌聲中，頭髮漸漸「縮回地面」，汪聿芃搓著身體，確定撥開那些可以去拍廣告的長髮們。

石門終於傳來動靜，鎖一道接一道的打開，汪聿芃謹愼的聽著動靜，儀式要清晨才會結束，現在不可能有任何人來！

喀……門被小心翼翼的推開，但再小心還是有聲音，只能慶幸這一層現在沒有人！

咦？

「二姐。」汪琦蓁的頭探了進來，「走！」

汪聿芃傻在了原地，汪琦蓁？

「發什麼呆，走了！」吳珊寧跟著探頭，「雪芯去接妳男友了！」

吳珊寧給了汪聿芃一件外套、簡單的一雙海灘夾腳拖，沒有阻礙的就從祠堂後門溜了，一點都不難，因爲這個晚上，所有人都必須「各司其職」。

「阿嬤也真放心，沒留人在祠堂看守。」夜涼如水，汪聿芃下意識揪緊了身上的外套。

阿嬤一定沒算到，她孫女們的背叛啊……

「今晚開始全鎮民都會留在家裡，由我們家族的人負責把儀式做全，大家才會再出門，因為沒人知道會有什麼東西危害全鎮啊！」汪琦蓁謹慎的蹲在樹叢邊，然後觀察四周。

吳珊寧為她撥開樹叢時，一股毛毛的感覺觸及手背，她嚇得縮手。

汪聿芃及時握住那反彈的樹枝，怕引起太大動靜，卻發現……樹枝上長出的不只是新葉，還有長髮！她驚訝的抓著長髮扯動，那不是黏上去的，而是紮實的從樹枝上長出來的！

「嗯！」吳珊寧拼命搓著手背，那種毛毛的感覺令人全身起雞皮疙瘩！

確定四下無人，三個女孩往藏在角落的車子奔去，但還沒跑到，卻看見車邊倚著不速之客。

啪！強烈的手電筒燈光直接照來，嚇得她們連閃躲都來不及！

「……大姐！」汪琦蓁心涼了一半，汪皓月拿著手電筒直照著她們，眼神冷峻！「妳、妳為什麼在這裡？」

她也應該在石室裡祝禱啊？

「妳們在幹什麼荒唐事？拿全鎮的人命開玩笑？還敢違逆阿嬷？」汪皓月的手移下，手電筒照向地面，「居然敢放她走？妳們就不怕自己成爲下一個地溝鼠嗎？」

「大姐……大姐，我們如果都離開，就沒有下一個了！」汪琦蓁趕忙上前求情，「妳想想，不進神聖小屋就沒事啊！」

「妳想得也太容易，然後呢？妳們看過這裡沒有！」汪皓月把手電筒照向腳下的草地，「整個鎮上已經都長出頭髮了，吳叔那邊的地下水抽出來的全都是頭髮！」

咦？順著燈光看去，他們這一塊草地不過小腿肚高，但是可以看見散落滿地的長髮，一綹綹從土地中冒出來！

汪琦蓁忍不住摀起嘴，想起了浴盆裡的頭髮。

「所以呢？這件事更該停止。」吳珊寧大膽的走向汪皓月，「皓月，讓這種事在我們這一代停止吧，我寧願承受動不動被騷擾的痛苦。」

「我不願意！我跟在阿嬷身邊，我傳承我們家族的責任，爲的就是榮耀與W鎮的平安！」汪皓月睨向了汪聿芃，「她八年前破壞傳承已經很糟糕了，我眞沒想到妳們居然……站在她那邊！」

「總該有人起頭吧，憑什麼世代都要我們犧牲？」吳珊寧暗暗做好準備，如果汪皓月要告狀，她得先讓她閉嘴……「妳跟在阿嬤身邊太久了，感覺不到別人的恐懼。」

「不一定吧？」汪聿芃蜷著身子上前，「我比較好奇的是，身爲下任主宰的大姐，爲什麼這時候沒在石室中祈禱？妳明知道這件事多重要？」

汪琦蓁看著汪聿芃，再看向汪皓月，「對啊，而且妳爲什麼知道我們……的計畫？」

「妳們這點小動作逃得過我的眼睛嗎？」汪皓月關上手電筒，冷哼一聲，下一刻拉開了車門，「上車吧！」

上……上車？汪琦蓁與吳珊寧交換著眼神，現在是她們幻聽還是？

「我不會回去阿嬤那邊的。」汪聿芃說著，後退了一步。

她往不遠處的樹林裡瞟去，以她的速度，跑過去應該誰都追不到。

「要去接她朋友吧？沒有人比我更知道外公他們安排的人在哪裡，我們繞路過去。」

「皓月？」吳珊寧簡直不敢相信。

「沒有我在阿嬤身邊，我怎麼能瞭解一切部署？想要反抗制度，就得成爲制度裡的人！」汪皓月驕傲的坐進車裡，「我不想在我女兒面前示範把貓剁碎是愛的表現！」

汪琦蓁喜出望外的掩嘴，在心中暗暗尖叫，二話不說撲上前，「大姐大姐！」

「噴！」副駕駛座的汪皓月難卻盛情，「好了！快走……表姐，妳開車！」

吳珊寧回身攬過了汪聿芃，帶著她上車，有點訝異也有點高興。

「有點奇妙……」汪聿芃淡淡說著。

「不奇妙，是妳讓我們開始認眞思考的。」吳珊寧爲她打開了車門，「八年前從妳的逃亡開始。」

終於有人，思考反抗自己的命運。

十一點半，旅館樓下的看守者根本都在度咕了，樓上的看守者也昏昏欲睡，被軟禁的房間早已熄燈，但裡頭的人正將椅腳拆下，簡子芸撕開被單，尾端繫上了沐浴乳瓶，一人發一條，再脆弱至少也能有一擊。

「他們一陣沒聯繫了。」康晉翊接過童胤恒扔來的椅腳，「我們照時間行動吧？」

「嗯，再等一分鐘。」簡子芸看著時間，「約好十一點半的。」

窗邊的童胤恒小心的往窗外望去，寂靜的街道上幾乎無人，「他們應該會來的，汪聿芃已經離開了。」

咦？康晉翊有點錯愕，「你怎麼知道？」

童胤恒遲疑了幾秒，「我……就是……」他一副說不上來的樣子，「啊！有人！」

對街走來了兩個帽T人，怎麼看……都覺得身影有點似曾相識啊！還沒反應過來，來人對著樓下看守者就是一頓狂揍！

「小蛙！」童胤恒大吃一驚，「是小蛙！」

那揍人手法太熟悉啦！

「什麼？」康晉翊都傻了，「小蛙他們怎麼會……」

前幾天因爲小蛙被八尺大人看上，因此緊急送他離開O鎮，他們才回學校去找章警官求救的啊！

「我沒叫他們來啊！我還說我們需要外援，而且小蛙接近O鎮不安全不是嗎？」簡子芸也慌了，但在她說話的同時，外頭傳來短暫的騷動，緊接著門把轉動——唰！

門開了，熟悉的人影嘿唷的笑了起來。

「想我了嗎？」小蛙咧嘴大笑，「好久不見捏！」

「眞的是你們！」康晉翊難掩興奮的衝上前去，就是一個大擁抱。

後頭蔡志友搖頭，「等等再寒暄，撤了撤了。」

「你們怎麼混進來的？不是說封鎮了啊！」簡子芸被推著往外。

「辦法是人想的啦！快閃人！」蔡志友朝童胤恒伸手，兩個男人擊掌示意，「我們人太多得分開走，有人騎機車有人開車。」

童胤恒詫異的回頭看著他，「你們騎車來的？」

「當然不是……不是有內應嗎？」蔡志友一副莫名其妙，「那個女生很可愛耶！」

袁雪芯。童胤恒一秒就知道蔡志友在講誰了！

「汪聿芃呢？有說好在哪裡會合？」童胤恒在意的還是汪聿芃。

「有，已經約好地點了。」個個小心的從一樓出來，櫃檯跟外面看守的人都被打得有點慘烈，「旁邊巷子裡停了車，我們一部分人上車，我跟小蛙騎機車……」

餘音未落，對街突然衝出了人。

「他們要跑了！」一陣長嘯聲，劃破了整條寂靜的街道！

後方也傳來急促的腳步聲，康晉翊回首看見有人自隔壁衝出來，二話不說揮動著手上的被單，就把潤髮乳罐朝對方的臉打下去！

「走！PLAN B！」隨著小蛙大喝，他搶過簡子芸手上的布條，直接朝對街衝來的開始亂揮亂打，「跟上我！」

簡子芸彎身在他背後潛行，來到一輛機車邊時，小蛙趕緊跨上，「上來，抱好！」

沒有時間細想，簡子芸趕緊爬上去，聽著身後的打架聲倉皇回首，卻發現自己與其他人分開了！

「走！先走！」童胤恒大喝著，抓著人一拳拳揍上，「離開這裡，我們需要外援！」

「等等……小蛙！」簡子芸大喊著，「康晉翊！晉翊——」

「走啊！」康晉翊搖著頭，一邊拿椅腳揮打著，一邊被蔡志友拽著跑。

「可……」還沒來得及多說，小蛙發動了機車，她嚇得雙手緊抱住他。

「滾開啦！」後面加上連續不斷的髒話，小蛙騎著機車直接左轉衝了出去。

在對面的人全數湧進來前，蔡志友拉著康晉翊先跑出了旅館的巷子，童胤恒向來不必擔心，運動健將自會跟上他們。才往右轉，一輛無車牌的車子已經停在那兒了，有別於之前說好的在巷子等，看來對方也意識到騷動了。

「上車上車！」蔡志友嚷著，童胤恒一馬當先衝上前為他們打開車門，自己再繞到另一邊跳上車。

畢竟康晉翊動作比較不俐落，這樣可幫了大忙了！蔡志友推著康晉翊上車，自己再飛撲進去，一上車車子便急著往前開，蔡志友連車門都來不及關。

里幹事氣喘吁吁的奔出來，就在斜對角的鎮長也從辦公室裡走出來，看著揚長而去的人們，緊張得冷汗直冒。

「誰在搞鬼？這種危急時刻到底誰在亂？」身爲這個家系的一份子，鎮長深知嚴重性，「他們知不知道就因爲這幾個人，可能會造成我們的危險啊！」

「就不該讓外人進來的！」里幹事咬著牙，回頭望著另一邊飆走的機車，再看著前頭的汽車，「通知守界的，不要讓他們溜出去！明天是關鍵，絕對不能有差錯！」

「現在守著防衛線的人不多，萬一攔不住怎麼辦？」有人提出了意見。

里幹事擰起眉，怒從中來，「這不是那幾個外人能做到的，那台車跟機車都是鎮上的吧……有人在接應他們。」

鎮長深吸了一口氣，他明白了，「切斷訊息。」

「什麼？」一旁的人極度錯愕。

「年輕人一定靠手機聯絡，讓手機斷訊吧！」鎮長下了命令，「我們就斷二十四小時，鎮民們能接受的，爲了大家的安全……大家會忍的。」

來人領令，立刻回身朝某個方向奔去。

「二十四小時後，一切就沒事了。」鎮長喃喃說著，一旁的里幹事看著他，兩個人互給了一個堅毅的眼神。

「那我接著去忙了。」里幹事嚴肅的說著。

「麻煩你了，我會負責管理鎮民的部分！」鎮長看向其他人，所有鎮民都有著自己的使命，紛紛開始回到自己的崗位上去。

這一切都是爲了全鎮的安全，不管是外人、或是該犧牲的人，都只能犧牲了！

第十章

人心

「到底爲什麼會被發現？」駕駛座傳來女孩高分貝的尖叫聲，「不是說低調嗎？」

童胤恒覺得耳膜有點快破了，看著也戴帽兜的女孩，從她手腕上的手環就可以認出她是袁雪芯了。

「我們很低調，但是……」童胤恒遲疑幾秒，「打人要低調是有點難啦！」

「幸好哥先把車牌拆掉了！好可怕……我們等等絕對不能再坐這輛車！」袁雪芯邊說邊開車，「要是先被阿嬤發現我就死定了啦！」

「妳別急好嗎！現在不是沒事嗎！沒人追我們啊！」蔡志友趕緊安撫，「另一邊怎麼樣了？」

袁雪芯一個急轉彎，全車人都往左倒去……這開車技術，康晉翊覺得都快吐了！

「已經接上表姐了，但是要閃躲檢查哨，所以改了會合地點。」袁雪芯又一個轉彎，童胤恒趕緊抓穩車頂的扶手。

往窗外望去，他們已經來到了冷僻之地，遠處可見武祈山、還有一望無際的草地，以及……他忽地顫了一下身體，頭有些發疼的聽見了詭異的聲音。

歡呼聲、擊鼓聲，爲什麼……這麼的熟悉？

他詫異的朝著聲音的方向看去，渾身都不對勁。

「咦？爲什麼沒訊號了？」後座的康晉翊才緩過神就想聯繫簡子芸，赫然發現手機斷訊，「蔡志友你的怎樣？」

車上的人紛紛同時掏出手機，果然電量滿格，但卻直接無訊號！不僅是通話連網路也全斷，訊息無論如何都發不出去。

袁雪芯趕緊用手按著架著的導航，童胤恒主動幫忙，結果也是一樣。

「沒關係，我知道在哪裡！」袁雪芯緊張的瞄著手機，「不可能……我們鎮上有基地台，不可能斷訊！平常訊號強得很！」

「同步斷訊……」童胤恒沉下眼色，「如果是人爲的呢？」

人爲的……康晉翊深吸著一口氣，看著聊天視窗另一頭的簡子芸，他們現在完全聯繫不上，也不知道他們怎麼了。

捏緊手機，他眞的怒不可遏。

「什麼爛儀式，爛傳統！」康晉翊咬著牙，「這個鎮上的人太過分了！這個都市傳說跟其他的不一樣，這根本是獻祭好嗎！」

「是把人送到更好的地方去！」袁雪芯還有空解釋，「每個地方有每個地方的傳統與傳承，你不要用你們狹隘的眼光來看所有人。」

「是，妳說得沒錯。」童胤恒看向她，「但是這種傳承卻是要犧牲人命的，還藉口公眾暴力。」

「沒有犧牲生命啊，只是自由跟意識而已，公眾暴力也沒辦法，人多就是贏。」袁雪芯聳了聳肩，「不然你能怎麼辦？」

「而……那妳要不要試試看？」蔡志友聽了就反感，「不是啊，妳不是來幫我們的嗎？」

「幫你們咧，大家都是為了自己啦！」袁雪芯噘起嘴，「我不要進去，我以後也不要我的小孩進去，懂了嗎？我是在幫我自己——下車！」

她突然煞了車，童胤恒發現他們停在一個超荒涼的地方！

大家也只能跟著她下車，旁邊是條大水溝，她帶著他們三個男生走到幾棵大樹邊，悄悄的躲在那兒。

「不准拿手機，我們要隱身。」她蹲了下來，「等等如果有車，閃四下燈就是姐她們了。」

康晉翊再看了一眼手機，咬著牙收了起來。

童胤恒搭上他的肩，他知道他擔心简子芸，「放心，有小蛙在呢！」

「……」康晉翊皺起眉，「我覺得有他我才擔心！」

「噗……」蔡志友沒忍住笑，「我很放心，有副社在！」

嗯，康晉翊點頭如搗蒜，這比較像句人話。

四個人在冷風中蹲點，直到遠處駛來一台車子，袁雪芯還下意識後退了一點，不希望被瞧見的閃躲。

然後，那輛車終於閃了四下燈。

機車震盪著簡子芸覺得避震器一定爛掉了！她只能死死抱住小蛙，讓他在鐵軌上騎車奔馳，她不抱緊一點，早晚飛出去！他們剛剛差點被路障攔下，但小蛙突然往右拐進巷子裡，接著連結到鐵軌上，就一路順著鐵軌騎過來了！

「好了！」機車停了下來，四周一片荒蕪漆黑，「我們離開W鎮了！」

簡子芸的屁股都快開花了，她回頭望去是一片黑暗，眼前只有車燈打亮的鐵軌，小蛙體貼的扶她下車時，她才發現這裡是個……月台？

「我們離開了？」她不安的張望著，打開手電筒照明。

「對，這是距離W鎮很近的一個小站，快廢棄了。」小蛙驚魂未定的直接坐在月台邊緣休息，三更半夜，這裡自然沒有人，火車也停駛了。

簡子芸帶著手電筒跳下軌道，往W鎮的方向走去，他們後面沒有人……所以康晉翊他們沒有跟上……焦急的拿出手機要聯繫，卻意外的發現手機沒有訊號。

「咦？小蛙！」她回身大喊，「你手機有訊號嗎？」

「手機，應該……」小蛙拿出來後，也愣住，然後乾脆撥給蔡志友。

不管是通訊軟體或是手機撥打，全部沒有回應，他們突然處在一個無訊號的地界；簡子芸心底不安湧動，看著手電筒照明的鐵軌，突然發現到遠方黑色的軌道。

「那是什麼？」她下意識往前走去，為什麼某個界線後，她看見遠方是一整片黑的鐵軌？

「欸，不必過去了，那是頭髮！」小蛙跳下月台，「我們昨天來時就看見了，W鎮的土地啦開花都開出頭髮，枕木下也都是！你們是被關著不知道喔，連樹上都能長頭髮！」

「頭髮……禁后……」簡子芸越想越反胃，「不行，我們不能就這樣離開，大家都還在鎮裡！」

「我知道啊！只是我剛只想著先逃走再跟他們聯絡……」後面的尾音弱了，因為通訊中斷，他根本不知道其他人在哪兒集合，「該死！為什麼會突然斷訊？」

「我們騎回W鎮！」簡子芸小跑步的跑向機車邊，卻又突然緩下腳步。

我們需要外援！

「現在回去有點冒險，我們緩一點，等天亮吧！」小蛙衝動歸衝動，還是有點腦子的，「我們剛闖過路障，他們一定會加強守備的，現在回去……」

「不回去了。」簡子芸一秒翻盤，再度回首望向W鎮方向。

她很擔心，很緊張，禁后這個都市傳說背後的是未知的能力或是巫術什麼的，她不希望汪聿芃成爲吸頭髮的植物人，也不希望任何一個同伴受傷，更怕康晉翊會遭遇不測，因爲對親人都能如此殘忍的家人，對外人更不可能仁慈！

正因如此，他們需要外援！

「裡面的警察也是一體，報警沒效，我們得找其他外力！」簡子芸堅定的看向小蛙，「我們得找外地的警官。」

「……好！但我進不了O鎮喔！」小蛙提醒著。

「不去O鎮，事情必須鬧大——我們回學校！」簡子芸心意已決，「事不宜遲，我們立刻走！」

小蛙看著心意已決的簡子芸，他本來就是負責行動，毫不猶豫的就跨上機車，發動車子。

「副社，我知道妳很擔心，但不要怕啦！我們還有其他後援！」小蛙安慰著簡子芸，她根本沒心聽。

「我或許沒什麼用，但打架的話，少了你差很多。」以武力值部分，差太多了。

「學長姐在裡面呢！」小蛙聳了聳肩，「武力值MAX啦！」什麼？

一句話都沒說，下車的汪聿芃是直接撲進童胤恒的懷裡。

在場眾人瞠目結舌，袁雪芯本想發出個小粉紅的叫聲，硬是被汪琦蓁給摀上了！

他們什麼都沒說，只是緊緊握著彼此的手，相視而笑後，在汪皓月不耐煩的催促下上了車；原本袁雪芯打算載著汪琦蓁騎機車跟在後面，但最後蔡志友紳士風度，他覺得讓女孩子搭車比較好，因此由他載康晉翊，其他人擠一台。

「車後有反光貼紙，你們跟著反光貼紙可以吧？」袁雪芯再三交代，「不要騎太近，這我的車！」

「知道！」蔡志友無力的回應著，一副他會A到的樣子。

「另外這台我的車，別撞上來。」吳珊寧拍拍房車，也跟著交代，蔡志友白眼都要翻到天邊了。

康晉翊忍不住笑了起來，還問著要不要他來騎算了？

房車裡要擠六個人，吳珊寧坐在副駕駛座，後座左邊擠了汪聿芃、童胤恒及兩個女孩；大家也無可奈何，只能努力的塞著，而接下來的路只有在這裡生活的汪皓月才熟，所以方向盤交給了她。

「有點擠大家忍耐點。」吳珊寧回頭看著，「雪芯，妳要不要跟我坐？」

「副駕駛座不能坐這麼多人，危險！」汪皓月第一時間反對。

「妳斷一隻手開車我都沒嫌危險了！」吳珊寧嘖了一聲，汪皓月即刻白眼。

面對突然加入戰局的汪皓月，站到駕駛座外打量的康晉翊非常不安，他沒記錯的話，那個女的是汪聿芃的親大姐，也是個跟那個可怕阿嬤一掛的人，尤其她還掐了簡子芸！

「不要一直瞪我。」汪皓月朝向車外說著，「我對汪聿芃意見不大，但是我至少知道我跟我的孩子要過什麼人生。」

「大姐是為了自己跟我們站在同一邊的，大家目的不同，但殊途同歸。」汪聿芃手伸出窗外，輕握了康晉翊的手，請他不要這樣看著大姐。

蔡志友不熟悉這些女孩，但感覺得出康晉翊憂心忡忡。

「好吧！」康晉翊勉強說著，隨著蔡志友上了車子後方的機車。

車子緩緩出發，車內吱吱喳喳的討論著出去後要怎麼辦，必須盡快在那些東西拼命纏上他們前，把這個都市傳說收拾一下。

汪琦蓁本想問汪聿芃「都市傳說社」的經驗，但是……一看到角落某兩個人那闖不進的氛圍，只好暫時作罷。

「噓。」吳珊寧跟著回頭示意，別去打擾他們。暫時。

「抱歉，我把事情弄糟了。」汪聿芃緊蹙著眉，「我沒看到簡子芸⋯⋯」

「她跟小蛙走了，應該⋯⋯我們只能希望他們逃出去了。」童胤恒低語著，「妳呢？」

「我？很好啊！」汪聿芃眨了眨眼，卻沒敢看童胤恒，「幸好姐妹們肯挺我⋯⋯」

袁雪芯盡量背對著童胤恒，跟汪琦蓁縮在一起，這氣氛好奇怪啊。

車子開得很緩慢，因爲汪皓月堅持不能開燈引起注意，他們在一整片無光害的地方，附近如果有路障就會有人看守，燈隨便一開便輕易引起注意，她只能憑藉多年來在這裡生活的方向感去駕駛。

後面的蔡志友非常謹慎，這簡比考直線七秒還難，但是現在不能讓康晉翊駕駛，因爲他滿腦子一定都是簡子芸怎麼了的想法。

「妳⋯⋯有自己的想法吧？」童胤恒緊握著她的手，「妳回到W鎮，就已經有什麼打算了。」

嗯？這話引起前座的人的注意，吳珊寧與汪皓月同時警戒起來。

汪聿芃用力的深呼吸，抬頭看向他，笑容有些僵硬，彷彿在說，你怎麼知道？

「我並不想回來，只是我發現不管是瘦長人或八尺大人，好像冥冥之中都在驅趕我回到這裡解決事情……」汪聿芃壓制著微顫，再深吸了一口氣，「我也沒料到事情居然沒有結束，還會找上其他人……」

袁雪芯摸了摸自己的帽子，想起她被捲掉大部分的頭髮。

「鎮上到處都在長頭髮了，我們會是最直接被找到對象，但其他地方也沒好到哪邊去，植物與地面都長出長髮、到處都是。」吳珊寧忍不住開了口，「我們幾個從回來開始，一直沒辦法平靜，我連看到梳妝台都會怕。」

「我晚上淨身時，還淋了一整桶長髮在身上。」汪琦蓁悶說。

「我現在喝水都很小心，很怕呑進一堆頭髮。」袁雪芯現在倒不怕吹風機了，因爲她沒頭髮可以捲了。

唉，汪聿芃嘆了口氣，「就是這樣，我以爲八年前就結束的事，並沒有終止。」

吳珊寧瞥了眼駕駛座單手開車的汪皓月，「妳呢？」

「我在阿嬷身邊學了這麼多，我知道有東西逼近，我有能力擋掉……」汪皓月突然深呼吸，「但也只限我醒著的時候。」

什麼什麼？後座兩個表妹好奇的往前看著，「睡著時發生什麼事嗎？」

「我醒來時整張床都是長髮，而且我還是因爲吸進長髮差點窒息醒來的。」

汪皓月緊握著方向盤，「從那天開始，我幾乎就沒睡了！」

大家下意識都打了個哆嗦，這是很奇怪的感覺，頭髮不會攻擊她們，但是想到它在耳邊或是觸及皮膚，甚至從食道拉出來時的感覺，就會渾身不自在。

「看吧。」汪聿芃抿著唇，「我那邊……也有狀況。」

只是因爲她看得見，所以她可以及早防範，後面的話她不必說，反正童胤恒都知道。

「所以妳現在打算怎麼辦？」童胤恒在她耳畔低語，「無論如何，我要妳知道我都在。」

汪聿芃闔上雙眼，輕輕的靠在他頸畔肩頭，「我有很多……祕密，沒有老實說。」

「我知道。」童胤恒輕聲的呢喃。

嗯？汪聿芃詫異的往後，驚愕的看著他，什麼叫「我知道」？

童胤恒只是淺笑，卻又突然蹙眉的撫上額側，接著壓低身子往遠方看去……有點疼啊！

「妳幫我看，往外看可以看到什麼嗎？」他突然要汪聿芃朝正前方……偏一點鐘的方向看過去。

「幹嘛？」開車的汪皓月覺得莫名其妙，他們在打探什麼？

汪聿芃壓著身子往外看……外面就一片漆黑，深藍色的夜幕外，她什麼都瞧不見……

童胤恒扣著她身體的手略緊，汪聿芃立即坐穩，二話不說便挽住他的頸子，親暱地貼上他的臉頰。

「喂喂！」汪琦蓁尷尬的別開視線，「放什麼閃啊！」

「我們快到了嗎？這麼黑什麼都瞧不見。」吳珊寧瞇起眼也只能看見黑暗與搖曳的長草，「我們該來討論，離開後要怎麼安排。」

「我打算從跟C市的邊緣走，都是武祈山下，但是那邊沒有什麼大馬路進出，而且里幹事他們沒有在那裡設路障。」汪皓月說得從容，「我們出去後直接前往C市，然後就……看看該怎麼終止這個東西。」

怎麼終止？童胤恒擰起眉心，在旅館時他們討論過很多次了，最細膩的簡芸都難以找到方案，因爲在禁后的都市傳說中，關鍵在那個梳妝台。

會發生事情都是有人看了梳妝台抽屜裡的東西，正式的儀式中，還要有眞名，這些都是他們拿不到的。

唯一的路就是不進屋、不靠近梳妝台，但從這些女孩們的遭遇看來，事情不是她們閃躲就沒事的樣子。

至於儀式牽扯著整個W鎭的「平安」，這點就無解了。

「除非，要知道怎麼做不會傷害到任何人。」童胤恒只能嘆氣，「我們不知道吸頭髮的人看到了什麼？去了什麼更好的世界？也不知道如果不進行儀式W鎮會出什麼事？說不定只是大家恐懼而不敢不做的傳承……太多未知數了！」

「我沒那麼樂觀，不做一定有事，否則我們就不會受到頭髮的騷擾了，明顯的就是有詭異的東西存在！」吳珊寧不以爲然，「必須送人進去就算了，還必須送對的人……」

八年前，代替汪聿芃進入的二阿姨，顯然並沒有得到滿意度。

「我倒有個更好的方法。」汪皓月緩緩踩了煞車，車子漸停，後面的機車也趕緊慢下來。

嗯？整台車屏氣凝神，想聽一個答案時，汪皓月卻拉起手煞車，直接打開車門便下了車。

「咦？汪皓月？」吳珊寧莫名其妙，趕緊也追下車，腳才剛踩上地，眼前突然啪啪啪啪的燈光大作！

刺眼的燈從左邊一盞一盞亮起，蔡志友瞬間放倒機車，在被照到前與康晉翊一塊趴到地上，迅速朝車子的右方爬去。

「這邊！」他趕緊以車子爲掩體，催著康晉翊。

在強力燈光的照耀下，大家這才看清楚，他們身在一整片的芒草堆裡，草原上站了非常多人，以及那棟在左手邊……在夜色中更加令人毛骨悚然的木屋。

他們在神聖之屋這裡！

汪皓月筆直的朝著斜前方走去，燈光未照清之處，走出的是人人聞之色變的李阿萍。

「汪皓月！」吳珊寧忍無可忍，她不可思議的尖叫起來。

汪皓月回身一笑，「眞是蠢，我既然是要承載家族責任的人，我怎麼會讓你們亂搞！最好的辦法，就是先糾正錯誤，把汪聿芃送進去，把我媽換回來！讓事情回到正軌！」

「做得很好。」李阿萍看著她，滿滿的讚美與驕傲，「我該怎麼說呢，不意外？妳們這群不知天高地厚的ㄚ頭，要不是我堅持找汪聿芃回來，妳們每一個都有可能早就被送進去了，還容得妳們在這裡背叛？」

天哪……袁雪芯雙腿忍不住打顫，她緊抓著汪琦蓁，「姐……皓月姐怎麼這樣！」

汪琦蓁根本腦袋一片空白，事情不該是這樣的，她拼命搖著頭，「我們應該……明明都說好的！我們要一起離開，想辦法結束傳承……」

她越想越不爽，那是她的親大姐啊！她怎麼可以騙她們！汪琦蓁一氣之下推開車門，卻差點撞上了躲在車旁的康晉翊，她只遲疑了兩秒，立即下車，主動繞過車頭朝李阿萍方向走去。

「大姐！妳不是不想示範切碎貓狗給妳未來的女兒瞧嗎？妳就不怕下一代抽籤抽到妳女兒？」汪琦蓁忍不住哭了起來，「妳怎麼可以這樣背棄我們！妳爲什麼不仔細聽聽自己的想法！」

「如果我女兒被選中，那我會非常非常榮幸！」汪皓月拍著胸膛，「她一個人可以換來這片土地的平安，那是她的命！我與有榮焉！而且我會教得比媽還好，才不會教出汪聿芃這種錯誤！」

「妳瘋了！妳都被阿嬤洗腦了！那是錯的！」汪琦蓁大哭起來，「妳怎麼可以這樣！」

「出來吧，汪聿芃。」里幹事的身影也從燈後出現，「你們這愚蠢行動我們早就知道了，妳爲什麼就不能好好盡義務呢？」

「她的朋友也在。」汪皓月上前報告，「有兩個應該在我後面，但怎麼跑了？」

里幹事一怔，沒看到後面跟什麼人啊？李阿萍鼻子哼氣，轉頭叱了聲沒用。

坐在車子左側的汪聿芃依然不動如山，她透過窗戶看著那在黑暗中，依然滿是威嚴的外婆；阿嬤總是如此，從小到大她就是個至高無上的存在，大家想要得到她的讚美與青睞，每個人都努力著……結果，是大姐最得寵呢！

「她從來沒有背棄任何一個人。」汪聿芃喃喃的說著，「大姐只是忠於自己，是妳們想錯了。」

袁雪芯抖得都快尿褲子了，但她也看見探頭進來的蔡志友，這才意識到他們躲起來了。

「看見木屋了嗎？木屋順過去是池塘，不能過去。」袁雪芯在下車前快速交代，「但你們可以從木屋的左側往十點鐘方向衝，越快越好，先衝進森林裡躲起來！」

「咦？」康晉翊從車尾探頭，現在的十點鐘方向嗎？「林子裡……還是回旅館好？」

「別傻了，我覺得阿嬤不會留你們了。」袁雪芯說著，主動挪下了車子。她不能讓阿嬤派人到這邊抓他們，否則蔡志友他們便會曝光。

「阿嬤——」一下車，袁雪芯就開始撒嬌，「我好怕！我不要進去，但我也不要姐姐進去！」

「蠢，妳就是……」李阿萍朝著小姨罵道，「是不是早說要好好教她？弄到她什麼都不懂，別人一講耳根子就軟。」

燈光太亮，大家看不見哪邊還有人，但看起來大姨小姨也都在的樣子。

車內就剩下汪聿芃與童胤恒了，里幹事無法等待派壯漢走來，他們是逃不了了。

「我什麼都知道，妳放手去做。」童胤恒突然扳過汪聿芃的臉，「妳說的話，我全部聽得見。」

什麼!?汪聿芃瞪大了雙眼。

「那天妳養的人面魚說妳是故意鬆開手，我聽見了；妳剛剛說好想我，我也聽見了。」童胤恒凝視著她，「不管我被都市傳說搞得多崩潰，我一直都聽得見妳的聲音！」

不會吧……汪聿芃才在瞠目結舌，童胤恒驀然扣她的頭，直接吻了上。

他全部都聽得見，即使是她的自言自語，只要他夠專心，一句話都不會錯過。

每當聽見都市傳說的聲音而頭疼欲裂時，也只有汪聿芃能解救他。

或許，第一次的相遇，一開始就不是偶然。

車門唰地拉開，汪聿芃被粗暴拖出車外，她慌亂的睜眼，唇上依舊殘留著柔軟，想抓住童胤恒也來不及，就看見其他壯漢也扯著童胤恒往外拖出！

「可——」蔡志友氣得想要爬起來，卻被康晉翊一把摀住嘴！

他們可不能都被抓了吧！他壓下蔡志友，強力的暗示不能出聲，否則那些女孩們何必自投羅網？

汪聿芃被騰空架著來到李阿萍面前，童胤恒則是被拖行的拖到她身邊，吳珊寧這些相助的表姐妹們全部被粗暴的綁起，袁雪芯哭得很誇張，小姨看得心疼，吳珊寧咬著牙不肯說話，只是瞪著汪皓月。

汪琦蓁尖聲嘶吼的掙扎，誰都開罵，包括躲在黑暗中，那始終沉默的父親！

「爸！爸——你配不配為人父啊！你就要這樣看著阿嬤這樣對待你女兒？」汪琦蓁氣急敗壞，「這是錯的！阿嬤，這一切就是錯的！」

「塞住她的嘴巴，吵死了！」里幹事不滿的低吼，「什麼是錯的？整個鎮都覺得是對的就是對了！」

「別跟愚蠢的小孩生氣，辦正事要緊。」李阿萍走到汪聿芃面前，眼底裡都是輕蔑，接著手杖卻狠狠的往一旁的童胤恒掃打過去！

毫不手軟的一下再一下，李阿萍幾乎把不滿與氣忿都集中在童胤恒身上了！

汪聿芃緊張的想往前，但她根本動彈不得。

幾棍下來，雖說李阿萍年事已高，但力道可不小……臉上自然掛彩，但他硬是吭都沒吭。

「很好，有珍惜在意的人最好了。」李阿萍看向汪聿芃緊張的神情，很滿意這個結果，「把這個男的綁起來看好，如果汪聿芃再想逃，就開始剁他的手指，犯一次錯，剁一根。」

汪聿芃瞪圓了眼，這是她回W鎮以來第一次顯露出怒氣。

「眞好，我喜歡這個眼神，原來妳也有這種眼神啊！」李阿萍表示一種諷刺的讚許，「爲了妳的小男朋友，妳還是聽話吧！再次淨身，回去石室。」

汪聿芃雙手緊緊握拳，別說雙拳難敵四手了，這裡有十幾個壯漢，誰都打不過！

「阿嬤，那表姐他們……」汪皓月上前請示。

「不需要她們了，全部先關到汪聿芃的房間去吧，把地下室封死，儀式結束再來算帳。」李阿萍連正眼都不瞧她們一眼，逕直下令。

汪聿芃跟童胤恒繃著神經，他們感覺得到……康晉翊跟蔡志友剛剛已經趁機跑進了草叢中，甚至繞過小木屋往前了。

但是他們不知道，在大燈後的黑暗中，竟有狗兒開始朝著遠處吠叫！

「汪！汪——」呼嚕聲在喉間傳來，狂奔中的康晉翊嚇得止住。

有狗？

「有什麼嗎？」里幹事回身問著，怎麼突然叫了？

「有老鼠的夥伴逃掉了吧！」李阿萍緩緩的看向汪皓月。

「咦……什麼……」汪皓月先是幾分錯愕，瞬間恍然大悟，「還有兩個男的，都沒見到嗎？」

她趕緊帶人往前跑，看見機車，卻的確沒有見到人。

「那邊！」有鎮民看見影子，瞧他指的方向，康晉翊他們已經遠離小木屋的範圍了！「看到了！有個高大的身影！」

蔡志友……童胤恒忍不住嘖了聲，人沒事不要長太高啊！

「解決掉吧！」李阿萍淡淡交代。

咦？解決？汪聿芃與童胤恒同時錯愕，什麼叫解決掉吧？

「什……妳要做什麼！？」童胤恒即刻開始掙扎，「蔡志友——跑！快跑——」

童胤恒扯開嗓門在黑暗中迴盪，嚇得在草叢裡奔跑的兩個人停了下來，蔡志友驚恐的回頭看著左後方的燈光，爲什麼突然喊他們？

「快走！我們被發現了！」康晉翊扯著蔡志友拔腿狂奔，絕對是曝光了童胤恒才不惜一切警告他們！

「住手——」接著又聽見了汪聿芃的尖叫聲。

幾個男人用棍子直往童胤恒的頭猛打，三兩下便將他狠狠敲暈，汪聿芃咬牙切齒看著頭破血流的童胤恒，滿是忿恨的抬首瞪向李阿萍。

「不必瞪，我還沒殺他。」李阿萍溫溫的說，「先好好履行妳的義務吧！皓月！」

「是。」汪皓月得意的自汪聿芃面前經過時，還睨了她一眼。

汪聿芃忿忿的回頭，看著外婆與大姐的離去，同時一批人牽著……數隻凶惡的巨型犬走了過來。

「餓了嗎？」里幹事彎下腰摸摸那些狗的頭，「吃飯囉！去吧！」

一旁的主人彎下腰，給了狗兒們輪流聞了衣物，汪聿芃呼吸不由得急促起來，那是康晉翊的衣服！他放在她房間裡的衣物！天哪！

剎！牽繩一鬆，那四隻凶惡的狗張開利牙，飛也似的立刻朝著康晉翊他的方向去了！

沒有尖叫，沒有歇斯底里，李阿萍意外的沒看見期待的反應，只看見汪聿芃壓抑著全身的顫抖，雙拳用力緊握著，最終被抬著離開。

汪皓月坐上駕駛座，李阿萍進入副駕駛座，外頭是袁雪芯的哭聲，以及遠方狗兒們興奮的狩獵狂吠聲。

大姨與小姨分別進入後座時，汪皓月才準備發動引擎。

「手會疼嗎？要不要我來開？」大姨有點擔憂。

「別小看皓月，她什麼都能做！開車算什麼！」李阿萍信心十足的說著。

「看看妳們教出的孩子們，沒一個有皓月得力，還窩裡反啊！」

「媽！孩子們是被汪聿芃誤導的！」大姨與小姨即刻辯解，「妳知道珊寧她一向很理智聽話，她以前一直討厭叛變的汪聿芃啊！」

「我們家雪芯什麼都不懂，錯就錯在我，我都沒教……」小姨也趕緊為孩子護航，「不過，我是沒想到琦蓁也……」

「我不想承認她是我妹妹。」汪皓月立刻撂話，「深以爲恥！」

「好了，廢話不必多，該懲處的還是得懲處，還是先進行儀式，晚上的祝禱得快點補上。」李阿涔突然越過汪皓月，朝車窗外望了出去。

汪皓月的父親怯懦的走來，有幾分糾結該不該上車。

「你留在這邊看著吧！明天要做的事很重要，不能有差錯。」李阿萍正眼也不想瞧他一眼，「這是你將功贖罪的機會。」

男人聞言，低著頭嘴角抽搐，只是深深一鞠躬。

汪皓月瞥了眼，不耐煩的嘆口氣，踩下了油門。

車子遠去時，背後還響著汪琦蓁的叫罵聲，還有遠處狗兒激動的群攻聲。

「哇啊——」隱約的，像聽見男孩們驚恐的慘叫聲。

這一夜，眞長哪。

第十一章

儀式重啓

重新踩進扎人的芒草原時，汪聿芃心底是無限抗拒的。

今時不同往日，她還記得八年前的這裡是一片白茫茫的茫草，但是今天看去，卻成了黑白相間的詭異草原……大片的黑髮滋生，依附在一叢叢芒草之下，就像她現在正踩著一大撮的黑髮。

小木屋圍滿壯漢們，全是自發性守衛者、里幹事、鎮長，甚至連警察都到了，爲的就是確保儀式順利進行，保證他們的平安。

汪聿芃還跟外公揮了揮手，雖然從小到大，外公沒跟她說過幾句話。

李阿萍領著接近小木屋，面東的那扇窗，沒有玄關的木屋，要進入一向都是從向東的窗戶進入，將摺疊梯擺上，站上去剛好搆及窗戶便能爬進去。

「我朋友呢？」汪聿芃不太想動。

「妳進去再告訴妳。」汪皓月回頭斜睨。

「妳乾脆說我被送走再說好了。」汪聿芃後退了一步，「不說清楚我不會進去的。」

怎知她才向後退，身後的阿姨們立刻抵住她的身體，壓著她往前，汪聿芃下意識就是掙扎。

「放開我啊！」她揮舞著手、扭著身子也要抗拒，大姨上前纏住她的手，但卻困不住。

「妳再掙扎，那個男生就會死喔！」汪皓月驀地迸出這麼一句，「妳應該知道我們做得到！」

踏上樓梯的李阿萍聞言回首，露出讚許的笑容。

汪聿芃緩下了掙扎，「我其他朋友呢？跑進森林裡的那兩個人……你們殺了他們嗎？」

提起蔡志友與康晉翊，汪皓月的眼神有點閃爍，別開了頭，「吳叔呢？他的狗有叼什麼回來嗎？」

她朝旁邊問時，一個男人緊鎖眉頭的搖了頭，汪聿芃心裡竊喜，難道狗沒追上康晉翊他們嗎？

「帶人進去找了，沒看見狗也沒看見人，不過他們的東西有遺落，現場也有血跡。」男人從口袋後頭抽出了汪聿芃熟悉的皮夾，「有可能他們遇到了更凶猛的動物，都被吃了……」

咦？汪聿芃剛喜悅的心立刻就沉了下去。

「至於騎機車的兩個已經離開鎮上了，不會也無法再回來了。」汪皓月走近汪聿芃，「可以上去了吧？」

汪聿芃甩動雙臂，示意她不需要被人架著，抬頭挺胸的朝著樓梯走上，「妳另一個妹妹呢？」

她語帶嘲諷，問起妹妹，順道提醒汪皓月，大家身體裡流著一樣的血脈。

「妳先關心妳自己吧。」汪皓月粗暴的推著她往上。

「皓月，妳在外面等。」李阿萍朝下方的她交代了，「隨時留心。」

「……阿嬷！我……」汪皓月有點扼腕，「我不能進去嗎？」

「阿嬷需要妳在外面留意，要當阿嬷的後援。」李阿萍肯定的看著她，「如果有狀況，才有人能幫阿嬷。」

「是！」汪皓月仍舊領令，也突然感受到龐大壓力。

「如果有狀況，媽會怕再出錯嗎？」大姨謹慎的在她耳邊低語，「妳要留心啊！皓月！」

汪皓月堅定的點著頭，她行的！

汪聿芃攀著窗戶，再度爬了進去，外頭的里幹事揪著心口，瞧見她整個人爬進木屋時，都快哭出來了。

「終於……」鎮長緊握雙拳，「終於快要回到正軌了！」說著，他往遠處那越來越大的池塘看去。

「接下來就等儀式完成，W鎮就會回到正軌了。」里幹事笑著拍拍鎮長，「我們能做到的！一定可以！大家注意，在儀式完成前，絕對不許任何人離開這個屋子！」

「好！」壯漢們領令，這事關他們的家人，大家都會拼了命去阻擋。

警察腰間還有槍，他們是最後的祕密武器，只要有人阻擋、或是汪聿芃再度意圖逃跑，他們只好用「公權力」來限制這一切。

只是現在，無線電卻開始呼叫，組長有點困惑。

『報告！有警察打電話過來問失蹤學生的事情了！請問要怎麼回覆。』

警長朝鎮長瞥了眼，「我們這裡沒有什麼失蹤學生！」

『但是對方指名道姓！他們知道汪家老鼠跟她朋友的名字！而且他們派了兩車人馬在過來的路上了！』

「什麼!!」這一句話驚呆了在場的人，鎮長急忙上前，「哪裡的警方？」

『那個……A市的！』

「A市？那多遠的地方？他們沒有管轄權吧？」鎮長立即看向警察組長，「他們沒有管轄權，但是人如果過來了，我們不能趕他們走！」組長顯得緊張，「而且對方知道學生的名字，我們必須把事情掩蓋過去！」

「能應付他們嗎？」

「那就去啊！」里幹事焦急的催著，「不能讓他們進來，至少在儀式前！」

「而且……必須把那幾個學生的東西都燒掉！不能留證據！」鎮長緊張的交代，「這個進去後無法說話是不必怕……」

「鎮長！鎮長……交給我吧！」組長趕緊安撫慌亂的鎮長，鎮定的看向其他人，「我不會讓他們影響大家的！」

語畢，組長帶著警察匆匆離去，他可以想得到為什麼A市的警察會過來，只怕就是今晚逃逸的學生搞的吧！首先不能讓他們踏進W鎮，然後他還得找人湮滅證據。

鎮上的平安，每個人都有責任！

汪聿芃站在窗邊，看著遠去的大批警力悄悄勾了抹笑，應該是簡子芸跟小蛙回去搬救兵了吧！找章警官雖然有點扯，遠水是救不了近火，但至少可以阻止火勢一發不可收拾。

這樣一口氣帶走十幾人，也是幫助。

朝著遠方望去，有些複雜的略蹙了眉。

「幹嘛！不要以為你朋友去求救就能幫你！」爾後爬進來的大姨不客氣的推開在窗邊的她，「別區的警察是不能在我們鎮上撒野的！」

汪聿芃被推得踉蹌，回眸看向大姨，「但警察違法時，別的警察會插手的。」

「別太小看我們，所有人都是團結的。」大姨就這點露出自豪的微笑，「而且我們鎮上沒監視器，什麼事都由我們說了算。」

大姨推著汪聿芃往前走，她下意識的抗拒，但卻不得不從。

滿懷著不甘與憤懣，汪聿芃握緊雙拳的往裡走……這裡八年不變，空曠無傢俱的空間，光線明顯比外頭暗了許多，一踏進來就有著令人不安的氛圍，尤其是……左邊角落那座陳舊的梳妝台，還有「坐」在梳妝台前的「人」。

那是根伸縮桿，好好的立在梳妝台前，上頭罩著一頂頭髮，就像是個女人坐在那兒；一旁還有數枝掃把上頭，也都這樣架著長髮，據說那是每一代地溝鼠的頭髮，製成假髮擱在這兒，成爲一種「守護」。

到底有幾個人是眞心想守護啊？像她就完全不想啊！

她瞄向地面的一塵不染，很明顯這裡固定都有人打掃，每一扇窗子明明都透著外頭的光亮，但光線像是會被阻隔一樣，屋內卻呈現不對等的陰暗。

樓梯在出入口窗戶的正前方偏左，而那一整排披著頭髮的桿子也都貼於左方牆面，她們往前走著，就像在一群女人的注視下前行，即將踏上她們過去的路。

踏上久違的樓梯，嘎吱作響得更嚴重，樓梯一樣狹窄與陰暗，只是才剛踏沒兩階，一樓便傳來那些桿子倒地的聲音。

喀啦——喀啦——喀啦——聲音是一個接一個，彷彿骨牌一般。

汪聿芃倒抽一口氣，忍不住停下了腳步，背後的大姨推了她，「上去，不要管她們。」

連先人們都在勸阻她嗎？汪聿芃用力嚥了口口水，重新調整心情的步上；原本以爲阿嬤已經敞開了「那間」房門等待她，結果意外地，李阿萍卻站在隔壁的房門口。

汪聿芃皺眉，梳妝台換位子了嗎？

「先讓妳面對妳的錯誤。」李阿萍說著，打開了二樓另一間的房門。

之前汪聿芃到這間屋子三次，從未進過梳妝台房以外的房間，媽媽總說不需要不能入，而今阿嬤倒是大方了。

眼尾瞥著本該進入的房間，不管有什麼變化，她只能面對了。

走進那間房，汪聿芃當下愣在門口，瞠目結舌的看著眼前的病床……房間裡除了醫療儀器聲外，就只有抽氣的聲響：「嘶嘶嘶……」

床上躺著瘦骨嶙峋的女人，雙手依舊將頭髮往嘴裡塞，拼命的吸著，吃著頭髮，手上盡是打點滴而瘀青或潰爛的針孔痕跡，營養劑、點滴，女人的生命全依靠著現代醫學。

汪聿芃緩步走近病床邊，女人是瞪大雙眼的，不只是睜大而已，呈現一種受到極度驚嚇的模樣，眼珠都快要凸出來，不眨眼導致眼白血絲遍佈，直盯著天花板。

汪聿芃彎下身，劃上微笑。

「媽，好久不見。」

原來媽在這裡啊，那天之後，阿嬤就把她放在這裡了嗎？

沈杜鵑不會有任何反應，她就是吸著頭髮，噝噝噝個不停，大姨看起來早知道件事，並沒有任何訝異神情。

「八年了，她都一直是這樣子，現在醫療發達，還能固定給她安眠藥讓她睡。」李阿萍憐惜的看著床上的二女兒，「我的孩子，被妳害成這副模樣。」

「這不是偉大的犧牲嗎？」汪聿芃裝無辜的問著李阿萍。

「那是妳！我只有四個孩子，當年我已經送小的進去了！」李阿萍咬著牙，她是眞心恨著汪聿芃，「我已經犧牲過了！」

「我以爲多一個妳會更榮耀呢，看來沒有喔！」汪聿芃非常故意，聽得大姨都忍不住在後面推她一把，「哎！」

「這是專屬妳的榮耀，誰都奪不走，妳以爲讓妳媽代替妳進去就相安無事了？別忘了妳貢獻過指甲與牙齒，他們知道誰才該進去，不正確的人它們不會要。」

「它們是誰？」汪聿芃即刻發問，「每一代都把人送去什麼地方？」

李阿萍凝視著她，搖了搖頭，「我們不會知道，這麼幾百年，我們只知道那個與我們不同的世界，送妳們進去是爲了讓妳的靈魂更加完美……」

「我不必，讓媽完美就好了。」汪聿芃立即打斷李阿萍的廢話。

李阿萍忍無可忍，朝大姨使了眼色，大姨即刻粗暴的把她往門外拖，而且直接扔進了隔壁的命定之房。

被推進去時，汪聿芃踉蹌的朝梳妝台撲去，但是她很快的抵住再彈開，一點兒都不想靠近梳妝台！

一觸及梳妝台就立即讓自己往旁邊跌倒，差點撞上了也坐在地上，被牢牢綁住的人——童胤恒！

「童胤恒！」她激動得跳了起來！

只是還沒上前，立刻被她沒留意到的人給擋了開，汪聿芃錯愕的抬首，是她的父親！

大姨由後把她拉站起身，她雙眼裡依舊看著渾身是傷、頭破血流的童胤恒，他無力的靠著牆躺著，瞧見她時露出笑容，看來意識是清醒的。

「要他活著，就乖乖聽話。」李阿萍走了進來，逕直走向梳妝台。

她打開梳妝台桌下的大抽屜，拿出的是剪刀與推剪。

汪聿芃一見到那些玩意兒，身子就不自覺的發抖，又一次……八年前她離開這裡時曾發誓不再回來，結果沒想到又走進了這該死的屋子，看見令人發寒的梳妝台。

「我如果叫妳不要管我，妳應該做不到。」童胤恒虛弱的看著她，「不要管我。」

汪聿芃痛苦的緊閉上雙眼，淚水被逼出了眼角。

「對不起……」她指甲嵌進自己的手背，說出來的唯有歉意。

「妳沒欠我什麼，別道歉。」童胤恒略爲憂傷，「社長跟蔡志友呢？」

汪聿芃顫了一下身子，別開了眼神。

「他們是餓犬的食物，目前只是還沒找到屍體。」李阿萍用指節輕敲桌子，「時間到了。」

童胤恒瞪大雙眼，社長他們出事了？他不可思議的看向汪聿芃，她搖著頭，她不知道啊！

「過來！」他突然人喝一聲，汪聿芃沒有遲疑的就撲了上去。

張開雙臂緊緊擁住他，汪聿芃激動的貼著童胤恒的臉頰，哭泣終究無法壓抑。

「我太天眞了……」她嗚咽的說著，「我有好多話想對你說……」

「我說過我都知道。」童胤恒珍惜般的貼著她的臉頰，說著私密低語。

汪聿芃睜圓了雙眼，緩緩後退，「到底……你爲什麼都知道？」

「妳忘了嗎？」童胤恒一字字鄭重的說，「我，聽得見，都市傳說。」

淚水滑落汪聿芃小巧臉龐，他卻連爲她擦淚都無法，她愣愣的望著童胤恒，來不及再說上一句話，父親竟粗魯的把她往後拖離。

「信我！」她突然喊出聲，「你信我！」

「我信！」童胤恒堅定且毫不猶豫的回應著。

唉，李阿萍不耐煩的皺起眉，都到這時候了，演什麼小情小愛？

「好吧，別說我不成全你們，汪聿芃進去之後並不會死，如果你還是想要她，我不反對。」李阿萍高傲的睥睨童胤恒，「不過生出來的女兒，必須歸我們家族。」

童胤恒一時錯愕，簡直不敢相信這是汪聿芃的外婆親口所言。

「妳真的很噁心！」他都快吐了！

李阿萍並不在意他人的評價，由父親與大姨壓制住汪聿芃，動手拿起剪刀。

「阿嬤，」汪聿芃突然噙著淚，向右上角瞪著她，「我完成儀式，妳會放了童胤恒吧？」

「會。」李阿萍倒是不含糊，「我會讓他活著。」

「然後？」她不傻，知道阿嬤話中有話。

李阿萍瞥了一眼童胤恒，知道太多的男人必須娶他們家的女人，或是讓他們閉嘴，家族的祕密是不能對外言的。

「我會讓他活著。」李阿萍只是重複著這句話。

汪聿芃與童胤恒都知道不妙，但現在他們根本毫無反抗力。

只見李阿萍開始勾動梳妝台左邊的抽屜，抽屜拉開，裡面是她十歲的指甲與眞名，大姨會壓著她去看；下面那格抽屜再拉開，是她十三歲的牙齒與眞名的紙條。

接著，她被迫看向右邊上層抽屜，是她的頭髮。

最後——

「阿嬷。」在李阿萍拉開最後一個抽屜時，汪聿芃驀地出聲，「妳爲什麼從來不問我，八年前發生了什麼事？」

李阿萍喉頭緊窒，握著小抽屜銅環的手捏了緊，突然上前以左手箝住汪聿芃的下巴。

「因爲，我要聽我的杜鵑親口對我說。」

等等這地溝鼠進去，她的女兒就會回來了！

李阿萍別開視線，拉開了最後一個抽屜，連壓著汪聿芃看著的親人們都閉眼不敢瞧。

坐在地上的童胤恒，悲涼的看著左斜前方的纖瘦背影，她彷彿凍住一般，雙眼瞠大的看那個抽屜，然後……她坐了下來，抓起自己的頭髮，開始吸入了嘴巴——嘛。

汪聿芃！

童胤恒氣憤得全身掙扎，難以克制的向後撞著牆，「啊啊啊啊——」咚咚咚！

父親鬆開壓制女兒的手，顫抖的回首看著激動不已的童胤恒，轉過身的他露出悲傷的神情，他什麼都不能做，什麼也無法做。

大姨退後兩步，從鏡子裡看著拼命吸頭髮的汪聿芃，心裡其實一陣酸楚，如果不送她進去，怕就是珊寧會中選，她的女兒年底就要結婚了，她眞的不能拿女兒的幸福開玩笑……

雖然，她也不希望自己的孫女，步上這個後塵，但她們能怎麼辦？身在這個家族，是悲哀的宿命啊！

「好了，吵什麼！」李阿萍難掩興奮，終於鬆了一口氣，「鳳凰，把她的頭髮剃下吧！」

「咦？」大姨有點遲疑，「讓她就這樣吸不好嗎？杜鵑也是……」

「她得吃進去！」李阿萍低吼著，「沒用的東西！」

說著，李阿萍動手剪下了汪聿芃一截頭髮，塞進她嘴裡。

吃！她巴不得讓汪聿芃吞下自己所有的頭髮。

只要想起八年前她衝進房間裡，看到寶貝女兒在吸頭髮時的場景，她依然會氣得全身發抖！

知道汪聿芃逃走還在外面過得逍遙自在時，她怒不可遏的發誓絕對不會放過她！刻意培養大的地溝鼠，居然反過來咬布袋！

「等她再留長一點，一樣要整個剃掉讓她吃。」大姨小小聲的說，她只是覺得沒必要這麼早就……

「嗯。」李阿萍並沒有放下剪刀，而是轉過身看向了瞪著他的童胤恒。

「我眞的沒看過像妳這樣噁心又殘忍的長輩。」童胤恒咬著牙說著，「她是妳親生孫女！」

「我知道，不然她沒有進去的資格。」李阿萍從容的回應，「我答應她會讓你活著，但這些事、這個儀式不能讓你對外說，也不能讓你離開W鎭。」

童胤恒心頭一沉，「什麼？」

「我會挖掉你的雙眼，割斷你的舌頭，但我保證你會活著的。」李阿萍說得從容，「然後，讓你成爲W鎭的一員。」

呵……呵呵呵……童胤恒忍不住笑了起來，「哈哈……哈哈哈，妳眞的覺得妳可以……挖我的眼睛？」

李阿萍薄唇微微上揚，自信滿溢的模樣，「我這老婆子做不到，但是我的寶貝們做得到……」

童胤恒根本不想管她說什麼寶貝們，猛然一骨碌跳起，就朝李阿萍撞去——

咦？

他幾乎就在躍起的瞬間再度倒下，他的雙腳毫無負載之力，軟得像是兩根無骨的橡皮似的，李阿萍向後退了兩大步，面無表情的看著他倒下，磅！

唔……全身是傷的童胤恒這麼一摔，更疼了！

父親趕緊上前將他扶起，好好的扶正身子，讓他能靠著牆邊坐穩。

「我的腳……」童胤恒吃疼的說著，「妳對我的腳做了什麼事？」

李阿萍沒回答，逕自從口袋裡拿出了一個圓缽，童胤恒完全不想知道那是什麼。

「我們會讓你昏迷的，這些乖巧的蟲子會把你的眼珠吃乾淨，放心，這是最安全的做法，不會出血，也不會要你的命……就是一開始時會痛罷了。」李阿萍用鑷子從圓缽裡夾出了一條劇烈蠕動的蟲，「你們兩個，制住他！」

制個鬼啊！童胤恒拼命的扭動身子，大姨趕忙上前幫忙，但是無論他多使勁，雙腳無法行走的他還是只能成爲待宰羔羊。

父親將他的眼皮撐開，童胤恒甩頭別開，再一次，他上身依然能夠掙扎。

最後是李阿萍將手杖交給大姨，她直接打橫手杖，抵住童胤恒的頸子，把他壓在牆壁上，使他再難動彈。

「我是很想不幫你打麻醉，讓你好好感受眼球活活被吃掉的痛……但是說穿了跟你沒什麼恨。」李阿萍還一副施恩的姿態，「拉開他眼皮，好好固定。」

「我就算瞎了啞了我也不會這麼輕易聽話！」童胤恒怒極攻心的滿臉漲紅，「絕對不會！」

父親動手，完全撐開他的眼皮，用力到童胤恒覺得眼角都要裂開了！看著湊近的蟲子，那蟲子彷彿全身都長滿了尖牙！

「怎麼每個男人，都說一樣的話呢？」李阿萍笑得無奈，「但每個人最後都會聽話的，乖。」

蟲子越來越近，就要貼上童胤恒的眼球時——啪！

太過明顯的碰擊聲在李阿萍身後響起，所有人瞬間都因嚇到而僵住，李阿萍倏而直起身，回頭看向梳妝台。

坐在椅子上的女孩依然抓著長髮在吸，但是聲音是哪裡來的？

「杜鵑嗎？」大姨突然聯想到。

「杜鵑？」李阿萍相當懷疑，因爲她女兒是在眼前這面牆的後面！

但是聲音是來自她的背後！

「我過去看！」李阿萍再度伸出鑷子，「快點先解決這小子！」

父親趕緊再動手要撐開眼皮——

喀！

木屋外的汪皓月突然往前，「有狀況！」

「什麼？」里幹事聽這話可不行了，「什麼叫有狀況？現在怎麼能再有狀況？」

「我不知道，就是有問題……我得進去幫阿嬤！」汪皓月急忙喊著，「折疊梯再打開！我要進去！快點！」

小姨也跟著慌了，趕緊吆喝人擺上，「一定要小心！」

人們架好摺疊梯，汪皓月匆匆爬上去，里幹事一顆心七上八下，「拜託！儀式一定得成功！拜託妳了！」

汪皓月翻過了窗戶，緊張嚴肅的看向下方，「外面才要拜託各位，梯子收走，大家一樣撤到線外，守護我們！」

「萬事小心！」小姨說著。

但她心底多希望離開這裡，去救她的女兒雪芯。

她知道事情結束後媽會怎樣處理這些「叛徒」，她的女兒只怕這一輩子再也不能離開這個W鎮了！

誰都無法離開了！

叩叩！清脆的敲門聲響起，汪琦蓁跳了起來！

「什麼聲音!?」袁雪芯掩著耳嗚咽著。

吳珊寧謹愼的從地上爬起來，她們在汪聿芃以前的地下室房間裡，原本的最上方的氣窗已經完全被木板釘死，一絲光線都透不進來，而這敲門聲不是來自於樓梯上的門，而是……

衣櫃。

「姐！」袁雪芯嚇得躲到吳珊寧身後去，汪琦蓁也節節後退，她們都在汪聿芃的床邊，看著那明顯震動的衣櫃。

叩叩。

「走、走開！」汪琦蓁慌亂的開始唱歌，『我的指甲不要了、牙齒也不要了，我們是最乖的寶貝女兒……』

「不要唱了！」吳珊寧突地阻止汪琦蓁，「我不想當這個乖女兒！」

咦……汪琦蓁看著大表姐，顫巍巍的點點頭，對！她們誰都不想當這個乖女兒，爲母親犧牲奉獻，成爲母親的所有物。

她們是個個體，不屬於誰！

「但那是什麼？」袁雪芯瑟瑟顫抖，「誰在敲……門……」

啪嘰——碎裂音從袁雪芯背後傳出，她嚇得失聲尖叫，直接就地蹲下！

她身後不到一公尺處的梳妝台迸出了玻璃碎片，吳珊寧回身時還被一片破片割傷了手臂，傷口不大，但汪琦蓁第一時間是抽過被子，試圖護住大家。

當然，無論如何都爲時已晚，畢竟大家都是聽見迸裂聲才回頭的。

看著一地一桌的鏡子破片，吳珊寧慶幸這外頭覆著一塊白布，逐步破掉瞬間彈飛的鏡子。

「鏡子裂了？」吳珊寧要兩個表妹退後，她上前一探究竟。

捏起白布一角，深吸一口氣，唰的拉下——唰……

梳妝台上的鏡子盡數破裂，鏡面後面沒有袁雪芯家的露出頭髮，而是一整片平常的木頭，毫無特色。

「姐，遠離那個吧！」袁雪芯拉過吳珊寧，她們可以在一個中間的位子……樓梯下方不錯啊，遠離衣櫃，也不靠近那個梳妝台。

但汪琦蓁發現衣櫃沒有人再敲了，取而代之的樓上發出了聲響。

她們三個全跳上了汪聿芃的床，聽見劇烈的撞擊聲，彷彿有人在打架似的，接著是東西拖動的聲音，有人在拖外面的五斗櫃！

「咦？時間不對！」袁雪芯看著手錶，「現在應該正在進行儀式……怎麼會有人來？」

樓上的門外傳來了說話聲，汪琦蓁亮起雙眼，真的有人！

「行不行啊？這打不開啊！」

姐妹們面面相覷——摳不開的門，但她們在裡面，她們可以撞開啊！

「哇，還有這個喔！」

女孩們急欲下床，焦急的想衝上樓梯推開那扇門時，門輕易的被掰開了……

男孩拿著一把鐵尺站在門口，看著她們露出釋然的笑！

樓梯下的汪琦蓁　陣驚愕，喜極而泣！「小武！」

那個全邊緣化的汪武，她的高中生小弟！

才要衝上前，卻被吳珊寧眼明手快的一把拉住，「等等！有人——」

汪武的背後有人影啊！

「沒有門把的門也太怪了吧？」男人跟著探頭進來，「哇，樓下這房間挺大的耶！」

另一個女人大方的也現身，「哇！汪聿芃住這裡喔？怎麼有股味道？」

「這是養成房嗎？」另一抹興奮的聲音響起，「養在地下室很符合陰森感耶！」

誰？姐妹們交換著眼神，誰認識啊？

「不好意思，手機沒訊號，光看定位實在很難知道那個沒門的屋子在哪裡！」

英姿颯爽的女人下巴一勾，「誰可以幫忙帶路一下？」——

女孩們瞠大雙目，莫不立刻舉手，「我！」

汪聿芃緩緩睜開雙眼，心如止水。

她站在一個看似無天無地無邊無際的空間裡，腦裡空白一片，像是個無意識的機器人，就只是站著、看著眼前這彷彿罩著一層灰色濾鏡的地方。

一直到遠處一棵高大樹木抖了兩下，幾片葉子飄落，才引起她的注意。

看著落葉飄下，悠美的落上粗壯的樹根，她隱約的看見樹幹上有張臉孔時，腦子才開始運轉。

「啊……」汪聿芃忽地用力抽了口氣，氣管瞬間梗住，「咳……哈哈……嘔！」

不只是乾嘔，她全身都因反胃而顫抖，無力的趴跪在地上被不止的反胃襲擊，她最終伸手往嘴裡去……不，往更深處去，手指直接深入咽喉，指尖終於勾出了一綹長髮！

「嘔！」感受到髮絲離開自己的食道與氣管，她仍舊不停嘔著，連胃酸都被吐出來。

那刺激感終於稍歇，她手裡握著的頭髮長度並不陌生，很像是她的……

「已經讓我吃頭髮了嗎？」她把手上的頭髮甩掉，踉踉蹌蹌的爬起身。恢復了正常呼吸，難掩的虛脫感湧上，所有的感官漸漸復元，她已經想起來了！

她，又回來了。

邁開腳步開始往前走，這裡是個奇怪的世界，眼前彷彿是一條平滑的大道，但是它左右都沒有盡頭，跳起來時無法飄浮，但也沒有地方可以往下跳，世界就只有這個平面。

「呵……呵呵……」左手邊遠方傳來笑聲，趴在地上的人咯咯笑了起來。

汪聿芃即刻朝笑聲的方走去，那是一個女人……是的，這裡清一色都是女人，女人趴在地上，顯得軟弱無力，雙腳已經腐爛，與這片大地融合在一起。

「媽，好久不見。」她蹲下身子，查看女人的狀況，「不好啊，妳跟這裡融合了，有點難回去喔！」

「該死的地溝鼠！我怎麼會生下妳這種東西！」沈杜鵑氣急敗壞的咆哮，「妳居然把我弄進來！妳居然敢這樣對我！妳的母親──」

汪聿芃看著那瘦到幾乎只剩皮包骨的女人，化成灰她都認得出的媽媽。

「那媽，妳又是怎麼對我的呢？」她蹲在母親旁邊，雙手交疊的趴在自己膝上，「欺騙、掌控、扭曲的價值觀與人生觀，剝奪我的人生……」

「妳就是我的！妳是被選中的！妳是我生的、我的孩子，我的地溝鼠！」沈杜鵑繼續吼著，「妳，只屬於我！」

「嗯哼。」汪聿芃溫柔的撥動著母親的黑髮，她厭惡的別開，「孩子從不該是父母的所有物。」

「妳就是！」還在咆哮。

唉，汪聿芃懶得說太多，「雖然這兒時間無窮，但我時間有限，沒時間跟妳抬槓。」

語畢，她即刻起身。

「我會回去的！等我回去要讓妳活下來，讓妳活到一百歲！」沈杜鵑握緊飽拳喊著，「我就知道媽不會讓我待在這裡的！」

汪聿芃轉身就走，媽說得沒錯，雖然她跟這裡融合，但是她進來後，不屬於這裡的媽媽說不定真的能回去，只是需要一點時間與大地分離……她不知道會否實現，但她必須不停的動，並且儘速離開這裡。

朝著媽媽的對面衝去，爛在地上的女人已經發芽成了小樹，小樹看見她，樹枝輕輕搖擺。

「小阿姨好。」她禮貌的打聲招呼，「我想問問，姨嬤在哪裡妳知道吧？阿嬤的姐妹？」

這裡的人不會死，只會腐爛，精神靈魂不滅，但一旦意志消沉就會開始與世界融合，原本世界的肉體死亡後，這裡的身體便會腐爛，爛透後有機會長成大樹，成爲樹的一部分，但也有人就這麼爛成這條路，動彈不得，不過無論哪個模式，意識永遠清楚。

上次她進來時，眞正的小阿姨是坐在地上的，她的背黏著「牆」腐爛中，只有她的背貼著的地方是道牆，越過她背後照樣是無邊際的空間，那面「牆」是爲了她肉體的腐爛而存在的。

她跟當年被送進來的小阿姨聊了很久……媽媽大概至今還不知道，爲什麼她會知道媽媽的眞名；而且媽媽似乎也不知道這個是她的小妹妹。

小樹指向了一百公尺遠的方向，正是那棵大樹。

她遲疑著，跑這麼遠，希望不要有任何變化。回頭看著剛來的方向，她不能走太遠，否則會來不及回去的。

「請保護我！」她突然對著整個空間大喊，「請大家保護我，我要再出去！」

再出去？趴著的沈杜鵑簡直不敢相信，「妳做夢！汪聿芃！妳必須待在這裡！要出去的是我！」

汪聿芃沒有管她的怒吼，拔腿朝著那棵樹狂奔而去。

「姨嬤！」她滑到樹根下立刻蹲踞，「我是汪聿芃，李阿萍是我的阿嬤，妳認識對吧？」

粗大的樹幹上明顯的是一張人臉，樹木紮根在灰色的地面上，老臉緩緩睜眼，對李阿萍這個名字甚有印象。

「我就問一個問題。」汪聿芃突然湊近樹幹，低語起來。

遠方的沈杜鵑還在叫囂，「她進來了，請快點放我走！放我出去！我不是地溝鼠！你們沒有接納過我的指甲我的牙齒，我不屬於這裡。」

遠方的汪聿芃已經得到答案，她恭敬的雙膝跪下，雙手貼上樹幹。

「如果妳願意，可以選擇跟我走。」汪聿芃闔上雙眼，誠心的說，「我已經適應了現今的社會，跟著我走沒有問題的。」

雙掌可以感受到樹的溫度，但是沒有感受到能量的傳遞，她抬起頭，哀傷的望看著大樹。

她懂，這裡可以殺掉一個人的意志。

處在無邊的空間、永恆的時間中，永遠活著不會餓也不會病，沒有生活沒有消遣沒有娛樂，這哪是什麼更好的世界，根本生不如死。

上次她來時，歷經了恐慌，再來是尋找出路，一路上看見不是各種樹木，就是心智消沉與世界融爲一體，卻依然活著的「先人們」，以及不同地方來的人。

都市傳說果然無處不在，不同國度不同世界，都存在著，也都有人會進來。最終她發現，她可能最後也會在這個世界中永生永世，無法解脫。

她忘記自己找了多久，至少花了好幾年都找不到出口，最後她幸運的走回了剛進來的地方。

是小阿姨叫喚她，她才意識到自己走了回來，也才明白當年小阿姨一進來，就幾乎放棄了求生，原地自生自滅，所以她如此靠近入口。

儘管眼前所有的東西都一樣，照樣是一條平坦寬廣的大道，她還是選擇試著往當時剛進來的方向走去。

她走了一大段，回神過來時，卻發現小阿姨又在她的左手邊，自己繞了一個圈。

她不信邪，再走一次、兩次三次，反正她擁有的是無限的時間！

最終，她幾乎放棄了。

她頹然倒地，哭得不能自己，在這裡嘶吼嚎叫，直到她打算抬起的手與地板有一定程度的相黏時，她嚇得跳了起來。

瞬間恍然大悟，只要放棄，就再也出不去了。

汪聿芃調整呼吸，開始做暖身運動，「沒問題的，我可是今非昔比。」

一、二、三、四，二、二、三、四……一邊拉伸，她沒忘記回首看著媽媽的方向，沈杜鵑看起來好像沒有要消失的模樣。

「或許她根本就回不去？」她不知道，扭扭頸子，做足一切準備。

彎身，她擺出了標準的起跑姿勢。

闔上雙眼，想像著她現在在賽道上，發令員在她的左手邊，三、二、一——

鳴槍！

跑！

八年前，她也跑了！那是發狂的跑，接著她就發現地越來越斜，不如之前的平穩，像是地面或主動升起似的，阻止她往前跑，於是她更加拼命，咬緊牙關的往前衝，最終不敵陡峭，狼狽的由上滑落，滾了下來。

她不曾停歇，永不放棄，只要休息夠了就是跑，她要在地面成爲七十度前衝上去……直到她看見了微弱的亮光，在下一次更逼近時，她在微弱的光線下，看見了垂掛在兩旁的繩子。

又在幾年或十幾年後的某天，她聽見風聲……發出吸口氣的聲響，嘶……嘶嘶，在那個瞬間她領悟到，那亮光是張嘴，高處的繩子是頭髮，這個世界就像是某個正在吸頭髮的行屍走肉體內，嘴巴是唯一衝出去的出口。

回憶篇篇湧上，亮光近在眼前，她平時參加比賽時，可從沒有拿出實力的十分之一！

「不要開玩笑了，我在這裡練了幾十年了——」汪聿芃怒吼著，這才加快了速度，「我絕對不會再被困在這裡！」

黑色的頭髮就在眼前，地面已斜至陡峭，汪聿芃腳尖一蹬，躍了上去——

砰。

第十二章 不是禁后

那是抽屜關起的聲音。

回首的李阿萍幾乎可以確定那聲響，就是抽屜被關上的聲音。

她遲疑的把蟲子放回圓缽裡蓋上，緩緩的走到梳妝台邊，女孩依然瞠著雙目拼命吸著頭髮，李阿萍拿手在汪聿芃眼前揮舞著，她依舊眼都不眨。

「你們也聽見了吧？」她問著大姨與父親，兩個人也都嚴肅的點點頭。

李阿萍只能開始察看梳妝台。

她繞到左邊，小心的檢視上下兩個抽屜，甚至試著關上——喀的一聲，大姨忍不住顫了一下身子，剛剛就是這個聲音！

打開上面那個……關上，打開，抽屜並無鬆動跡象啊！

「是靈嗎？」李阿萍直覺想到有東西作祟，「我們已經把人送過去了，請不要鬧，這裡不是能讓你胡來的地方。」

房內一片寂靜，除了吸頭髮的聲音外。

李阿萍再繞到汪聿芃右手邊，她只能再檢查右上這一個抽屜，開啓……紋風不動的頭髮與紙條，完全沒有任何異狀……唔！

李阿萍準備關抽屜的手突然停凝，整個人瞠開雙目瞪著抽屜裡。

「媽？」大姨覺得不太對勁，媽的肌肉好僵硬。

李阿萍沒有動，她像雕像一樣定在那兒一動不動，停在半空中手看起來會

瘐死。

童胤恒看向了正在吸頭髮的女孩背影，微瞇起眼，沒有人聽到……呼吸聲不對了嗎？

樓下突然傳來腳步聲，有人上了樓，父親即刻起身防備的到房門後準備，大姨也捨下童胤恒趕忙到李阿萍身邊去。

這時童胤恒得以稍歇，向旁扭動時，突然感受到雙腳的知覺恢復！

「媽！妳怎麼了？」大姨喚著，卻發現李阿萍動也不動。

此時，房間的門直接被推開——汪皓月差點被父親嚇到，但雙眼飛快的看向吸頭髮的汪聿芃、站在梳妝台右方的李阿萍，還有桌上那圓缽。

「我就知道阿嬤會對外人下手！」汪皓月撥開了父親，「爸，讓開！你眞的要讓阿嬤把人家弄瞎嗎？」

她隨手抓過桌上的剪刀就走向童胤恒，蹲下身即刻拆開繩子！

童胤恒有點懵，他忍著痛側身讓汪皓月剪開繩子，大姨也陷入一種不明所以。

「皓月？這是怎麼回事？妳怎麼進來了？」大姨慌了起來，「媽！媽——」

「不要叫了，我定住阿嬤了。」汪皓月說得從容不迫，爲童胤恒拆開繩子，攙著他站起，「你行嗎？雙腳可以動了嗎？」

「……可以。」他扶著牆勉強站起，調整呼吸，昨晚他可被打得不輕，「謝謝！」

「定住？什麼叫妳定住……妳爲什麼做這種事？」大姨可急了，立刻就想衝出門，「妳在哪裡施術的？」

汪皓月嘖了一聲，上前攔住大姨的去向，「妳不要亂好不好！」

咦？大姨還沒反應，就被汪皓月一把向房間角落推了過去！接著回身，專注的從鏡子裡打量著正在吸頭髮的汪聿芃。

「我晚了嗎？汪聿芃？」汪皓月不安的說著，「她說過她會回來的啊！」

童胤恒揉著疼死人的肩，「她會的，聿芃。」

什麼叫她會回來!?大姨不可置信，送進去的人還有再回來的道理？

吸頭髮的聲音突然停了，不能動但意識清晰的李阿萍只能用餘光看見那坐在梳妝台前的女孩，竟緩緩舉起手，把頭髮從她嘴裡拉出來。

「呼……」汪聿芃一個長嘆，把父親與大姨嚇得魂飛魄散。

「怎麼可能！」大姨驚恐著，人倒是老實的貼在角落！

汪聿芃撥好頭髮，從鏡子裡看著身後的人，微笑。

「阿嬤，」汪聿芃轉向李阿萍，「妳眞的眞的應該問我，八年前發生了什麼事。」

不可能！李阿萍在內心吶喊，她已經被送到那個世界去了，儀式沒有出錯，爲什麼她還好端端的在這裡？

剛剛是演戲的？

「妳怎麼辦到的？用演的嗎？」汪皓月還是不敢靠近汪聿芃，但是她會說話應該是沒事吧。

「不，我進去了，但是我又出來了。」汪聿芃食指緩緩的幫李阿萍把未關的抽屜叩上，噠。

剛剛的聲音眞的是來自於關抽屜，而且汪聿芃關的！

「可以再出……出來的嗎？」大姨不可思議，她從小受到的教育不是這樣的！

「就算這間沒有門的屋子，大家還是能翻窗進來不是嗎！有入口就會有出口，只是在於找不找得到而已。」她食指向下，勾住了最後一個抽屜，「阿嬤，妳要不要猜猜看，妳的眞名是什麼？」

咦？汪皓月驚愕的看向李阿萍，「阿嬤也有眞名？」

「妳們……不，我們每人都有另一個名字！」大姨開始發顫，「因爲不能確定被選中的能否活到大，所以出生時母親會爲每個女孩準備眞名，以防萬一。」

所以不只汪聿芃有，汪皓月、她的珊寧也都有！

「當然，這就是這位阿嬤一直說的，她是可以送妳們任何一個人進去不是嗎？那表示她也握有眞名。」童胤恒瞄向大姨，「我以爲是母親的獨有權利，畢竟妳們把孩子當自己的所有物。」

大姨尷尬的抽著嘴角，「如果……需要的話……」

如果李阿萍要的話，她們敢不給嗎？

「我們家族眞名我想阿嬤都知道吧！」汪皓月倒是不意外，那可是他們的阿嬤啊！「問題是，汪聿芃爲什麼知道？」

身邊的童胤恒輕笑起來，「妳確定了嗎？」

「確定了！我問過了！」汪聿芃回頭看著他，滿滿的笑容，「感謝重要情報！」

剛剛臨行前的依依不捨，童胤恒便是告訴她阿嬤的眞名。

「爲什麼你一個外人會知道？」汪皓月驚呼，這才奇怪吧！

「好了，阿嬤，眞的有辦法出來的，妳加油！」汪聿芃輕輕拍著李阿萍的肩頭。

大姨意識到不對勁，突然衝上，「不行！妳想做什麼？」

童胤恒一個箭步上前，立即擋住了大姨，不讓她阻止汪聿芃。

「大姨，我說過，事情就到此爲止。」汪聿芃瞬也不瞬的抬首看著李阿萍，「除非妳眞的希望大表姐進去。」

「我……我……我不希望，但是——」大姨哭著也看向李阿萍，急著想求救，「不是妳嗎？應該是妳！」

「我能出來啊，玩一百次都一樣的！既然那是個美麗的世界，以大眾利益爲前提，我想阿嬷應該不會拒絕的對吧？」汪聿芃冷不防拉開了最後一個抽屜，「李口草，阿嬷，這是妳的眞名喔！」

汪皓月嚇到了，但是她沒有動，她內心有著無限掙扎，可是卻知道自己不該動……因爲事情就該到此爲止。

她也知道，阿嬷不倒，誰都逃不了這個命運！

「啊……」定住的李阿萍，突然開始抽氣。

汪聿芃即刻起身，回頭望向汪皓月，「大姐，可以解除阿嬷的行動了，她去那個美好的世界了！」

「好！」汪皓月緊張的回身要走出去，突然像想到什麼似的，「我們要準備離開，凱航在屋子的高架做了手腳，他鋸斷了支撐的高架們，偷加了幾根暫時的支撐，輕易就能把屋子用倒了！」

汪聿芃張大嘴，有些來不及反應，「那個吳凱航？」

「嗯啊，不被重視的人才能搞這些有的沒的！要快！」汪皓月邊說，一邊衝出門。

「這說的像屋子隨時會倒一樣。」童胤恒也開始緊張起來，「走路得小心一點了。」

汪聿芃將李阿萍穩穩的扶到梳妝台前坐下，乾脆的動手剪下她一綹頭髮，先行塞到她嘴裡，接著打開推剪；同一時間，李阿萍全身突然抖動，然後伸出了枯槁的手，將頭髮往嘴裡塞，也開始拼命的吸起頭髮了——嚇！

「媽——」大姨總算反應過來，忍不住喊出聲。

「捨不得的話，妳要代替她進去嗎？」汪聿芃歪了頭，「我也知道妳的眞名喔！」

大姨嚇得卻步，拼命的搖著頭。

推剪的聲音響起，汪聿芃細心的爲李阿萍剃掉了那頭灰白長髮，她這輩子沒接近過李阿萍，也沒被當人看過，這是她第一次親暱的接觸她的外婆，也是最後一次。

「她大概沒想到，她的媽媽把孩子的眞名放在梳妝台的抽屜裡，而油墨倒印在了抽屜裡吧。」童胤恒是對著鏡子裡的李阿萍說的，但她應該聽不見了，「而那個梳妝台就放在汪聿芃的房裡。」

那天在汪聿芃房間裡睡醒時，他沒有聽錯，的確聽見了「都市傳說」的說話聲，儘管汪聿芃說不要去開那只抽屜，但是他也沒忘記，按照W鎭的禁后，沒有搭配眞名，風險是不高的。

他趁機拉開抽屜看過了，裡面其實空無一物，但是抽屜底部卻有著反過來的字體，印得清清楚楚。

「你就不怕變成吸頭髮怪物？連我都不敢開！」提到此，汪聿芃抱怨著。

「裡面盛裝的是恐懼吧，用恐懼支配著妳、支配所有人。」童胤恒忍不住上前，大手摟過了她的頭，「幸好妳回來了！」

汪聿芃推剪的動作頓停了，她依戀的偎進童胤恒的胸膛中，貪戀短暫的溫暖。

「啊啊啊啊——」

遠遠地，外頭突然傳來怒吼聲，汪聿芃跟童胤恒登時呆住，互看了彼此一眼！

「喂！」汪皓月又衝了上來，磅的推開門，「你們的朋友出現了！走了啦！」社長的聲音！

康晉翊手拿著粗壯樹枝，躡手躡腳的在草原中潛行，直到逼近鎮民時突然伴隨著大吼，直接朝看守的壯漢們背後偷襲下去！

「雖、然！身後偷襲不是好漢！」康晉翊一棍尻翻大漢，「但幸好我本來就不是！」

「汪——」最扯的是，昨天要把他們當晚餐的四隻狗，居然跟著他們一起反撲了！「嗚汪！」

「爲什麼……定！定住！」狗主人對著狗兒號令，「坐下！」

狗兒完全沒聽話，但倒也沒攻擊主人，而是轉頭撲向其他的人們！

「小心！守護屋子！」里幹事緊張的狂喊，「不能讓他們接近屋子！」

小姨嚇到了，她緊張的左顧右瞧，朝著二樓扯開嗓門，「大姐！你們好了嗎？有人來搗亂！」

「不對……爲什麼只有一個聲音，還有另一個呢？」里幹事眼神精確，的確只看到康晉翊一位。

「哇啊！放開我！」康晉翊一個人勢單力薄，三、五壯漢一圍攻，他立刻就被打倒在地了，「殺人啊！」

小屋的右側一片混亂，蔡志友卻順利的從左側接近，人鑽到了屋子底下，想找個方法進入屋子……這架得也太高了，沒梯子進不去啊！

蹲在架高的屋子下，他卻錯愕的看見了下頭一整箱的特別物品……這是怎麼回事？

蔡志友衝出來，衝離小屋一段距離，另一邊傳著康晉翊的呼叫聲，他只能把握時間，要把外星女跟童胤恒救出來！

爲什麼只有他一個人啦！他現在好想那個機車的小蛙啊！

助跑後衝到屋子邊，腳踩上高架屋的支架當支點，打算一躍而上攀住窗戶再爬進去，只要順利，絕對能神不知鬼不覺！畢竟注意力都在另一邊打康晉翊啊！只是當蔡志友蹬上那支架時，突然啪噠一聲——他什麼都搞不清楚，支架應聲而斷，他狼狽掉落地……

然後，屋子傾斜了。

「哇啊啊啊——」尖叫聲明顯從屋內傳來，一群正準備下樓的人直接摔了個東倒西歪！

屋子朝著蔡志友原本撲上的方向傾倒，正巧是原本出入口窗戶的正對面！

「啊！」汪聿芃即時抓住了第一個下樓的汪皓月後領，「大姐！腳踩著樓梯，不要慌！先穩住！」

汪皓月趕緊伸手抓住欄杆，聽話的將腳抵住樓梯面，發現她整個人都往左邊倒去。

「搞什麼啊！說好我們出去才行動的啊！」

所有人都貼牆，因爲屋子眞的朝西斜倒了，在門口的童胤恒扣著梳妝台的房門穩住，回頭看見李阿萍已經倒下，仍舊努力吸著頭髮，但那張梳妝台卻緩緩朝門口滑過來。

他趕緊推開也巴著門的大姨，伸長手將房門帶上的瞬間，梳妝台整個滑撞過來──磅！

眾人吃驚的看向房間，童胤恒沉穩的搖搖頭。

「腳步要輕，大家下樓！」他發號施令，「不要一起走……我說那個誰是鋸斷幾根？」

「我不知道！他是學建築的，一直說包在他身上！」汪皓月現在可怒了，眞的是手腳並用的爬下樓的。

汪聿芃讓開了路，讓大姨先跟著下去，因爲她雙眼凝視著關起來的房門，還有看起來不願走的父親。

「你想照顧阿嬤到死嗎？」汪聿芃沒好氣的問，「還是躺在隔壁的媽？」

父親張口卻不能言，悲傷的看著她，然後搖了搖頭，悲悽的轉過身，蹣跚的朝著母親房間走去。

「不必對我裝可憐，只要事情終止，我對你們都沒有意見……你只是一般人，會恐懼是正常的，更別說在這個家、這個鎮的威脅下，你沒有那個能力救我。」汪聿芃朝著父親背影瞥了眼，「連我這些阿姨們都無能爲力了，你這外人能做什麼？」

父親蕭瑟的身子頓了住，正面早已涕泗縱橫。

「你懦弱了一輩子，但現在阿嬤已經前往美麗世界了，你打算再懦弱下去嗎？即使把我摒除掉，你還有兩個女兒，像個爸爸吧，拜託！」

「爸！」已到一樓的汪皓月朝上喊著，爸是想幹嘛？

童胤恒主動回身，拉過了近在咫尺的父親，「爲二樓任何一個人而犧牲，都不值得。」

父親哭得不能自己，汪聿芃主動朝他伸出手，父親看著那雙從小到大、他想救卻救不起的手，再度痛哭失聲。

屋外傳來急促的喇叭聲，一切似乎變得熱鬧起來。

「喂——喂!!」吳凱航扔下機車衝了過來，「爲什麼啊？我還沒有說開始啊！我的……我的計畫！」

「凱航！」小姨看見衝來的外甥都傻了。

但話沒說上一句，就見吳凱航直接衝向拖著康晉翊的人們，手上的球棒直接揮了過去！

「吳凱航！這是在做什麼？」里幹事都快崩潰了，「把他們壓制住！」

幸好他準備數十人守衛，就是以防萬一！

小姨不明所以，身後數台喇叭聲響，回身的她看著彎過來的數輛汽機車簡直都傻了。

「吳凱航！你去忙你的！」吳珊寧停好機車就下來，看傾倒的木屋傻眼，

「你不是說沒那麼容易倒嗎？支撐咧！」

「是沒那麼容易！靠！」吳凱航衝回來，看著出入口的窗戶抱頭發燒，「翹起來後這高度連折疊梯都搆不到了！怎麼會這樣啦！」

袁雪芯跟汪琦蓁也跳下車子，直接走向里幹事跟其他鎮民，「我跟你們說清楚，這個儀式到此為止，我們家族的人再也不會為誰犧牲了！」

「胡說什麼啊妳！」鎮民憤怒極了，「這是大家的事！妳們不可以這麼自私！害慘大家怎麼辦！」

「李阿萍！妳在做什麼啊!?」里幹事氣急敗壞的喊著，「全部都綑起來！全部！」

啪，最後停下的車子裡，高挑的女人甩上車門，邁開長腿，一邊伸展筋骨，一邊朝著又氣又怒的鎮民們走過去。

「學姐！」康晉翊躺在地上，早被綁起來的他有氣無力。

「來看誰綑誰吧！」她扭扭頸子，「比誰打倒的多怎麼樣？」

駕駛座走下的壯碩男人得意的笑著，直接衝向了彪形大漢，「賭！」

唉，後方清秀的男人抓著木板走上前，冷不防就從抓著折疊梯的鎮民後腦杓揮下，順利獲得梯子。

「快點架過去吧……童子軍！」郭岳洋扯開了嗓子，「還有誰在裡面嗎？」

「我在！」汪皓月的聲音出現在傾斜的窗邊，天曉得她是多拚命才爬到這裡的，死抓著窗緣不放，「屋子這樣倒我們怎麼爬啦！」

「我不知道為什麼會這樣，我——」吳凱航繞著屋子一片混亂，卻突然看見呆站在旁的蔡志友，「喂！你是誰啊？」

「我……我不知道！我只是想上去……」蔡志友好無辜，他根本傻在原地。

「你去幫忙啦！不要讓那些鎮民影響我們！」吳凱航叫嚷著，他沒想到有人會從這邊上來啊！

屋裡的汪皓月試圖爬上，但是屋子真的太斜，她沒有辦法攀上窗戶，大姨更是直接卡在樓梯下方不敢前進……一旁的地上畫著陣法，她認得那是讓人固定的陣，中間的頭髮是媽的吧？

負責李阿萍起居的汪皓月，居然成為害慘媽的人……沈鳳凰心情複雜異常，她不知道該怎麼看待汪皓月，怎麼看待李阿萍的被獻祭，即使她心底知道這是錯的，但是那畢竟是她媽！

「這一側的窗不能爬嗎？」童胤恒留意到這斜三十度的地板，對長輩太辛苦。

「封死了。」不等汪聿芃回答，大姨尷尬的說，「八年前出事後，這屋子必須只進不出。」

汪聿芃冷笑，沒有玄關沒有門，就是要她們只進不出，因為她的脫逃，更是做到極致了啊！

「我來，斜坡我很會。」汪聿芃一邊說，穩好重心往窗邊去，「我們一個遞一個，先把大姨傳過去，然後再抬他們出門。」

童胤恒頷首，現在也只有他跟汪聿芃兩個擅長運動的有辦法了！外頭的叫嚷聲不斷，蔡志友拼命道歉，他不知道屋子這麼容易就倒了……汪聿芃一開始聽不懂他的慌張，幾秒後瞭然於胸。

是他弄倒屋子的嗎？天哪！

屋外的郭岳洋踩上了梯子，傾倒的屋子讓原本的出入口反而更抬高五十公分，還是傾斜的，而原本設計是踩上梯子後才能剛好搆到窗戶，這麼一搞，連想拉住汪皓月的手都難。

「妳不要再用力了，先巴著窗戶不往後掉再說！」郭岳洋要汪皓月省力氣，「我朋友在裡面嗎？」

「汪聿芃跟那個男生都在，大家都沒事！」汪皓月堅定的說著。

吳珊寧以為自己聽錯了，「汪聿芃也在？正常嗎？儀式還沒開始？」

這一喊，鎮民們全慌了，儀式沒有重啓的話，他們怎麼辦？

「儀式還沒開始？」里幹事崩潰的喊著，「這怎麼可以！」

「阿嬤進去了。」汪皓月深吸了一口氣。

在場一片靜寂，那個李阿萍……進去了？吳珊寧不知道裡面發生了什麼事，但她突然覺得這似乎是最好的辦法。

「不不不——這還是錯的啊！妳們到底怎麼做事的！」里幹事發狂的喊著，「你們不要管這些人了，快點進去，一定要把地溝鼠給送進——」

袁雪芯忿忿地走向里幹事，掄起手上的安全帽，二話不說就往他頭上狠狠砸去！

鏘的嗡嗡聲響，所有人都措手不及，里幹事瞬間倒地。

「就是你們這些人，自己不會去嗎？我說了，這件事到此為止，不會再有了！」她在草原上怒吼著，「犧牲別人成就你們的公眾利益，好！大家要比自私的話，就來比到底啦！」

呵呵，汪琦蓁笑了，雪芯果然扮豬吃老虎第一名。

汪聿芃帶著大姨來到汪皓月身邊，讓大姨抓緊窗子後，她伸手環住了汪皓月的腰際。

「大姐，我要扛妳出去，一起用力，妳得撐上去好嗎？」汪皓月點點頭，雙手撐住窗櫺，「一、二、三！」

嘿！汪皓月撐著窗緣，汪聿芃在後面頂她出去，果然讓她順利的得以翻過窗戶！郭岳洋焦急的伸長手要接應，但氣力不夠的他實在有點怕。

「我來！」蔡志友趕緊上前，「學長，我來吧！」

「我也幫忙！」剛被解救的康晉翊臉腫得跟豬頭一樣，剛從養狗的吳叔那兒奪回自個兒的皮夾，這會兒正歪歪倒倒的奔來。

「你去幫毛毛他們……」郭岳洋緊張的抬頭……呃，卻看見草原上一個個大漢跟著倒地，馮千靜正一個迴旋踢，踹飛某位莽漢，「好，你來。」

蔡志友跳上折疊梯，其他女孩也過來協助，汪皓月背對著下來，蔡志友抓住她的腳、她的身體，穩當的接住她後，下頭的康晉翊及女孩們再行接應。

而扣在窗邊的汪聿芃才剛喘口氣，抬頭望向窗外時，又是一愣。

「大姐！」汪琦蓁喜出望外的抱住汪皓月，「二姐沒事嗎？」

「都沒事。」汪皓月抬頭，「下一個是大姨。」

小姨不明所以的上前，一把抓過汪皓月，「這是怎麼回事？妳不是說要去幫媽嗎？」

汪皓月望著小姨，微微一笑，「小姨，該停手了！我絕不會在我孩子面前示範剁動物等於愛，也不會餵她腐爛的食物說那是人間美味，妳做不到的事，我也做不到。」

「皓月姐……」袁雪芯可傻了，「妳不是……以此爲榮嗎？」

汪皓月無奈笑笑，「要說幾次啊？不在制度內，要怎麼利用制度反抗呢？」

啊啊，袁雪芯再度想起，昨晚三表姐才在車裡說的，皓月姐從來沒有背棄任何一個人，只是忠於自己罷了！

原來汪皓月從來沒有變過，只有跟在阿嬤身邊，瞭解一切，她才能從裡翻個底朝天！

心機也太重了吧？皓月姐幾乎這一生都在阿嬤身邊耶。

在扛大姨出去時，汪聿芃費了不少氣力，大姨實在太重了，「大阿姨，妳眞的要減肥……」她上氣不接下氣的說著。

突然有東西砸破窗戶丟了進來，童胤恒護住汪聿芃的父親，樓上也傳來破碎聲，看著滾向他們的瓶子，鼻間嗅到汽油味。

「誰丟東西？」汪聿芃氣急敗壞的喊著，草原上的鎮民一聽見她的聲音，臉色立刻唰白！

地溝鼠還在！

「汽油！姐姐們！要燒就燒得徹底！」吳凱航的聲音大喊著，邊跑邊扔，「我們可以燒掉這個屋子！」

「不行——」大姨跟小姨異口同聲的喊著，吳珊寧並不意外，母親們畢竟是在阿嬤手下耳濡目染長大的。

毛穎德連續出拳把倒地的男人打成豬頭後，聞聲抬起了頭。

「小靜，聽見了嗎？」他問著前方正把男人勒暈的馮千靜。

「聽見了！」她一施力，肘裡扣著的男人終於暈了過去。一躍起身，拍拍身上的灰塵雜草，朝著小屋而去。

九牛二虎之力後，大姨總算翻了過去，只是她太慌亂、蔡志友沒接好，她整個人擦過樓梯邊緣摔了下去，幸好康晉翊及時扶穩，最多就是腳挫傷而已。

「走——妳們都走！」汪聿芃終於露臉，她趴在窗櫺上喊著，「離開W鎮，越快越好！」

一眾女孩瞧見她，忍不住露出微笑。

「為什麼？」康晉翊急著朝他伸手，「妳先下來，汪聿芃！」

「我不急——姐！快點帶大家走，離開W鎮，絕對不要往O鎮的方向，快點離開！」汪聿芃朝著汪皓月大喊。

汪皓月非常遲疑，她看著汪聿芃，「妳是怕鎮民……」

「不，更糟。」汪聿芃簡短的說著，「等我把爸帶過來，你們不要回家收拾任何東西，從這邊出發，立刻走就是了！」

回過身，她向童胤恒暗示開始遞送父親。

下方的康晉翊遲疑數秒後，突然打了個寒顫，「對……聽她的話！聽汪聿芃的話！快點離開！」

他突然積極的拉住還在扔汽油瓶的吳凱航，「剩下我們來丟。」

「爲什麼？」吳凱航莫名其妙，「我也要見證這個爛東西的結束！」

「不行！汪聿芃這麼說，就是一定會出事！」康晉翊字字堅定，「她看得見都市傳說……她一定看見什麼了。」

看得見都市傳說……這句話讓喧鬧的氣氛靜了下來，每個人綳緊神經放眼望去，芒草原因大地生出頭髮已經成了黑色，阿嬤是進去了，但鎭上詭異狀況卻未曾解除。

「對啦！外星女說得沒有錯！你們立刻走！」蔡志友也接口，快點！

吳珊寧與汪皓月交換神色，她們瞬間有了共識，即刻轉身行動。

「凱航，你載媽，我載小姨。」吳珊寧下著令，「雪芯，妳跟琦蓁就一台車……那個……」

他們看向走來的高大男女，每次看都還是覺得帥呆了。

「我們自己處理。」毛穎德微笑著，「車子留給我！」

「不行，不行，我們有該盡的義務……」小姨還在喃喃。

「小姨！」吳珊寧打斷了她的碎語，「結束了。」

小姨吃驚的看著吳珊寧，此時被汪皓月攙起的大姨腦子空白，她們都該知道，一切都結束了。

下一代已經接手，而沒有人要成爲犧牲者。

「洋洋，你跟他們先走。」馮千靜交代著，郭岳洋卻冷哼一聲別過頭。

「我才不要先跑咧！」

「我跟蔡志友那台機車還在！」康晉翊趕忙說著，他們的車被扔在路邊，看看這鎮上的人連處理都懶，彷彿篤定他們會死！

「快走，不要磨蹭了。」馮千靜邊說，一邊看著窗邊準備爬出的男人。「毛，你去幫蔡志友吧，我看他快沒力了。」

毛穎德上前接手，叫蔡志友下去把昨天那台車牽過來，載著康晉翊先走。

「我不要。」康晉翊堅定異常，「沒有社長放下社員的道理。」

「我覺得你要做的是盡快聯繫簡子芸，他們不是在鎮上嗎？」馮千靜一秒點出重點，「等等如果出了什麼事……」

咦？連蔡志友都忘了！對啊，簡子芸帶著章警官跑回來了吧！

「糟糕了！」蔡志友立刻衝向機車，「康晉翊！快點啦！」

「該死……」康晉翊拿出手機，還是沒有訊號啊！「我們先走喔！」

毛穎德輕而易舉的抱住了汪聿芃的父親，汪皓月親自牽著父親走下梯子，父親顫巍巍的不敢看自己的女兒，但汪皓月只是更加用力牽緊他。

「沒事的，我們的新生活要開始了。」她堅定的說著，汪琦蓁從一旁奔上，也緊緊握住父親。

可以重新開始的！

機車一一離開，由吳珊寧領軍，這片草原往四面八方出去，離邊界都很近，只是一邊是O鎮，一邊往C市，既然交代不要去O鎮了，她們就只剩一條路。

「好了，我抱妳出去！」童胤恒準備將汪聿芃往窗邊舉。

「汪聿芃！」馮千靜突然在梯子下大喊，「這是夏天要給妳的東西！」

咦？汪聿芃愣了住，夏天學長？

馮千靜拋出了東西，攀在窗戶上的汪聿芃俐落接住，張開手掌瞧著，是刻有如月與夏天的打火機……

「放我下來。」汪聿芃突然扭動身子，跳了下來。

「汪聿芃！」童胤恒扣著她，就怕她往後掉。

「要結束就徹底一點吧。」她緊緊握著打火機，「剛剛從我進去到出來，花了多久？」

「兩分鐘。」童胤恒有點不安，「不要鬧，汪聿芃……學長給了妳什麼？」

「兩分鐘……果然很快，上次我媽還收拾好後準備下樓，我才回來的。」她轉身看向了角落陰暗的樓梯。

空曠的客廳裡一地的頭髮，與桿子都因傾斜在樓梯下那兒聚攏，那些犧牲的前人們……她不能就這麼離開！

「汪聿芃！」童胤恒焦心不已。

「我會回來的！」她捧起他的臉，「我就都一直有回來啊！」

「妳想做什麼？妳好不容易逃了兩次，又要再進去嗎？」童胤恒推她往窗邊靠，「快點，我們快離開。」

「學長給我東西是有原因的！」汪聿芃掙扎著，「你知道我得回去！」

童胤恒摟著她的腰扣緊，痛苦的深呼吸，「別離開。」

她幽幽的說著，「等我，我會回來的……你聽得見我的聲音對吧？」

童胤恒凝視著她，默默點點頭。

「我始終聽得見，都市傳說的聲音。」

汪聿芃，就是都市傳說。

她毅然決然轉過身，一股作氣的衝向了樓梯，跳過滿地的油漬，那速度與跳躍力都比平時的她更加可怕，隨便一蹬，拉著扶把一旋身，便跳上了樓梯。

「哈囉！樓上在觀光嗎？」郭岳洋喊著。

「她得再去解決一件事。」童胤恒對外回應，「而我，要在這裡等她！」

喔喔！毛穎德決定稍事休息，站在這略高處看著芒草原的黑色頭髮，在他眼裡，還有著滾滾細石啊……

「我以爲我再也看不到了……」毛穎德看著遠方，「滿滿的黑曜石啊！」

馮千靜走向車子，她得先去把車子調頭，等等方便省事，一邊走一邊看著手機，訊號仍未恢復的樣子。

而郭岳洋開始拿出手機繞著小木屋拍照，只進不出的小屋，到底想關誰……一腳踩上泥時，他突然萎了腳，發現鞋子陷進了泥土裡。

郭岳洋抬起腳時，竟帶起了水珠。

「我覺得……好像哪裡不對勁喔！」郭岳洋朝著更遠的地方走去，「怎麼開始積水了？」

第十三章
自私的競賽

自己把自己送進來，是她從未想過的事情，但是汪聿芃還是闔上雙眼，拉開抽屜……唸出自己的眞名的瞬間，她有種靈魂被抽離的感覺。

再度經過幾分的茫然無措，重新恢復意識時，她又身在這個灰色無邊無際的世界了。

「嗨！小阿姨！」她遠遠的朝小阿姨打招呼，原本以爲下來可能會跟阿嬤有場對決的，但阿嬤好像不在。

去找出口了嗎？呵，每個人都一樣，花費所有的時間氣力在無邊際的地方尋找，但是最好的辦法其實是從入口折返走。

「我假設大家都不想這樣永世活著。」她走向眞正的小阿姨，「可以給我答案嗎？」

小樹明顯的點著頭，地上那五官的部位似是湧出了淚水。

汪聿芃再走向姨嬤，樹幹上的臉早已淚流滿面，她不能言語，但整棵大樹都在點頭。

「我懂，所以我試著送大家上路。」汪聿芃拿出了打火機，「拜託要有用啊，學長！」

她點燃了大樹，點燃了小樹苗，只要能看見的樹全都放火燒，學長的打火機果然就是不一樣，也或許都市傳說才能燒毀都市傳說。

「汪聿芃！」

在她前往入口時，終於傳來李阿萍氣急敗壞的聲音，看她走來的方向，阿嬤並沒找到她的寶貝女兒。

「嗨，阿嬤。」汪聿芃親切的打招呼，不過沒有爲此停下。

「站住！妳居然敢把我送進來！」李阿萍追了過來，「帶我出去——」

「阿嬤，跟著我來，我正要出去喔！」汪聿芃輕快的開始疾走，「只要妳跟得上……」

她不會再回頭。

她不管後面的樹木殘體燃燒得如何旺盛，她要燒的……永遠是那掛在出口附近、垂掛得滿滿的頭髮！

八年前，她在這個世界至少待了幾十年；八年前，她不間斷的努力，讓她練就了短跑的疾速；八年前，她發現了這個「更好的世界」與她待的世界時間上的不同；八年前，離開這裡的其實不只有她一個人。

八年前，她明白了十六年來的生活，她不是個人，只是一個被豢養的動物。連「母親」都只是個虛假的幻象！

粗如藤蔓的黑髮近在眼前，曾幾何時身後已失去李阿萍的叫罵聲，蹬腳一躍——啪！

她絕不回頭。

轟——巨大的爆炸聲響震動天地，震波傳遞，毛穎德大喊著小心，郭岳洋只想得到原地蹲下！

震波甚至迫使車子移動，車內的馮千靜第一時間人直接趴下，慶幸剛剛窗子是搖下的，毛穎德則順勢往車子後方滾，感受著震盪傳來……然後，啪嚓幾聲，屋子邊剩下的支架都斷了！

「哇！」郭岳洋慶幸自己沒躲在屋子下，因爲現在屋子已經幾乎都要倒平了。吳凱航準備的穩定支架只剩一支在西面死命撐著，可是這樣一來，出入窗口更高了。

裡頭的童胤恒早已因爲頭痛掩耳鬆開手，接著震動再加屋子倒下，他直接從窗邊滾回了樓梯下的牆邊。

「……蔡志友。」他忍不住罵了那個正在騎車的傢伙。

「我的天哪……爆炸嗎？」毛穎德起了身，看向遠處的火球，「那是哪兒？」

大火球竄燒空中，濃煙竄起，而且急速延燒，這邊看簡直是像火燒雲般的景色。

「那是O鎮的方向吧？」馮千靜也從車子裡出來，「剛剛汪聿芃是不是說不要往O鎮去？」

他們登時瞭然於胸，不愧是看得見都市傳說的人……只是她究竟看到了什麼？

童胤恒全身都痛，現在離窗邊的路幾乎快七十度了，最好是爬得過去，想著從其他破窗離開吧，反正剛剛都被吳凱航扔汽油瓶時砸破了不是？童胤恒惴惴不安的看著樓上，等待的時間一秒如一年，汪聿芃去太久了吧！

抓過堆在一起的桿子，他決定找西面就近的窗戶開刀，但是發現這邊不是玻璃窗封死這麼簡單，是根本用木板從外面釘死了！

鼻間突地嗅到焚燒味，他吃驚的抬頭，看著房門打開，一個身影是擠出來的。

「嘿！」汪聿芃抓著扶把趴在欄杆上，看著躺在樓梯上的童胤恒，「我回來了。」

「歡迎回來。」熱淚突然快要逼出眼眶，童胤恒覺得有些情難自禁。

「我錯覺了嗎？房子好像快倒了？」她小心挪上前，抓起在角落未破的汽油瓶，毫不猶豫的點燃後，往末間的走廊扔去。

汽油瓶在牆上炸開，火跟著燒了起來。

「應該是O鎮有什麼東西爆炸了，不知道炸的是什麼，這一震屋子就……」

童胤恒笑得無力，「我們現在不但距窗戶很遠，而且坡度非常陡，我想找其他窗戶離開。」

「離不開，靠近我們的都封死，其他窗子被砸破，出去也危險。」汪聿芃貼著牆走下樓，「只有那扇可以走。」

「只進不出做得眞徹底……」童胤恒心裡難掩氣忿，望著手裡的棍子，「咦？我們只有兩人，這棍子夠長的話，說不定……」

蹲踞著的汪聿芃往出入窗口望去，「其實這個坡度，還行嘛！」

「汪聿芃——童子軍！」郭岳洋的聲音從外面響起，「拜託你們快……哇！燒起來了！燒起來了！」

留意到二樓冒出的黑煙，郭岳洋驚訝的大喊起來，原本以爲煙味是來自遠方的爆炸，毛穎德跟馮千靜這下也緊張了！

「只是丟汽油也會燒？裡面有火——」毛穎德愣了一下，「該死！你們兩個放火燒房子嗎？」

郭岳洋緊急的想著要怎麼把折疊梯架好，卻一腳踩進了水裡……咦？

他全身僵住，望著自己腳踩的地方，剛剛還是硬土的地方竟變得濕黏，他腳不僅陷進去，而且從土裡開始滲出水來……奔來的毛穎德也即刻濺起水珠，打了個寒顫。

「不對勁……喂！」毛穎德扯開了嗓子，「快出來！要出事了！」

蹲在屋子中間的汪聿芃握緊桿子，凝視著童胤恒，不需要言語，兩個人極有默契的一頷首——汪聿芃將桿子往窗邊甩動，童胤恒則一股作氣的順著這股力道衝向前，一撞上了窗戶……

靠靠！他是疼到前胸後背都疼，但還是抓住了窗緣，右手亦未鬆開。

「上來！」他大喝一聲，把汪聿芃也一起拉了過來！

她終於撲上，緊緊抱住他。

「你先出去。」她說著，「受傷的人不要跟我爭喔！」

童胤恒笑了起來，「我完全沒要爭的意思。」

幸好平常就是體育健將，撐出窗子這算是小菜一碟，馮千靜即刻上前移開折疊梯，這種情況沒有梯子還比較好。

「直接跳下來吧！」她大喊著。

「我去開車！」毛穎德衝向車子，車子太重，他怕等等再不走，會陷在土裡的，「我開到左轉處，一接到人就衝過來——洋洋！」

說時遲那時快，童胤恒跳了下來，雙膝一跪就跪進土裡……因著重量，水竟汩汩流出。

「這什麼？」忍著疼，他還是迅速跳起。

「很奇怪的在淹水！我們昨晚溜噠時聽見鎮民在討論什麼水窪變池糖，我看就是這裡對不對！」郭岳洋即刻攙起童胤恒，「我們先上車！」

「不行……」他看向窗子。

「我在這裡。」馮千靜堅定的看著他，「負傷的先走。」

童胤恒是極度不願意，他放慢腳步，抬頭看向窗邊，不解爲什麼汪聿芃還沒出來。

汪聿芃手上剛剛過來的路上抓了整個一樓所有的長髮，打火機正一頂一頂的點燃。

「塵歸塵、土歸土，不要再守護這種東西了。」點燃一頂，她扔出一頂。

屋內到處都是汽油，火舌飛快的燃起火燄。

汪聿芃攀上窗戶時，手上燒著的頭髮讓馮千靜嚇了一跳，只見汪聿芃跨坐在窗戶上，再看了一眼那即使燃著火卻依然昏暗的屋子。

「只進不出，就留給妳們了。」她拋出了最後的頭髮們，「媽媽，阿嬤。」

蓋上打火機，她躍出了窗戶。

雙腳直接陷入土裡，水幾乎是漫上來的，汪聿芃嚇到了，但馮千靜沒給她思考的機會，抓過她的手立刻攙起拉走。

「怎……爲什麼？」腳全濕的汪聿芃不明所以，這是地下水嗎？

一見到汪聿芃平安下來，童胤恒總算願意加快腳步，他們趕緊往已發動的車子奔去……只是，在地上的里幹事彷彿被嗆醒，他撐起身子時第一眼看見汪聿芃奔離的身影，激動的大吼。

「不許走！不許——李阿萍！」他簡直不敢相信，怎麼會失敗……抬頭看向屋子，才發現小屋竟被火舌纏繞，「不不！救火——救火啊你們！」

草原裡被打暈的人們轉醒，有的依然癱躺著，人們哀嚎著身上的疼，三三兩兩的欲站起，卻發現每踏出一步，都有水自土裡漫了上……而長出地上的黑髮，此時也跟著在水裡漂動……

淹水了？

『喂！出事！出事了』里幹事跪在地上，歇斯底里的拿起無線電通知警方，『地溝鼠跑了，神聖屋失火了！快點來人啊！』

無線電清楚的傳來呼叫聲時，警察組長當場愣在原地。

他在一個私設的通訊站裡，章警官正怒斥要相關人員把阻擋電訊的機器全數關閉！

「你說什麼？」組長完全不在意有外人在場，緊張的拿起來回答，其餘員警莫不臉色慘白。

『汪聿芃跑了！儀式失敗了！』無線電那頭再度傳來聲音。

同一時間，小蛙跟簡子芸的訊息聲連續響起，來自於一邊飆車、一邊閃過冒水排水溝蓋的康晉翊！

「是社長啦！」小蛙喜出望外，「果然恢復訊號了……咦？」

群組裡，是一整排訊息——離開W鎮！立刻離開W鎮！

「還說你不知道汪聿芃？我已經聽見了！」章警官根本焦頭爛額，「我派一車去接他們，另外的人去O鎮支援……」

「不可以！」簡子芸跟小蛙簡直異口同聲。

什麼？章警官錯愕回首，這兩個學生是怎樣？回來求救已經很詭異了，要不是簡子芸先在網路上散佈W鎮疑似綁架軟禁學生之事，他也沒辦法堂而皇之的到人家轄區撒野！

好不容易才找到手機無訊息的主因，關掉阻擋通訊的電磁波，剛剛O鎮又傳來爆炸聲，根本一片混亂。

「離開W鎮！」簡子芸直接推著章警官出去，「我們快走！」

「而且絕不要去O鎮！」小蛙在後面激動補充。

「胡鬧什麼？」章警官怒斥，「O鎮緊急警報，我們要過去幫忙！」

「外星女說的！立刻離開W鎮，絕對不要去O鎮！」小蛙動手把其他警察都往外推，「快走啦！」

汪聿芃說的？章警官只停頓了三秒，即刻下令全員撤退！

A市警察飛快往外奔跑，一一跳上車，往著不遠處的路障那裡開去，簡子芸跟小蛙邊走邊招呼，還不忘回頭看著W鎮的警察們。

「走啊！快點離開W鎮！」簡子芸嚷嚷著，「不管怎樣，先離開再說！」

「聽我們的沒有損失，是要你們暫時撤離而已！」小蛙也跟著催促，「快走啊！」

這邊急得跟熱鍋上的螞蟻一樣，W鎮的警察及鎮長卻是用一種厭惡的神情瞪著他們，這群外人根本不懂他們鎮上的痛，來這邊找麻煩、害他們儀式失敗、全鎮陷入危險，剛剛無線電裡的聲音清楚表達：儀式出錯了！

這後果誰曉得會有多嚴重？

「叭——」急促喇叭聲從後傳來，遠遠的有台機車歪斜衝過來，「快走！走啊！」

簡子芸欣喜若狂的笑了起來，「康晉翊！」

眞好……蔡志友無奈的扯著嘴角，騎車的是他，這樣副社都可以看見被他遮去的社長，嘖嘖，愛情眞偉大。

「快走！」聽見聲音康晉翊也激動喊著，「整個鎮上都不對勁了！」

餘音未落，一旁的水溝蓋裡也大量的湧出水……啊咧，小蛙緊張得向後退，這是摻有大量頭髮的水！

「上車！」章警官喊著，簡子芸趕緊坐進車內，拉著小蛙進來。

機車減速停在他們身邊，她忍不住大聲問著，「只有你們？汪聿芃呢？學長姐呢？」

「他們從另一邊走了！」蔡志友嚷嚷，「快點先離開W鎮再說！」催動油門，大家筆直往路障處衝去。

而他們一走，W鎮警局的人飛快的也衝向警車，卻與他們反方向，集結朝著神聖小屋的草原而去！

「儀式爲什麼失敗了？」W鎮的居民們紛紛對湧出的頭髮水感到崩潰，「我們會怎麼樣？」

「水怎麼變成這樣？」大家開始憂心忡忡，「那個家族怎麼這麼不負責任！」

「我們會被她們害慘了啊！」

鎮長也焦急的鑽入車裡，急如星火，「快點！去草原……叫一組小隊去追那群學生，地溝鼠一定要抓回來！」

他的家人都在那裡啊！

對比於不遠處的火舌竄燒，這個鎮是髮水湧現，都是兵荒馬亂。

而在草原上的人們已經全數上車，朝著C市的方向駛去，但是車子開沒幾公尺，原本堅硬的石土路幾乎被水浸透而變軟，車子行駛變得極度吃力，而且地面很詭異的還變得超軟，似乎在下沉。

「坐穩了！」毛穎德大喊著，踩足了油門，好不容易才讓車子離開略卡住的地方。

郭岳洋緊張的趴在椅子往後窗望去，曾幾何時，剛剛他們站著的地方已經不見大片芒草，水深及腰，被毛穎德他們打倒的壯漢們正吃力的往前跑著……傾倒的小屋的一樓，竟也快消失了。

小屋依舊燃燒，完全符合水深火熱。

童胤恒緊皺著眉，感受著細針刺痛，但沒有平時的劇痛……事實上來到W鎮後，這些痛楚不若在其他地方的難受。

汪聿芃也回首張望，整片大荒原上的水越來越多，而且越來越急……這哪是淹水？這是洩洪！

「妳家後面有水庫嗎？」連郭岳洋都忍不住問了，「這好像是山上暴雨沖下來的樣子，這裡還沒河道，這麼大的草原，水卻漲得這麼快？哇啦！後面的水越來越大了！毛毛！」

「我看見了！」從後照鏡瞧得一清二楚，後方遠處水流湧動，真像極了上游暴雨，下游雖平靜但即將暴漲的跡象。

馮千靜至少半身都探出車窗外，別說現在後方水窪，就連前方的路也開始從地底滲出水來，後面的路幾乎都要消失了！

「哇啊啊！」那些原本要守護儀式的壯碩鎮民無法行走，開始變成游泳了！一時間水花處處，不擅游泳的人拼了命的在掙扎，載浮載沉。

「這邊去O鎮比較近吧！先繞過去可以嗎？」毛穎德轉著方向盤，打算右轉。

「不可以！」汪聿芃與童胤恒簡直是異口同聲。

「喂，你們兩個！」馮千靜鑽回了車子裡，「那邊到底有什麼？」

郭岳洋倏地轉頭看向身邊的人，汪聿芃略僵直了身子，童胤恒擰著眉依舊撫著頭。

「幽靈船。」這會兒也是異口同聲。

一車子都傻了，郭岳洋立即從望後車窗的姿勢改成往遠方那濃煙處看去，「哪邊？我沒看到啊！」

「就在O鎮上空，昨天晚上就來了！」汪聿芃眼裡倒是一清二楚，「童胤恒應該早就聽見了吧！昨晚還刻意叫我看！」

在汪皓月載他們的時候，漆黑的空中，浮著一艘明顯的船。

「對，繩索、戰鼓跟歡呼聲……還有那個中二船長的喝令聲。」童胤恒緊握著拳，「不知道爲什麼，我在這聽見幽靈船的聲響卻都沒有過去的疼。」

「老朋友了吧！」汪聿芃只能這麼說，遠遠眺望，「他們現在正在收命，整艘船外掛滿了繩索，密密……麻麻……」

郭岳洋驚嘆不已，「好羨慕啊……我都看不到！所以O鎮的火災應該不小對吧？」

「嗯……」汪聿芃律略蹙了眉，「學長前兩天救了我跟童胤恒，他拉著我們上了如月列車。」

什麼!?郭岳洋略顫了一下身子，夏天拉他們上車？

「那台車是可以上去的嗎？我才握到桿要跳上車，夏天就把我扔下來了！」

馮千靜越聽越一肚子火。

「好像就是不能上去，當時我們在躲八尺大人，學長是在救我們！」童胤恒亦眉頭深鎖，「他說了，救我們要付出……代價的。」

對，所以他們兩個不由得在想：現在這個就是代價嗎？

毛穎德也聽出端倪，他不敢置信的從後照鏡看著兩個尷尬的人，「不是……他救了你們，讓你們上車，但拿O鎮的人命去付出代價給幽靈船？」

「不會的，夏天不是那樣的人。」馮千靜即刻否認，「我們——」

剎！車子後方陡然一沉，後輪竟陷進了下陷的泥地，再也無法前進！

「啊！」郭岳洋即刻探出頭去，「輪子卡住了！」

毛穎德加足馬力，但是車子越用力，卻越陷越深，童胤恒倏地回頭看去，他聽見了水湧聲大量傳來！

「有大量的水過來了！」他仔細聆聽著，「像浪……那是像浪的聲音！」

「不可能……」汪聿芃趕緊回首，曾幾何時……小屋一樓已經全數淹沒，二樓一半泡在水裡，剩餘部分依舊烈火焚燒，可怕的是再更遠的地方——

她看見了！大量的水像是匯集一般，居然在無牆的空間裡越堆越高，不停的往前遞進！

「下車！我們得下車推車！」汪聿芃激動的大喊。

「誰都不許下車！」毛穎德厲聲大吼，「這種時候誰都不能下去！」

「前傾好了！」郭岳洋往駕駛椅子趴去，「改變車子的重心有沒有用？」

前傾？沒人知道效果如何，但所有人都往前趴，坐中間的汪聿芃突然從童胤恒背後鑽到車門邊，二話不說推開了門。

「汪聿芃！」童胤恒及時拉住她。

「我去用輪子！等等萬一有狀況，只有我跑得最快！」她堅定的看著童胤恒。拜託不要跟她爭。

童胤恒猶豫，還是鬆開了手！他趕緊回身看看車裡有什麼東西，可以墊在後輪上使車子滑出，毛穎德在駕駛座旁找到了遮陽板，即刻往外傳。

頂著豔陽，汪聿芃衝到後輪旁，將遮陽板卡在後輪下，製造出一個平地，希望讓後輪得以駛上！童胤恒最終也忍不住下了車，到後面協助推車！

郭岳洋緊張不已想下車，毛穎德努力的踩著油門，最後馮千靜也受不了的到後頭協助推車了！

反正逃不了也是大家一起，這種情況沒有差別。

郭岳洋又找到其他板子，讓汪聿芃去塞另一邊的輪子，她繞到車子左側時，便可以看見遠方的水……不只朝著他們，是朝著整片大地漫湧而來。

來不及的！她看著滿滿黑色的頭髮漂浮，這就是儀式失敗的代價嗎？

汪聿芃咬牙，先盡最大的努力再說吧！她彎身塞好板子，一同到車子後方推車！

而在遙遠的森林處，樹木們不動如山，最靠近草原的高樹間，兩抹影子輕快移動，腳尖輕巧的跳過葉尖，小心翼翼的躲藏在多重葉子的後方。

「這群人還沒消停啊？」

「跟昨天故意放那群餓狗的人不同……好噁，施術的味道好重。」

「不如說術法融解的味道更重！」白衣笑了起來，「大地像是要恢復原貌的樣子……」

「嗯……」藍衣默默的看著遠方在車邊忙碌的人影，「那女孩……」

他伸手指向了推車的人們，在那瞬間車子突然往前了！

「喔喔喔喔！」大家都感覺到了，毛穎德再加足馬力一次，車子直接往前滑出了水坑！所有人火速上車，毛穎德急駛而去。

汪聿芃一入車，就盯著後面要蓋上他們的水牆看著……車子越來越遠，毛穎德朝左轉而去，油門幾乎踩到底的一路往邊界衝，「C市」的牌子就在前方了！

「奇怪……」汪聿芃忍不住皺眉，爲什麼那湧動的水牆彷彿靜止了？

叭——一路長鳴喇叭，車子從草原上方硬是滑坡而下，直接滑到馬路上，幸好路上車子不多，但還是嚇得後方的來車減速，但誰有空管交通規則，超過一百二十的時速，他們順利的一路衝過了C市的牌子下方。

「這裡可以了吧？」毛穎德緩下了車速，他們直接閃燈朝路旁停下來，車子都沒停穩，馮千靜就迫不及待的奔出車外，甚至踩上了車子頂。

樹尖上藍色衣袖的手收了回來。

磅——須臾剎那，眼前整片草原、整塊大地，就像是石片沉入大海似的，一秒鐘下沉，大量的水如洩洪般鋪蓋而下、或是從底下竄出，在水花中根本什麼都看不清楚，他們只看得見眨眼覆蓋住了所有的土地，甚至包括了他們車子正停著的這條馬路上！

剛剛正準備駛來的卡車，轉眼就掉下去了！

「哇！」郭岳洋忍不住大叫起來，「水！水過來了！」

「不會！」汪聿芃下意識伸手握住郭岳洋激動的手，「學長，我們這裡不會有事。」

她清楚的看見地界上，有一條線，或許只有她能看得見的線。

她指向C市牌子的正下方。

完整的界線就在那兒，下沉的地面沒人知道有多深，但是水即使不停湧著，漫到他們輪胎下，卻沒有大浪。

而在十五公里遠、W鎮對角線的重重路障處，A市警車們也接連駛離，路障看守的鎮民還在歡呼兼比中指，蔡志友的機車爲首，一路衝到了那天他們搭火車的小小月台處。

「停——」

鎮外的簡子芸大聲尖叫，她不可思議的看著一波一波水花濺起，一棟棟的樓倒下！

蔡志友跨坐在機車上目瞪口呆，康晉翊緩緩下了車，所有人不敢相信的看著眼前宛如天崩地裂的電影場景……地面塊狀裂開下陷，W鎮兩旁的建築一棟棟倒下，水是從地底湧出來的，隨著落下的地塊，水花被激得湧動。

「等等！水會衝過來吧！上、上車！」蔡志友嚇得大喊，「還不夠遠！」

太多建築物的重力影響，這些水會像浪一樣捲過來的！

康晉翊慌亂跳上，目瞪口呆的警察們也趕緊驅車離開，他們遠離了那個小站，必須再開得更遠更遠。

相較於鎮中心的眾多建物，大草原區就簡單的多了，水浪湧上再退下，沒有想像的可怕，童胤恒瞪著滲過來的水，也不過薄薄數公分，湧來……退去。

「這裡的水到底有多深……」他看著眼前一片汪洋，「深到可以吞下整片大地……」

什麼神聖小屋、什麼長著頭髮的芒草原，全部都不存在了！他們眼前沒有任何地上物，只有一大片反射著藍天、白雲，還有O鎮大火的水影。

遠方森林中葉尖上的人也忍不住讚嘆著，白衣率先在葉尖上轉著圈，「好棒啊，終於恢復原貌了……話說你也太多事了吧！」

「人家這麼辛苦，我就幫忙拖一點時間又怎樣？」藍衣躍起，在樹稍間疾速躍離。

「多事！」白色的影子隨尾其後，在濃密的樹間轉眼隱匿。

毛穎德吁了口氣，不由得讚嘆起來，「所以這是變成W湖了嗎？」

馮千靜就站在車頂，忍不住爲這樣的景象拍攝了照片，如此寧靜的湖光山色，彷彿地上物從未存在過。

W鎮從未存在過。

「原來是這樣啊……」郭岳洋泛出笑容，「這個傳承的儀式，換來的是W鎮的長治久安！是W鎮，不是哪個人！原來是這個意思啊！」

這個鎮，原本就是用儀式換來的嗎？所以一代接一代讓人在梳妝台前吃起自己的頭髮，成爲行屍走肉作爲交換，這個鎮便能存在著。

童胤恒主動摟過了汪聿芃，這就是代價。

汪聿芃幽幽的望向湖水，螓首輕輕的靠上童胤恒的臂膀。

「這是場比自私的競賽。」她聳了聳肩，「看起來我贏了。」

第十四章 一個結束

W鎮一夕之間消失，成了全國驚天新聞，所有東西都沉入湖裡，沒有任何地上物留存；意外的是那天明明非假日，但是幾乎所有居民都待在家裡，沒有人去上班，導致死傷慘重。

政府派出救援隊，發現湖水深達五百多公尺，在沒有地震的情況下，整片大陸的沉沒實在太令人費解，而且沉沒的範圍就剛好是W鎮的範圍，另外其地下水量之豐沛，也是從未有人發現的；這個現象引起了許多地質學家的好奇，眾多專家湧向W湖，當然更多的是想去打撈往生居民家中值錢物品的潛水隊。

政府也早派人打撈浮起的屍體，但能撈到的屍體遠比居民數量少了非常非常多。

『W鎮沉沒距今滿一個月，撈起的屍體證實都遭啃蝕，W湖裡似乎有不少凶猛魚類，因此政府暫停了打撈屍體的行動。』記者背後的畫面切換到火海，『而在W湖形成的同時，數公里外遭遇爆炸與大火的O鎮，今日也確認了事故原因；科學家發現，O鎮地底地質變動，導致天然氣湧動，一點星火便引發爆炸的連鎖反應，地質的變化不排除與W鎮的沉沒是相關；截至目前爲止，當時在O鎮僅一人生還，但仍在加護病房當中……』

汪聿芃捧著乾麵，正大快朵頤，雙眼看著女記者刻意轉了個方向，背後的背景再度變化。

『O鎮也有消防隊，爲何沒有來得及發揮作用，據調查發現，一開始的爆炸就是在消防隊正下方，目前死亡人數已經來到一千一百七十二位……』

A大，都市傳說社社團辦公室，今天難得聚集了不少人，現在的六位核心成員，還有當年的創社學長姐；學期雖然結束，但爲避免吸引注意，他們還是將門窗緊鎖，畢竟有公眾人物在。

今天一屋子香味四溢，所有人都吃飯配電視，看上去生活已恢復正常。

在一旁桌邊的簡子芸正一字一字的敲著鍵盤，記錄他們的「禁后」。

「因爲救你們，用這麼多條人命去換？」馮千靜瞇起眼，正咬著最愛的水煎包，「你們兩個掛在車外多久？」

童胤恒尷尬的回首，「三十秒吧。」

「這太扯，我不相信這種說法。」毛穎德擺擺手。

郭岳洋泛起淡淡的笑，「我倒覺得……這很夏天。」

毛穎德皺著眉看向他，不可思議，「夏天？」

「夏天是成爲都市傳說的人，我不會樂觀的認爲他還是那、個人類的夏天。」郭岳洋倒是相當釋然，「但是以照顧學弟妹而言，還是很像夏天。」

「學長一直很照顧我喔！」汪聿芃炫耀式的把打火機拿出來，好整以暇的擱在桌上。

小蛙瞄著那只打火機，再瞄向汪聿芃，「是啦，我也覺得夏天學長對外星女格外的好。」

汪聿芃噘著嘴，「我不是外星女！」

「妳就……」小蛙還想說什麼，蔡志友一個肘擊！

他不覺得一個可以三進三出都市傳說的人很可怕嗎？他可不敢再這樣亂開汪聿芃的玩笑！

而且……她到底是什麼？

「能見到夏天這麼多次，眞令人羨慕。」郭岳洋是由衷這麼說的。

因爲學長知道她吧？第一次誤上如月列車時，說不定夏天學長就看出她是什麼了。

「好啦！」鍵盤聲終於停下，簡子芸滿意的看著成品，「我們社團的禁后，我全部記錄好了。」

「嗯……禁后是指那個都市傳說裡女孩的眞名吧？那妳的——」毛穎德一頓，即刻道歉，「抱歉，我不該問。」

話是這樣說啦，但一屋子「都市傳說社」的成員，莫不用渴望的眼神看著汪聿芃，她的眞名是什麼呢？

汪聿芃瞇起眼笑笑，搖了搖頭，「我覺得有些事，讓它保持是個謎比較好。」

筆電後的簡子芸回以微笑，「就像最後一個抽屜裡的東西一樣嗎？」

「咦咦？」小蛙驚奇的問，「不是什麼手腕嗎？」

汪聿芃再吸了一口麵，沒打算回答。

是，讓謎樣的傳說繼續吧！

「好啦！」馮千靜雙手抱胸，「今天叫我們來有什麼用意嗎？」

「喔喔！」康晉翊趕忙起身，卻先回頭看了簡子芸一眼。

她給予肯定並支持的頷首，蔡志友卻挑高了眉。

「要宣布你們交往不必這麼鄭重其事吧？我們只好奇你們幹嘛一直不交往？」

「不……不是這件事啦！」康晉翊緊張得滿臉通紅，「我們是……我們已經在交往了！」

「哦～」哥倆好刻意哦了聲，視線轉移到了汪聿芃跟童胤恒身上。

「幹嘛？」童胤恒尷尬的嘖了一聲，倒是大方的摟過汪聿芃。

汪聿芃帶著點羞赧的笑了起來，喜歡這種溫暖。

「咳！」毛穎德趕忙清了清喉嚨，他家小靜耐性有限啊！

「都不是啦！」康晉翊焦急澄清，「我是要宣布大事的——」

他突然靜了下來，回頭看著黑板旁的假人模特兒，有些百感交集。

「我們，決定結束都市傳說社。」

咦？小蛙跟蔡志友愣住了，他們倏而抬頭，一時無法接受。

「在說什麼啊？」這些日子偶爾社長有提到，但他們沒料到這麼認眞！

「學期結束後我跟簡子芸就邁入大學最後一學期，我們應該要專心的放眼未來；學長姐說得對，我們喜歡都市傳說、熱愛都市傳說，但都市傳說帶來的危險與麻煩也越多。」康晉翊理智的解釋，「其他的學弟妹是否會申請新的都市傳說社我不知道，但這一個，我希望就此結束。」

他說完，看向了郭岳洋。

拿著飲料的郭岳洋有幾分錯愕，飲料瓶略爲被捏緊，毛穎德試著想安慰他之際，豆大的淚珠就這樣啪噠落下了。

「洋洋，」馮千靜繞到他另一邊，「你知道大家最好遠離這些東西的。」

郭岳洋苦笑一抹，「我已經……離開很久了。」

畢業後，就再也難接觸，過著平常人上班下班的生活，這是每個人爲了求生而必走之路，但是他……就是覺得好像有一部分的自己死去了。

這一次參與禁后時，他幾乎感覺活過來了！

「現在這是你們的社團，我唯有表態支持與祝福。」毛穎德率先開口，「我們之後也不是每屆都遇上都市傳說，到你們這屆才開始，但跟我們那時一樣，一旦遇到後就沒完沒了。」

幾乎畢業後才停止，或是有夥伴變成都市傳說才停，可儘管這麼多年過去了，他還是無可避免的在W鎮看到滿地閃閃發光的黑曜石。

只要稍有都市傳說的跡象，他就是能有感覺，這恐怕是一輩子的後遺症了。

「平安的活下去，好好的過自己的人生，也不是什麼平凡的事。」馮千靜聳了聳肩，「參與過的都市傳說，就當作是人生美妙的境遇吧！」

哇……理智派的蔡志友完全明白，即使不提危險度，他們現在太受矚目，多了莫名其妙的「責任」，跟大學社團的輕鬆意義相去甚遠，他並不樂見未來演變，早結束早好！

小蛙難掩失落，但是他知道學長姐說得對，都市傳說的不可預期已經奪去太多人的性命，而且比殘忍比可怕，都是一個比一個強的。

社長他們即將面臨畢業，他們也只剩一年多就要踏入社會，誰有那個心力再去平衡生活與性命？

「我們覺得學長姐們是創社元老，希望你們參與我們的結束。」簡子芸從電腦後走了出來，「社團會在六點公佈這個訊息，但社群不會關版。」

「唉。」蔡志友一聲長嘆，「花子像是昨天的事而已……」

他笑著，也是一抹悽楚，大家歷經了這麼多都市傳說，小蛙想起在大樓迷宮裡送東西的窘境，回想起來恍若昨日，但也有著難以言喻的恐懼。

簡子芸被活埋進棺材過，差點做成娃娃，康晉翊歷經幽靈船事件，每個人都是在都市傳說之下，歷經著興奮新奇與九死一生……

誰在半夜不曾因惡夢而驚醒的？

「對我來說，我的社團在夏天離開後，就結束了。」郭岳洋終於抬起頭，淚眼汪汪，「但是我很高興，有人跟我們一樣熱愛都市傳說，也有一樣的經歷。」

「我的熱愛是源自於你們啊！」童胤恒起身走向郭岳洋他們，「高中跟學長姐認識的那一刻，就讓我愛上都市傳說了。」

「我好像是因爲花子愛上的！」蔡志友還有空自嘲。

「我可是從夏天學長那時就注意著這個社團耶！」康晉翊立即表白。

「我也是！我從向日葵開始！」簡子芸昂起頭，開始在比資歷了！

「我我我從小就很愛裂嘴女好嗎！」小蛙也急著表明心跡。

聚在一起的大家圍成小圈，不由得相視而笑，依然坐在位子上的汪聿芃滿足的放下了吃麵的筷子。

「我啊……」她看著靜音的新聞裡，播放著空拍機拍攝的W湖，「因爲我就是都市傳說吧。」

……媽呀！所有人頓時起了雞皮疙瘩，大家都隱約的知道這件事，但沒人敢說破啊。

「呃……模特兒怎麼辦？」毛穎德立刻轉移話題，指向衣帽架，「他是學長喔，絕對不能把他拿去回收。」

「放我家吧！我帶著！」汪聿芃主動舉手，終於也起身走到教室後方，「我跟學長比較能聊。」

「偶爾可以的！」汪聿芃堆起笑容。

咦？馮千靜瞪圓眼看著汪聿芃，「妳跟他……」

「那……招牌我可以帶走嗎？」郭岳洋趕緊說道，「我想要保留那個……都市傳說社的牌子。」

當年夏天從第十三個書架的殘骸中拾出，拿去打磨又給人題字的社團招牌，歷經風霜數年，對他而言，意義重大。

「沒問題！」康晉翊說著，立即走到社辦外，親自拿下那塊招牌。

招牌交到郭岳洋手上時，他又是一陣熱淚盈眶。

汪聿芃想到什麼似的，回身從皮夾裡拿出了重要的集點卡，炫耀般的拿在手上。

「喏，最後來比個點數吧？」

「咦——比就比！」所有人起鬨著，紛紛回去拿出自己的集點卡。

馮千靜簡直不敢相信的拿起來反覆翻開，毛穎德忍不住笑了起來，這些學弟妹眞的很瘋狂！

「廁所裡的花子、被詛咒的廣告、幽靈船、外送、收藏家、你是誰、撿到的SD卡、人面魚、菊人形、瘦長人、八尺大人。」簡子芸一一數著，「加上禁后，十二點。」

「我還有血腥瑪麗……」童胤恒一怔，「喂，我上了如月列車，這算吧！」

「咦咦！我們那天也有看到夏天學長跟列車！」小蛙跟蔡志友激動的嚷著要加點。

「不行啦！看到才不算，我可是坐、在、車、廂裡喔！」汪聿芃不知道在得意什麼。

郭岳洋捧著招牌湊近，「童子軍那個應該算，因爲整個O鎭都把命賠給幽靈船了！」

嘖！汪聿芃噘起嘴，很勉強的樣子，「禁后最不公平了，明明我最早遇到，結果大家又……」

「那妳還是可以再加一個吧！」馮千靜幫忙解套，「禁后是大家都耳熟能詳的，但是妳有一個專屬妳眞名的都市傳說？ＸＸ？」

咦咦？汪聿芃可開心了，「耶！對！只有我知道的！帥！」

她拿出印章，一一的爲大家蓋著，郭岳洋一臉羨慕的模樣，他也眞想要有一張！

「好啦！」毛穎德拍拍他，雖然這幾天的洋洋，變得非常有活力，眼底也閃爍著光芒。

但這麼危險的事……還是遠離一點好。

「十五點！」汪聿芃高舉著集點卡，閃閃發光，「勝利！」

「這也太不公平了吧！」小蛙不由得嚷嚷起來，「多太多了！」

「不然你要去吸頭髮嗎？」汪聿芃吐了吐舌，小蛙不由得扯了嘴角。

才不要咧！

聊起都市傳說又是話題不斷，大家一直在社團教室裡聊到了夕陽西下，才依依不捨的離開。

收拾著該帶走的東西，下週要來清理社團辦公室，下一個學期開始，這間「都市傳說社」將不復在。

請了路過的學生協助拍照，郭岳洋趕緊把招牌重新掛回去，熱愛都市傳說的人、不小心被拉入坑的人、身為都市傳說的人，都在最美好的時光留下身影。

未來也不是不見面，只是沒有了社團罷了，大家依然有著下一階段的人生要前進，好好活著，可比面對都市傳說要困難多了。

汪聿芃不想走，所以童胤恒送走康晉翊與簡子芸後，留下來陪她。

重新按開音量，新聞仍舊播報著W鎮的新聞，W鎮的居民已經確認全數罹難，活下來的都是當時不在鎮內的人，其實為數甚少，因爲那天是重要的儀式，大家爲了保自己的命，都在家中唸禱；剛好在W鎮範圍聯外道路上的車子們算是無妄之災，也只能說是命。

不過汪聿芃那些表兄弟姐妹們倒是順利逃離W鎮，沉沒時都已經到C市的市中心了。

看著家園的消失，他們既恐懼又震驚，悲傷又難受，百感交集，完全無法反應。

但是，這是她們選擇的結果。

自己與多數人，他們選擇了自己的命運，沒有人可以說她們錯，也沒有人有資格叫她們犧牲。

每個人本來都在外地生活，因此要回到正軌並不難，汪皓月雖然長期在W鎮，但憑藉著卓越的能力，還是很順利的找到工作。親人們低調的避開自己是W鎮居民的事，所以世人都以爲生還者甚少。

「家人」們，每逢假日都會相聚，除了汪聿芃。

「妳明天要去聚會嗎？」回來已經一個多月了，汪聿芃誰都沒有見過。

「唉。」在回答前，是聲長嘆，「我覺得沒必要……我跟他們之間……是家人嗎？」

她望著童胤恒的雙眼裡，是慘淡的灰。

她被當怪物養大，全心依賴的母親卻只是爲了把她送進那個世界，姐妹們對她都有距離，只有汪琦蓁勉強在十三到十六歲那三年跟她較爲親近。

她的親情薄弱得可笑，唯一的溫暖來自於資助她上學、回到正軌的人；然後是這個都市傳說社，是童胤恒。

「當然，妳仍是一份子，過去的一切是妳們家族的歷史造成，我覺得不管是表姐妹、阿姨們，甚至妳父親，都是強權下的犧牲品。」童胤恒說得在理，「就像妳從小被灌輸錯誤價值觀一樣，他們也是，大家並不是眞心討厭妳的。」

「嗯哼。」汪聿芃蜷在椅子上，仰頭看向天花板，「跟他們相處有點累，我體內每個分子都在抗拒。」

「妳們那是共業，不是誰的錯吧？」

汪聿芃突然轉向他，「你什麼時候知道我有問題的？」

童胤恒忖了一會兒，「人面魚的時候，我去找妳那天，我聽見妳的魚在魚缸裡喊著。」

『是妳，是妳故意鬆開手的，是妳！』

「啊……對了，你聽得見都市傳說的聲音！」汪聿芃咬了咬唇，「你不怕？

一聽就知道我是故意放開手的。」

「人有求生意志的，我不會戳破，是因爲我在觀察……回想以及後來的事，我很快發現爲什麼妳總是能把我從痛覺中解救出來？聽到妳的聲音會舒服很多？」童胤恒竟笑了起來，「我只聽得見妳這點，我還蠻得意的。」

「喂！」她打了他一下，「這樣我沒祕密了！」

「嗯……」童胤恒小心的開口，「我可以問，八年前發生了什麼事嗎？」

汪聿芃突然愣住了，她凝視著童胤恒，接著緩緩把腳放下，極度認眞的望著他。

「我不是外星女，我的想法奇怪，邏輯不一般，是因爲人格需要重整跟適應社會。」汪聿芃正經八百的說著，「我的身體裡有很多靈魂，所以事情總是要喬，而且大家的世界跟國度都不同，我的腦子總是在協調。」

喔……童胤恒似懂非懂的點點頭，「類似多重人格？很多靈魂附身？」

「共存！」汪聿芃理所當然的說著，「我八年前出來時，把其他被送進去的地溝鼠一起帶出來了——」她指向自己心窩，「在這裡。」

所有被迫送入的意識、或說靈魂，只要願意便可以與她融合，一起離開那個「美麗的世界」。

八年前剛逃出來時，她是在梳妝台前驚醒的！剪刀與推剪已經收妥，門好好的關閉，聽見母親正要下樓，她以此推測可能五分鐘有餘，但她在那個世界練習短跑幾十年。

她驀地開門衝出去，母親嚇得魂飛魄散，然後她拖著媽媽……她已經不記得動手是她，還是「她們」……這不重要，總之拖著媽媽進來，開啓了關鍵的抽屜，但喊出媽媽眞名的是她。

被送進去的眞正小阿姨，竟知道所有人的眞名，是阿嬷在送她進去前告訴她的……或許認爲她都要被送進去了，有問必答吧。

接著她從西向的窗子逃了，跑進了武祈山下的森林裡，正因如此，後來西向的窗戶才會被木板封死。

怎麼重新當一個人相當辛苦，逃出來後她有好長一段茫然期，眞正腦袋一片空白，體內太多意識難以融合成功，但是由較年長的靈魂主導，就能讓她離開W鎭，直到遇到願意幫助她的人。

她得以重新上學，努力學習做一個正常人，腦子裡常常有不同聲音，觀點截然不同，都讓她永遠無法正常，但是……她很高興活著。

很高興，不是以地溝鼠的身分活著。

「難怪天線不合。」童胤恒打趣的嘖嘖兩聲，「外星女啊！」

「厚唷！我不是啦！」

童胤恒笑著握住了她打來的手，汪聿芃笑得很甜，她自己不知道，她只是覺得現在的生活眞的很美好。

面對眞正的情感，不管是友情或是愛情，她都想擁抱，卻同時也都害怕再被傷害。

「明天去吧！」童胤恒緊握著她的手，「要活得像個人，就該去，給大家也給妳自己一個面對家庭的機會。」

「家庭……」汪聿芃微斂笑容，這個名詞跟親人同等可怖。

被緊執的手擱在了童胤恒胸前，「我陪妳去。」

她瞅著他，終於笑著點了點頭。

「嗯，就去吧！」

努力的，學習當個正常人吧！

兩人收拾完畢，離開社辦，童胤恒鎖上教室時，身後的夕陽餘輝正巧灑在社辦與這條長廊上。

汪聿芃斜倚廊柱，闔眼沐浴在夕陽下。

「好美。」她慵懶的說著，「活著眞好。」

童胤恒上前，溫柔的搓了搓她的髮。

「對了，妳逃出W鎮後，是怎麼生活的？還可以念書？」他好奇不已，他們初次見面就是在高中啊！

「嗯……」汪聿芃歪了頭，半玩樂半撒嬌的靠在他手臂上，「這個暫時不能說。」

「咦？又一個都市傳說嗎？」

「長腿叔叔說那是祕密，不可以跟別人說的！」汪聿芃兩根食指在唇上比了個X，「但是他們是知道我是什麼的人耶！好厲害！」

……好厲害，聽起來也有點可怕。

童胤恒看著雙眼泛著喜悅的女孩，不管對方是什麼，至少救了她、幫助她，乃至於能讓她活到現在，甚至親手了結威脅。

「走吧！」童胤恒說著，「怎麼好像又餓了……」

「烤肉！」女孩立即歡呼。

「好貴喔！」他牽起她的手，「去山下吃！」

「耶！」

夕陽將他們的影子拉得好長好長，斜映在「都市傳說社」的牆上，牽手的兩人旁……還有第三個影子。

女孩身邊的影子沒有跟著移動，而是釘在原地似的，目送他們走遠。

汪聿芃略怔，微微回首，勾起淺笑。

牆上的獨影最終咧嘴一笑，刹地消失。

尾聲

或許太過感傷，或許太過多愁善感，郭岳洋沒有辦法與毛穎德及馮千靜去吃飯，而是找個藉口，選擇某個公園中一個人獨處。

他手裡抱著用廣告單包起的招牌，腦子裡都是大學時驚險卻燦爛的回憶，對比現在的一切，只有滿滿的悲傷與死寂。

人的境遇就是這麼巧妙，一個小小的喜好，或許會改變一生；走過才會發現，人生如果沒有了那份熱忱，活得並不比那吸頭髮的禁后快活。

他不是支持莫名其妙的獻祭，也反對犧牲那些女孩成為行屍走肉，只是……郭岳洋看玻璃裡倒映著的自己時，他竟覺得自己跟她們相去無幾。

做的事多出很多，並不是只坐在那兒吸頭髮，為了生存必須做著自己沒興趣的工作、賺錢就為了結婚、養老，有時人汲汲營營一生，都不知道自己要的是什麼。

但他更慘的是，明知道自己熱忱所在，卻無法以此為生。

「都市傳說社偵探社」？「都市傳說研究社」？這沒有一樣可以賺錢的啊！

木製招牌不小，幸好時間已晚，坐在椅子等車的郭岳洋得以把招牌橫放在腿上，盡量不讓招牌受到損傷；他的確拖到很晚才回家，在附近公園裡呆坐一整晚，獨自回味以前的精彩，也獨自品嚐苦澀的淚水。

毛毛跟小靜有著不一樣的人生目標，他不能用悲傷去感染他們。

地上紅燈閃起，車子即將入站。

其實小靜說得對，他要做的是捨掉過去的一切，徹底的放下都市傳說，而不是一直緬懷過去，把自己困在過去與現實之間，進退不得，還因此愁眉不展、患得患失。

「好羨慕哪！」他重重的嘆口氣，「像汪聿芃那樣根本也不差！」

這是風涼話沒錯，但是身爲都市傳說的汪聿芃，就是有著不尋常的能力，他夢寐以求的境遇，還有夏天甚至還會護著她？不惜用一整個鎮的命去換？

到底誰才是誰麻吉啊？她又不是戰隊裡的一員！哼！

抓著招牌站起身，他還是回家睡覺，明早睜眼後，好好面對現實吧！

小心翼翼的拿起招牌，郭岳洋頓時愣住。

眼前是紅黑相間的車廂，沒看過的內裝，還有——他立即環顧四周，這不是他平常的月台！

「我後來才知道，之所以一直會遇到都市傳說，就是因爲這個招牌嗎？」熟悉的聲音在左方響起，「果然不該亂收集都市傳說的東西哪……」

隔壁車廂，走出了筆挺的列車長，一樣漂亮清秀的臉龐，萌樣十足，但帽子下的雙眼卻不再那麼清澈。

郭岳洋傻在原地，緊緊扣著手裡的招牌，就是這東西可以一直吸引都市傳說的出現？

列車長舉起戴著白手套的手，上頭捏了一張票卡。

「我這裡有一張無期限的票卡，十秒內，你可以拿著它立即出站。」

郭岳洋低首看著自己手裡的招牌，只要有這塊東西，他或許可以看到更多的都市傳說……如此吸引人又如此的令人擔憂。

嗚嗚嗚嗚——嗚嗚嗚嗚，這部列車的離站警示音總是像在哭泣。

郭岳洋將招牌好整以暇的立妥在椅子邊，毫不猶豫的踏入車廂中。

列車長跟著後退一步，退回了車廂內，相隔兩公尺的兩個男孩，就這麼相互望著。

「五秒，沒有回頭路了！」列車長搖著那張車票。

嗚嗚嗚嗚——車門在他們身側緩緩關起。

「新乘客有點面熟啊，你該不會是……」列車長突然比出了特殊的戰隊姿勢，**「都市傳說——」**

淚水湧出，郭岳洋笑著哭著，也比出相同的姿勢，伴隨著中氣十足的叫聲：

「收、集、者！」

當年，他們隔著只有五公尺的距離，一個在車子裡，一個在閘門外，做著一樣的動作。

今天，終於在同一個世界了。

全系列完 2020/4/10

後記

都市傳說系列，歷經六個年頭，終於畫上了句號。

猶記得前一個工作室剛與我結束合作，但都市傳說系列我已經寫好第一集了，且未來規劃都已設定好了！所以我先試著與既有的出版社談，但道阻且長，最後我選擇放棄，轉而聯繫某數字出版社。

時任該出版社的編輯因爲邀稿過數次，表示他們出版社一直想要出版靈異類小說的意願，我們相談甚歡，所以當時我決定將都市傳說給他們。

第一集交稿後許久，竟如投稿時一樣石沉大海，完全沒有在提報或做書的跡象，我開始追問編輯，結果令人吃驚：主動對我進行「邀稿」的數字出版社，表示他們高層改組，而且未來不想做靈異書系。

所以最終浪費了雙方數個月的時間，進行了一個他們根本不想做的「邀稿」，爾後該編輯也離職了。

當我要再回應另一家的邀稿時，過去在女生出版社的編輯剛巧聯繫上我，她在奇幻基地已久，問我有沒有意願在奇幻基地出版？

一切完美的無縫接軌，熟悉的故友，一樣無限制的自由創作環境，怎能不叫人心動？

所以我在200 PARTY的本子上曾簡單交代過這段過程，都市傳說系列其實命運多舛，歷經了兩家出版社，最後彷彿在等著奇幻基地的出現，最後完美的合作出兩套共二十五本的故事。

我們本深受日本動漫的影響，我學生時代就爲裂嘴女與如月列車深深著迷，也爲所有都市傳說的毫無邏輯性感到困惑，很久以前就想寫了，沒想到一晃眼，我寫了二十五本，也是創下了我單一系列的作品量。

都市傳說系列是編造出我自己的都市傳說，其實與靈異無甚相關，與鬼、與復仇更沒有關係，如果有人期待恐怖感，好像就離得更遠了。

從言情轉而寫鬼起，當別人問我寫哪類小說時，我永遠都是回答：「我寫鬼，偏驚悚，近來寫都市傳說。」我從未認爲我寫的是恐怖小說，我的東西從來不恐怖，我也未自詡是恐怖小說作者。

所以如果覺得都市傳說不恐怖時，很正常啊，這本來就不是恐怖的東西，嚇人從來不是我書寫的目的。

我只是喜歡說故事。

單純講一個故事，說一個我的版本的都市傳說，當都市傳說眞的出現在身邊時，會發生什麼事？會如傳說那樣嗎？或是背後隱藏著什麼？帶出了什麼？這個無法考究的都市傳說就是個畫布，反而能讓我天馬行空的作畫。

主軸終其不厭：就是人性，人性比什麼都恐怖、比什麼都殘忍。

兩年前就決定了第二部最後一集是《禁后》，主軸一開始就決定爲：「公眾利益爲前提時，多數人有沒有權利要求個人的犧牲？」

沒想到現在剛好處於類似的狀況，這部分藉由二〇二〇年的疫情，其實已經顯而易見了，我也就不多談，疫情至今兩月餘，大家各自意會。

我只能說，如果汪聿芃是在我們的時空，她早就被送進去了，根本容不得她反抗。

人類總是很奧妙的，多數人有多數人的立場，親友有親友的立場，誠如汪聿芃所言，終歸到最後，都是場自私的競賽罷了。

六年來的二十五本都市傳說，從原本計劃的六本走到現在，都是靠著大家以實際購書行動的支持，若真的銷量不到、出版社賠錢，根本不可能有七、八、九，甚至是第二部，能夠讓作者繼續寫下去的，真的只有讀者天使們了！

在本書最後有些謎未解，這時就要學一下過去說書的～欲知詳情，真的得看下回分解了。

下一個系列，是愚人節在粉絲專頁公布的「百鬼夜行」（暫定名），可不是騙你們的喔！

不過「百鬼夜行」寫鬼、會寫人性，它說的是飄飄們的故事、他們曾擁有的人生，甚至有可能會帶點感性，但它依然不是恐怖小說。

今年疫情爆發，百業蕭條，無薪假者眾多，店家一間接一間的關閉，書市當然也是皮繃緊著在等，當大家收入有限甚至貧乏之時，誰還有餘力看書？

所以我們也是走一步算一步了，百鬼夜行系列能有多少本，也只能看天了！

最後，眞的眞的萬分感謝購買這本書的您們，購書才是對作者最實質且直接的支持，沒有您們的購書，作者便無法繼續書寫下去，謝謝！

跟洋洋一起開心結束的笭菁

境外之城 108

都市傳說 第二部 12（完結篇）：禁后

作　　者／笭菁
企畫選書人／張世國
責任編輯／張世國
發 行 人／何飛鵬
副總編輯／王雪莉
業務經理／李振東
行銷企劃／陳姿億
資深版權專員／許儀盈
版權行政暨數位業務專員／陳玉鈴
法律顧問／元禾法律事務所　王子文律師
出版／奇幻基地出版
城邦文化事業股份有限公司
台北市 104 民生東路二段 141 號 8 樓
電話：(02)25007008　傳眞：(02)25027676
網址：www.ffoundation.com.tw
e-mail：ffoundation@cite.com.tw
發行／英屬蓋曼群島商家庭傳媒股份有限公司城邦分公司
台北市 104 民生東路二段 141 號11 樓
書虫客服服務專線：(02)25007718・(02)25007719
24 小時傳眞服務：(02)25170999・(02)25001991
服務時間：週一至週五09:30-12:00・13:30-17:00
郵撥帳號：19863813　戶名：書虫股份有限公司
讀者服務信箱 E-mail：service@readingclub.com.tw
歡迎光臨城邦讀書花園 網址：www.cite.com.tw
香港發行所／城邦（香港）出版集團有限公司
香港灣仔駱克道 193 號東超商業中心 1 樓
電話：(852) 2508-6231 傳眞：(852) 2578-9337
馬新發行所／城邦（馬新）出版集團
【Cite(M)Sdn. Bhd.(458372U)】
11, Jalan 30D/146, Desa Tasik,
Sungai Besi, 57000 Kuala Lumpur, Malaysia.
電話：(603) 90578822　傳眞：(603) 90576622

封面內頁插畫／豆花
封面設計／邱宇陞視覺工作室
排　　版／極翔企業有限公司
印　　刷／高典印刷有限公司
■2020 年（民 109）5 月 5 日初版一刷
■2023 年（民 112）12 月 22 日初版11.5刷

售價／300元

國家圖書館出版品預行編目資料

都市傳說 第二部 12（完結篇）：禁后 / 笭菁著 .-- 初版 .-- 台北市：奇幻基地出版；家庭傳媒城邦分公司發行；2020.5（民 109.5）
面：　公分 .--（境外之城：108）
ISBN 978-986-98658-8-3（平裝）

863.57　　109004684

本書中文繁體字版由作者笭菁授權奇幻基地在全球獨家出版、發行。

ISBN 978-986-98658-8-3

Printed in Taiwan.

※ 本故事內容純屬虛構，如有雷同，純屬巧合。

廣	告	回	函

北區郵政管理登記證

台北廣字第000791號

郵資已付，免貼郵票

104台北市民生東路二段141號11樓

英屬蓋曼群島商家庭傳媒股份有限公司城邦分公司 收

請沿虛線對摺，謝謝

奇幻基地

每個人都有一本奇幻文學的啓蒙書

奇幻基地官網：http://www.ffoundation.com.tw

奇幻基地粉絲團：http://www.facebook.com/ffoundation

書號：**1HO108**　　書名：都市傳說 第二部12（完結篇）：禁后

請於此處用膠水黏貼

奇幻基地

讀者回函卡

謝謝您購買我們出版的書籍！請費心填寫此回函卡，我們將不定期寄上城邦集團最新的出版訊息。

姓名：＿＿＿＿＿＿＿＿＿＿＿＿＿＿　性別：☐男　☐女

生日：西元＿＿＿＿＿年＿＿＿＿＿月＿＿＿＿＿日

地址：＿＿＿＿＿＿＿＿＿＿＿＿＿＿＿＿＿＿＿＿

聯絡電話：＿＿＿＿＿＿＿＿＿＿傳真：＿＿＿＿＿＿＿＿＿＿

E-mail ：＿＿＿＿＿＿＿＿＿＿＿＿＿＿＿＿＿＿＿＿

學歷：☐1.小學　☐2.國中　☐3.高中　☐4.大專　☐5.研究所以上

職業：☐1.學生　☐2.軍公教　☐3.服務　☐4.金融　☐5.製造　☐6.資訊

☐7.傳播　☐8.自由業　☐9.農漁牧　☐10.家管　☐11.退休

☐12.其他＿＿＿＿＿＿＿＿＿＿＿＿＿＿＿＿＿＿＿＿

您從何種方式得知本書消息？

☐1.書店　☐2.網路　☐3.報紙　☐4.雜誌　☐5.廣播　☐6.電視

☐7.親友推薦　☐8.其他＿＿＿＿＿＿＿＿＿＿＿＿＿＿

您通常以何種方式購書？

☐1.書店　☐2.網路　☐3.傳真訂購　☐4.郵局劃撥　☐5.其他

您購買本書的原因是（單選）

☐1.封面吸引人　☐2.內容豐富　☐3.價格合理

您喜歡以下哪一種類型的書籍？（可複選）

☐1.科幻　☐2.魔法奇幻　☐3.恐怖　☐4.偵探推理

☐5.實用類型工具書籍

您是否為奇幻基地網站會員？

☐1.是☐2.否（若您非奇幻基地會員，歡迎您上網免費加入，可享有奇幻基地網站線上購書75 折，以及不定時優惠活動：http://www.ffoundation.com.tw/）

對我們的建議：＿＿＿＿＿＿＿＿＿＿＿＿＿＿＿＿＿＿＿＿

＿＿＿＿＿＿＿＿＿＿＿＿＿＿＿＿＿＿＿＿

＿＿＿＿＿＿＿＿＿＿＿＿＿＿＿＿＿＿＿＿

請於此處用膠水黏貼

都市傳說
URBAN LEGENDS

都市傳說

URBAN LEGENDS

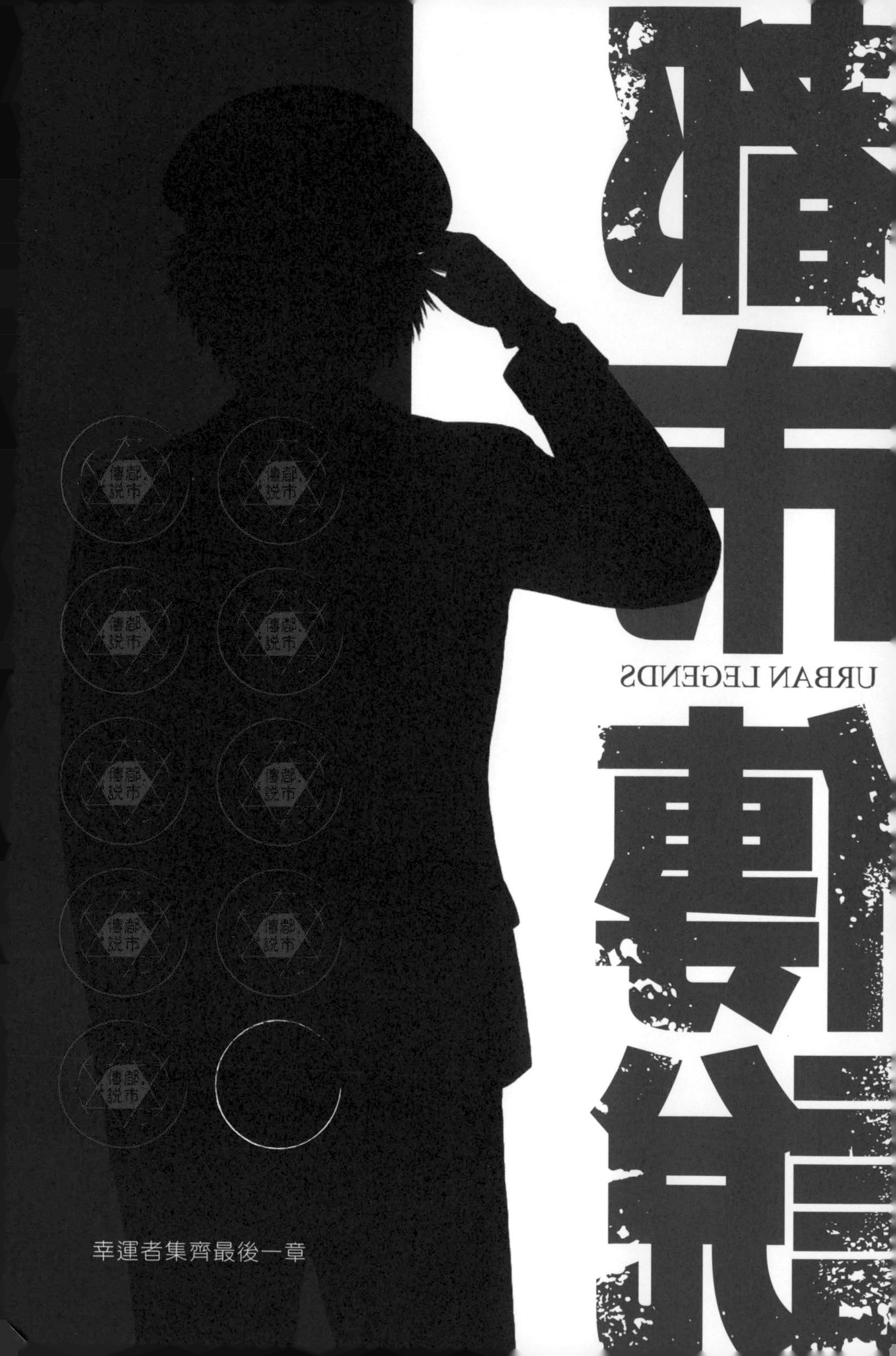

幸運者集齊最後一章